Die grünen Weiden einer Farm in Illinois atmen den Frieden und die Gelassenheit ländlichen Lebens. Aber die Pferde, die hier grasen, sind für Kate Karlson zur einzigen, alle anderen Wünsche und Belange verdrängenden Leidenschaft geworden. Die Reitturniere des Sommers stehen bevor, und Kate hat vor allem ihre Hoffnung auf Peter, den ältesten Sohn, gesetzt, den sie mit kompromißloser Härte zum Reitsport antreibt. Auch ihre anderen Kinder haben in den ehrgeizigen mütterlichen Plänen einen festen Platz. Und es sieht ganz so aus, als hätte Kate ihr kleines Universum fest in der Hand.

Aber da sind Mißstimmigkeiten, Irritationen. Der zwölfjährige Henry wendet sich gegen alles, was mit Landleben und Pferden zu tun hat, und Margaret, die nach dem ersten Trimester ihr College nicht mehr besuchen wollte, lebt in einem Wechselbad der Gefühle – mal verzagt, mal überschwenglich. Und dann ist da noch John, aufsässig und stur, der seine eigenen Wege geht, auf der Suche nach etwas, das er selbst noch nicht kennt. Aber Kate hat in ihrer Besessenheit keinen Blick für die Kümmernisse und Eigenarten ihrer Kinder und auch nicht für ihren Mann Axel, der sich nach zwanzigjähriger Ehe wie ein Narr verhält und erneut verliebt ist – in seine eigene Frau.

Der Höhepunkt des Sommers ist überschritten, als ein Reitunfall das Leben der Karlsons von Grund auf verändert.

In dieser auf den ersten Blick so anheimelnden Familiengeschichte bleiben die unterschwelligen Spannungen stets spürbar und lassen ein tragisches Ende erahnen.

Jane Smiley, 1949 in Los Angeles geboren, wuchs in St. Louis auf und studierte am Vassar College an der Universität von Iowa, wo sie heute unterrichtet, Volkskunde und Skandinavische Sprachen. Für ihren Roman ›Tausend Morgen‹ wurde sie mit dem National Book Award und dem Pulitzer-Preis ausgezeichnet. Im Fischer Taschenbuch Verlag: ›Die Grönland-Saga‹ (Bd. 11398), ›In den Jahren der Trauer‹ (Bd. 10171), ›Tausend Morgen‹ (Bd. 12412), ›Gewöhnliche Liebe und Guter Wille‹ (Bd. 12725), ›Mörder in Manhattan‹ (Bd. 12643) und ›Tor zum Paradies‹ (Bd. 12642). Im S. Fischer Verlag erschien 1995 ihr Roman ›Moo‹.

Jane Smiley

Die Scheune im Schatten

Roman

Aus dem Amerikanischen
von Karin Rausch

Fischer Taschenbuch Verlag

Deutsche Erstausgabe
Veröffentlicht im Fischer Taschenbuch Verlag GmbH,
Frankfurt am Main, Oktober 1996

Die amerikanische Originalausgabe
erschien unter dem Titel ›Barn blind‹ 1980
bei Harper & Row, Publishers, New York

Gesamtherstellung: Clausen & Bosse, Leck
Printed in Germany
ISBN 3-596-12641-X

Gedruckt auf chlor- und säurefreiem Papier

Für meine Mutter

Frances Graves Nuelle

1 *Alles war ein großes Durcheinander, besonders im Dunkeln. Bis er es* durch den mit Stiefeln, Büchern, Gerten und Striegeln übersäten Flur zum Bad geschafft und vorsichtig zwischen allen möglichen Flaschen den Lichtschalter ertastet hatte, war der zwölf Jahre alte Henry Karlson hellwach. In dem Moment hörte er das leichte Klappen der hinteren Gittertür, die von einer menschlichen Hand geschlossen wurde, und anstatt das Licht anzuknipsen, ging er zum Fenster und spähte hinaus. Sein Bruder John, fünfzehn, stand in der mondhellen Einfahrt, wo er nichts zu suchen hatte. Henry blickte rasch über die Schulter in den dunklen Flur und zu den anderen Zimmern, aber seine Mutter erschien nicht, wie sie es gewöhnlich tat, wenn jemand irgendwo nichts zu suchen hatte. Er schaute wieder hinaus: John war verschwunden.

Wahrscheinlich auf der Suche nach einem vergrabenen Schatz, dachte Henry, obwohl er seinen Glauben daran vor Jahren widerstrebend aufgegeben hatte. Doch sogar jetzt schienen ihm alle Geheimnisse in vergrabenen Schätzen zu wurzeln; hier im ländlichen Illinois nicht das Gold von Piraten, vielleicht, aber womöglich welches von Bankräubern aus der Depression. Gewisse Pfeilspitzen waren bekanntlich unbezahlbar und lagen manchmal einfach auf der Erde und warteten. Und er hatte davon gehört, daß gelegentlich jemand Öl im Hof hinter seinem Haus fand. Henry schlurfte zurück in sein Zimmer, die Sonnenveranda, die man für ihn umgebaut hatte, als Mutter ihr eigenes Zimmer bezog. Peter, zwei Jahre älter als John, redete im Schlaf, murmelte: »Ruhe.« Henry schubste die Katze aus der warmen Kuhle, die sie in sein Kopfkissen gemacht hatte, kletterte ins Bett und kuschelte sich hinein. Es gab wirklich Reichtum auf der Farm, das wußte er, Pferde, die sich wahrscheinlich für viele Tausende von

Dollars verkaufen ließen, aber alles gehörte Mutter. Er sank in einen tiefen Schlaf reicher Träume, in dem das alles ihm gehörte.

Die Farm kam John nicht so phantastisch vor, wie er gehofft hatte. Der Stall, dessen saubere weiße Umrandung vom Mondlicht hervorgehoben wurde, sah hartnäckig immer noch wie der Stall aus, und die nächtlichen Geräusche der Pferde drinnen waren vertraut, fad und uninteressant. Im Misthaufen konnte er keine Gestalten oder Zombies ausmachen. Er sah genauso aus wie der Misthaufen, der in seinem täglichen Leben eine so umfangreiche Rolle spielte. Doch die Luft, klar und kühl jetzt, mit ihrem süßen verführerischen Duft von Klee, belebte ihn, und als er um die Ecke zum Obstgarten bog, lag die Wiese wie ein dichtes Fell vor ihm, und das paßte zu seinem Gefühl von Abenteuer, das seine allererste Nacht im Freien doch sein sollte.

Die Farmgebäude lagen auf einem Hügel, eingerahmt vom weiten Bogen eines breiten Baches. Die beiden Ställe auf einer Seite und das weiße Haus und der alte Obstgarten auf der anderen bildeten ein Rechteck, geteilt von der Einfahrt. Um den Hauptkomplex eingezäunte Koppeln, Baumbestand und Nebengebäude für Maschinen. In einigen lagerten einfache Boxen für Turniere und für den Winter. John hatte nirgendwoanders gelebt, nur auf der Farm, und die Nächte, die er anderswo verbracht hatte, auf Turnieren oder bei Verwandten, waren so wenige, daß jede einzelne als etwas Besonderes und Ursprüngliches in seinem Gedächtnis blieb. Besuche bei Cousins und Cousinen, die eine Familie in Cleveland, die andere in Baltimore, waren atemberaubend exotisch gewesen: Wiesen statt Felder, Nachmittage unter Massen von Fremden in riesigen Schwimmbädern, späte Abende voller Lachen und Kichern und die Gefahr beim Streichholzanzünden unter Bettdecken. Einmal war er mit seinem Cousin Fred aus dem Schlafzimmerfenster raus und dann auf Zehenspitzen um das Haus geschlichen, um den Erwachsenen nachzuspionieren. Das Exotischste aber war, es hatte keine Pferde gegeben.

In Wellen zog sich ein Stück Land grünschwarz und silbrig zu den Wäldern weiter unten. Stuten und Fohlen, über das untere

Drittel des Abhangs verstreut, fühlten sich in der friedlichen Witterung sicher, sie legten sich nieder oder ruhten wie schwebend in ihren Gelenken. Von dort aus, wo John stand, sahen sie alle schwarz aus, aber wenn sich ein Kopf drehte oder ein Bein bewegte, floß leuchtendes Weiß im Mondlicht. Das war schon besser. Der Gedanke an nächtliche Streifzüge auf der Farm war ihm sensationell ungehörig vorgekommen, als hätte sein ständiger Groll etwas Kriminelles ausgebrütet, aber jetzt, tatsächlich hier draußen, schlotterte sein Körper in den Kleidern, sein ganz leises Husten war wie ein Türknallen, und er fühlte sich köstlich verwaist und stumm, dabei, etwas zu entdecken, irgend etwas, obwohl es nichts gab, was er über die Farm noch nicht wußte.

Er stakste durch Tau und wattigen Löwenzahn, ließ seine Finger immer wieder an feuchten Zaunlatten entlanggleiten. Einen Augenblick lang legte er sich hin, erst mit der Nase auf die Erde, dann auf den Rücken, flach, als wäre der Himmel ein Stein, der ihn niederdrückte. Trotz des Halbmondes am Himmel Sterne über Sterne. Er dachte an Buddy, einen ziemlich eingebildeten älteren Cousin, der hatte mal ein Teleskop besessen und sich darangemacht, alle Konstellationen am nördlichen Sommerhimmel zu suchen. Ein Teleskop, eine Taschenlampe und eine Sternenkarte. Buddy ging sehr systematisch vor. John kniff die Augen zusammen, und der Mond entfernte sich, machte aus dem Nachthimmel einen diamantengespickten Himmel. Er glitt ab in den Schlaf, schüttelte den Kopf und stand auf.

Er kam zu dem Bach, wo er schwimmen gelernt hatte (fünf Stöße, über die Kiesbank laufen, noch sieben Stöße, wieder zurück). Jeden Sommer hatten die vier Kinder am Ende der Ferien alle seine Möglichkeiten erschöpft, aber jetzt, als John am glitschigen Ufer stand, angezogen von den Lichtsprengseln, die durch die Bäume fielen, hielt er den Atem an, als würde gleich etwas geschehen. Bei Tage konnte man das Kiesbett des Baches durch einen halben bis einen Meter klares Wasser erkennen. Wasserspinnen glitten, Libellen schwebten, Elritzen flitzten am Rande des Blickfeldes. Nachts (links von ihm und dann rechts platschten Ochsenfrösche ins Wasser) war der Bach schwarz; er konnte gar nichts sehen, aber das bedeutete eher alles als nichts.

Er hockte sich hin und steckte die Hand ins Wasser, halb erwartend, ein tropfendes Bündel Leben herauszuziehen. Das Wasser war kühl und fein, köstlich auf seiner Haut. John lachte laut auf, und sogleich vergab er der Farm, daß sie so vertraut war. In der Nacht schien alles möglich. So spürte er an seinen Beinen im Wasser nicht nur Elritzen und Frösche, sondern Flußbarsche und Forellen und Flußkrebse und Flußmuscheln und Wasserschlangen (er trat einen Schritt zurück). In den Wäldern ringsum gab es sicher Mäuse, Hasen und Maulwürfe, aber warum nicht auch Waldmurmeltiere und Dachse, Opossums und Waschbären, sogar Rotwild? In den belaubten Ästen und den Baumhöhlen gab es sicher Pirole und Spechte und Drosseln und Eichelhäher und Kardinale, auch Spatzen, Zaunkönige und Wanderdrosseln. Und genau in diesem Augenblick beobachteten ihn auch Eulen und Fledermäuse. Er hielt inne, lauschte und zitterte wohlig. Einen Moment lang sah er alles vor sich, die dichtbesiedelte Erde und die dichtgesäten Sterne, die nur darauf warteten, verzeichnet zu werden.

Oft sehnte er sich nach anderen Jungen, jenen geheimnisvollen anderen Jungen, die seiner Mutter und vermutlich auch seinem Vater nicht gefallen würden, die ihm folgen, aber auch seine Fragen beantworten würden. Nachtjungen. Seine Brüder waren zu jung oder zu alt. Und zu vertraut. Mit der Blindheit von Blutsverwandten würden sie ihm die Führung verweigern, obwohl er es war, der sich in der letzten Zeit erweitert hatte, wie die Pupille eines Auges, um alles zu sehen. Es war doch besser, allein zu sein. Er stellte sich vor, am ersten Schultag (im Gegensatz zum Rest der Familie mochte er die Schule) mit dem Biologielehrer vor einer Reihe von Gläsern zu stehen, er selbst bescheiden, ziemlich ruhig, der Lehrer ehrfürchtig und ausschweifend. Mary Louise O'Connor in der ersten Reihe, schüchtern, doch voller Bewunderung, dunkel und mit zitternder Stimme, aber ganz sicher voller Bewunderung, während er die geschickten und gelegentlich gefährlichen Wege beschrieb, auf denen er so viele und derart seltene Exemplare beschafft hatte. Der Biologielehrer würde ihn ermutigen, Biologe zu werden. Mary Louise O'Connor würde ihn einfach ermutigen. Ah. Er konnte sich vorstellen, niemals mehr zu schlafen, statt dessen jede Nacht in seinen eigenen Erinnerungen und Plänen zu schwelgen. Auf einmal fühlte er sich so reich, und es schien ihm, daß er allein mit seinen Gedanken sich niemals mehr langweilen würde.

Er folgte dem Bach bis zum unteren Ende der Wallachweide und kletterte an der Ecke über den Zaun. Er stellte sich vor, das jede Nacht zu tun, seine Lebenszeit zu verdoppeln, sein nächtliches Sehvermögen zu schärfen. Es würde so viele Nächte geben. Er stapfte den Weg hinauf, leise sprechend, während er sich zwischen den ruhigen Wallachen bewegte, manchmal legte er die Hand auf ein Hinterteil oder eine Schulter, wie er es gelernt hatte, um ein scheues oder schlafendes Pferd nicht zu erschrekken. Es war ein langer Grashang, leicht gewölbt, laut sirrend von Insekten und kühl vom Tau. Er machte das Tor los, hob es an, damit es nicht schrammte, band es wieder fest. Zwischen dem Haus und dem Stall standen die Wagen.

Den ganzen Tag war irgend jemand bei den Wagen, was jedes Experiment unmöglich machte. Vater fuhr einen alten Pontiac, der John nicht interessierte, aber Mutters Datsun, klein, gelb, ziemlich neu, war für ihn das perfekte Privatgefährt. Er zögerte, dann öffnete er sachte die Fahrertür und setzte sich hinein. Einen Augenblick später ließ er die Handbremse los. Der Datsun rollte im Leerlauf ungefähr anderthalb Meter zurück, die sanfte Neigung neben dem Stall hinunter. Ein Junge in der Schule, Tommy Murphy (neuerdings Tom genannt), hatte angeblich den Mercury seiner Eltern lautlos die Einfahrt hinunterrollen lassen, und dann, außer Hörweite, soll er weggefahren sein, viermal, und einmal hundert Meilen weit, nach St. Louis. Die Schlüssel steckten im Zündschloß, aber John rührte sie nicht an. Mutters Schlüsselanhänger aus bernsteinfarbenem Glas pendelte mit der Bewegung des Autos, dann drehte er sich langsam, reflektierte das fahle Licht. John trat die Kupplung durch und versuchte zu schalten: erster, zweiter, dritter, vierter, dann zog er die Handbremse wieder an. Nachts war nie jemand bei den Wagen. Er lächelte.

Im schlafenden Haus war es wärmer als draußen, wie mit Atem gefüllt. Als John zur Tür hereinkam, stand Jeepers, der Border Collie, auf, um ihn zu begrüßen, aber dann rollte der Hund sich sofort wieder auf dem Berg von Stiefeln zusammen. Dielenbretter knarrten. Das Linoleum in der Küche knirschte unter seinen nackten, sandigen Füßen, aber er schaffte es zur Treppe, dann in den zweiten Stock. Nur Henrys Zimmer lag zwischen ihm und seinem Bett. Er spähte hinein. Halb abgedeckt, das Kopfkissen zur Seite geknüllt, schnarchte Henry friedlich. John grinste, er hätte sich nicht sicherer fühlen können.

Um sieben Uhr stand Axel Karlson mitten auf dem Sojafeld seines Nachbarn Harold Miller. Er hätte es keinem Menschen erzählt, aber was ihm an dem Feld, das er im Begriff war zu kaufen, am allerbesten gefiel, war die Aussicht auf seinen eigenen Hof, die es ihm bot. Was ihm am wenigsten gefiel (die lange Straßenfront, die undurchdringliche Zäune und ständige Kontrolle erforderte), wurde vollkommen durch diesen einen Aspekt aufgewogen, obwohl Axel den Anblick nicht mehr als einmal im Jahr genießen würde. Einmal in fünf Jahren, dachte er, wäre genug, wenn dieser Anblick nur ihm gehörte. Für diesen Luxus arbeitete er, ein anspruchsloser Mensch, dessen Slipper alle zwei Jahre neu besohlt wurden und dessen bester Anzug immer noch gepolsterte Schultern hatte, dafür arbeitete er zehn Stunden täglich, sechs Tage die Woche. Vierzig Pferde und das Land, das sie ernährte, plus vier Kinder und die Versicherungen für sie verschlangen sein ganzes großzügiges Gehalt, und in regelmäßigen Abständen fraßen Investitionen am Kapital. Er war, so mutmaßte er, kein Mann, der sein eigenes Leben in der Hand hatte, und doch, während er breitbeinig über einer von Millers Sojabohnenreihen stand, mußte er grinsen.

Die meiste Zeit fühlte sich Axel, als wären seine Augen Fenster und er wäre ein kleiner Junge, der in die Höhe sprang, um rauszuschauen. Er verfügte über die gesamte Palette erwachsener Fähigkeiten und mehr: der Posten des Vizepräsidenten in einem kleinen Unternehmen verlieh ihm Prestige; er war hinreichend gebildet, und bis zu einem gewissen Grad verstand er etwas von Literatur, Musik und Sport; in jeder Debatte über Politik oder Landwirtschaft, zwei seiner Hauptinteressen, klangen seine wohldurchdachten Ansichten erwachsen, männlich, selbstsicher. Miller hielt ihn zweifelsohne nicht nur für einen ebenbürtigen Gegner, sondern vielleicht für einen etwas kühlen, berechnenden Verhandlungspartner (wie es sich für einen Gentleman-Farmer gehörte, der Heu für viele teure Pferde produzierte und nicht den Marktpreis für Schweine im Auge halten mußte). Axel und seine Frau waren mittleren Alters, Erwachsene mit Erfahrung, doch sein Bild von ihnen beiden hatte sich in den zwei Jahrzehnten ihrer Ehe nicht verändert: ein Junge in grauen Kniehosen und ein Mädchen im Partykleid aus Organdy, händchenhaltend vor einer großen Eichentür, beide mit einem hübsch verpackten Geburtstagsgeschenk und in Erwartung von Kuchen, Süßigkeiten und platzenden Luftballons.

Tatsächlich liebte er in diesem Bild seine Frau noch immer, obwohl sie rein gar nichts mehr gemeinsam hatten, wenn man an sein mangelndes Interesse für Pferde und ihren Übertritt zur katholischen Kirche vor vierzehn Jahren dachte. Erwartung war in ihr immer noch so greifbar wie an ihrem ersten gemeinsamen Tag, in einem überfüllten Aufzug bei Saks in der Fifth Avenue in New York. Sie sprach mit einer Freundin in ihrer wunderbaren, stets wunderbaren Altstimme. Er war gestolpert und hatte ihr auf den Fuß getreten. »Entschuldigung«, hatte er gesagt, und sie hatte sich ihm zugewandt und eine einzige, erwartungsvoll gespannte Silbe geäußert: »Ja?«

Sie war noch nicht aus dem Haus gekommen, obwohl man die Kinder von einem Stall zum anderen gehen sah, doch er stellte sie sich vor, unter ihnen, immer gerufen, gebraucht, gefragt. Axel liebte ihre Allgegenwart. Jedes Objekt in ihrem Haushalt war in irgendeiner Form mit ihrem Namen markiert: Kate Karlson, K.M.K., Mrs. A. O. Karlson, Katie McGinnis, mein Buch. Ein Brief, an ihn adressiert, war etwas Merkwürdiges, beinahe ein Gegenstand der Ablehnung ihrerseits. »Tja!« sagte sie dann. »Der da ist für euren Vater!«, und manchmal, wenn die Handschrift sehr geheimnisvoll war, bat er sie, ihn zu öffnen, und empfand dabei viel mehr Freude an ihrer Neugier als Neugier auf den Brief.

Axel bückte sich und brach eins der frischen, außergewöhnlich grünen Blätter ab. »Hallo«, sagte er zu ihrer unsichtbaren Gegenwart auf dem entfernten Grundstück. »Ich habe was mit dir vor.« Natürlich wurde aus keinem seiner Pläne je etwas, und doch war er ein glücklicher Mensch, blödsinnig glücklich, dachte er oft, und er war es seit Jahren. Er war ein Riese, der in einem endlosen Kreis um seine kleine Farm lief, sie aus jedem Blickwinkel, bei jedem Wetter betrachtete, und er war ein kleiner Junge, der, wann immer er tatsächlich einen Blick aus diesen Fenstern da oben erhaschte, kaum glauben konnte, was er da sah.

Peter Karlson war zu groß, und obwohl er bald im letzten Jahr der High School sein würde, wuchs er immer weiter. In seiner Aufregung gelang es ihm, das zu vergessen, während er den Sattel über die Tür zum Stall hängte, in dem sein neues Reitpferd stand, aber er dachte wieder daran, als er mit dem Zaumzeug zurückkam und seinen Sattel (einen Stuebben, mit viel Wildleder geschmacklos verziert) auf der Erde im Dreck fand. MacDougal, selbst fünfzehn Jahre alt, schien seine eigenen Ansichten über Sattel zu haben, wie über vieles andere.

Seit etwa zwei Jahren hatte niemand MacDougal geritten, also näherte sich Peter dem Pferd leise schnalzend, den Sattel über dem Arm. MacDougal legte die perfekt geformten schwarzen Ohren an und zog am Halfter, das Peter mit schnellem Griff gepackt hatte. Peter folgte mit Leichtigkeit, immer noch schnalzend, lächelnd. MacDougal schlug mit dem Schweif, tat so, als wollte er ausschlagen, aber dann begann er, in dem geräumigen Stall nach rückwärts auszuweichen, vermied dabei mit Leichtigkeit Eimer und Futtertrog und zog Peters glänzende braune Stiefel durch den Mistplatz. Es war eine wirksame Art, sich zu entziehen, dieses kreisende Zurückweichen, denn so konnte Peter den Kopf des Pferdes nicht zu einer Seite reißen und es aus dem Gleichgewicht bringen. John wartete im Gang mit seinem eigenen Reitpferd, das bereits gesattelt war. Freeway war das andere, wirklich schöne Pferd auf der Farm, ein kastanienbraunes Vollblut aus Mutters eigener Zucht, das, anders als die meisten von Mutters Pferden, ziemlich stattlich geworden war und auch großrahmig. Es war für John aufgezogen worden und das einzige

Pferd hier, das John mochte. »Geh weg«, sagte Peter. »Zuschauer ermuntern ihn nur.«

»Das Leben selbst ermuntert ihn.« John streckte die Brust voll spöttischer Wichtigtuerei vor.

»Jaja ...«

»Laß dich nicht von ihr ...«

»Sie zwingt mich nicht dazu. Ich wollte das selber.«

»Dann bist du eben der Verrückte.«

»Er muß geritten werden.«

»Das behauptest du.« John schlenderte davon; Freeway, glänzend und brav, schlenderte auch. Er schien Peter wie die Inkarnation von Freude und Erfolg.

MacDougal zögerte. Peter sprang mit einer Schnelligkeit, die das Ergebnis langjähriger Übung war, auf das Pferd zu und warf ihm den Sattel über. Sogleich erstarrte das Tier, bis Peter versuchte, den Gurt festzuziehen, woraufhin das Pferd sich gegen ihn lehnte und ihn an die Stalltür drückte. Peter schob den Riegel weg und führte das Pferd in die Morgensonne hinaus. MacDougal hatte sich selbst überlistet und nahm jetzt gleichmütig das Gebiß an. Peter spürte keinen Triumph, er lächelte nicht; dieser, wie alle seine Siege, wurde durch sein Wachsen getrübt, die Tragödie in Peters Leben. Selbst während er aufstieg, war ihm bewußt, daß er in Gespür und Können jetzt Mutters Lieblingspferd gewachsen war, aber was die Größe betraf, war er ihm schon entwachsen. Er verlängerte seine Steigbügel. Sie baumelten unter dem Bauch des Pferdes. Peter seufzte.

Es war fast acht; Mutter würde gleich auftauchen. Die Karlson-Kinder und die anderen Schüler, alles Mädchen, beeilten sich, aufzusitzen oder sich auf der Bahn neben dem Stall aufzuwärmen. Ihre Pferde glänzten in der klaren Luft, Mähnen und Schweife fedrig vom Striegeln, Fesseln und Bäuche mehr als emsig gebürstet von Reitern, selbst korrekt gekleidet mit Kappe und Stiefeln, gestärkten Hemden und gestreiften Gürteln. Man wußte, ohne hinzuschauen, daß sämtliches Sattelzeug ordentlich abgeseift und alle Riemenenden sorgfältig in Halter gesteckt waren. Die Pferde liefen aneinander vorbei, immer wieder, schöne, sensible Tiere in satten Mahagoni- und Brauntönen. Es gab nicht viel Geplapper. Hielt man die Fersen genügend weit unten? Kinn wieder vorgestreckt, Schultern hochgezogen? Ein oder zwei Reiter machten kreisende Bewegungen mit dem Kreuz, bemühten sich, gleich in den ersten Minuten diese besondere, schwer erreichbare Geschmeidigkeit zu erlangen. Mutter würde gleich auftauchen; tatsächlich knallte auch die Gittertür, und da kam sie.

Henry, der einzige Reiter ohne den nach innen gerichteten, selbstkritischen Blick, hing im Sattel, das linke Bein lässig über den Knauf geworfen, und kitzelte Mr. Sandman mit seiner Reitgerte an den Ohrspitzen. Er war drauf und dran, den ganzen glänzenden morgendlichen Kotillon zu verderben. Henry sah in Hafer und Saftfutter die Sonntagsbraten, die er niemals schmecken würde, und in Strohballen unendlich viele ungegessene Backkartoffeln mit Sauerrahm. Er kannte den ungefähren Wert von jedem Tier und jeder Pflanze auf der Farm. Er machte nie beim ›Kirschkampf‹ mit, bei dem alljährlich die drei Kirschbäume geplündert wurden, und in seinem Lieblingstraum verkaufte er jeden Balken und jeden Ballen, den sie besaßen. Oder besser, den Mutter besaß. Henry nahm es mit dem Eigentum ganz genau. Er sah in der Idylle um ihn herum Verschwendung, nur Verschwendung, und diesen Sommer hatte er vor, all das aufzugeben. Derweil war Mutter hinter ihn getreten und stieß ihm ihr Klemmbrett ins Kreuz. Henry verlor nicht das Gleichgewicht, sondern schwang einfach sein Bein herüber, fand den Steigbügel und trottete davon. Kate Karlson dachte, was sie immer dachte: daß er mit ein bißchen Disziplin der Beste von allen wäre.

»Das Pferd«, sagte Kate, als ihre Schüler alle in der Reihe standen, »fällt ständig und fängt sich stets im letzten Moment. Es ist ein sensibles Tier, dem es schwerfällt, Gewicht zu tragen, zu schieben oder zu ziehen. Wenn es einen Reiter trägt, dann kann es noch leichter passieren, daß das Pferd sich nicht mehr fangen kann, wenn es zu fallen beginnt, und wenn der Reiter schlecht reitet, dann ist das Pferd anfällig für ständige kleine Zerrungen. Hier eine Sehne, dort ein Gelenk, irgendwo anders ein Blutgefäß, alle diese Dinge werden überstrapaziert und verletzt, wenn der Reiter sich auf eine Seite lehnt oder hängt, Henry, oder das Tier über das Training hinaus belastet, mehr als ihm guttut.«

Es war offensichtlich, daß Peter die Größe von seiner Mutter hatte, einer energischen, braungebrannten Frau mit kämpferisch selbstbewußter Haltung. Katherine Karlson sah gleichzeitig jünger und älter aus als zweiundvierzig, wegen ihrer Haut, die von der Sonne gefurcht und voller Sommersprossen war, und ihrer Augen, die strahlend blau waren und unbesiegt, vielleicht sogar unberührt vom Schmerz vier schwieriger Geburten, einem sechsmonatigen Kampf mit der Tuberkulose und einem dreimal gebrochenen linken Arm (alle drei Male von MacDougal gebrochen).

Sie fuhr fort (wie üblich, dachte John): »Wenn ich zu diesem Pferd hier gehen würde«, sie ging zu dem kastanienfarbenen Anglo-Araber ihrer Tochter, »und ihn hier mit einem Finger in den Widerrist stoßen würde«, sie tat es, »dann würde er straucheln.« Herbie fing sich und ließ das Gebiß vor Überraschung baumeln. »Ellen.« Katherine wandte sich einem der anderen Mädchen zu. »Was würde mit deiner Viola passieren, wenn du alle Saiten gleichzeitig lösen und dann alle zusammen wieder spannen würdest?«

»Ich glaube, das wäre nicht sehr gut.«

»Würdest du das tun?«

»O nein, Ma'am.«

»Gut, also, ein Pferd ist ein empfindlicheres Instrument als die beste Viola. Seine hinteren Fersen sind auf seinen Unterkiefer abgestimmt, sein Schwanzknochen ist auf seine Ohrspitzen gestimmt. Es ist lebendig! Lebendig! Alles ist miteinander verbunden!« Sie strahlte. »Ihr, meine lieben Kinder, stört und unterbrecht die Verbindungen einfach dadurch, daß ihr da oben sitzt, vom Reiten gar nicht zu reden.« Sie schaute sie sich an, fühlte sich angenehm entschieden und entschieden angenehm. Eine Gruppe mäßiger Talente stand vor ihr, einige von ihnen unbeholfen, aber alle adrett und bereit, begeistert.

»Pferde in der Wildnis«, fuhr sie fort (John hustete), »sind faul wie Menschen, und sie bewegen nur die Muskeln, die sie bewegen müssen. Sie haben mehr, viel mehr Muskeln, mit denen sie viel mehr Dinge tun können als die, auf die ein Pferd von allein je kommen würde. Schöne, anmutige Dinge! Dafür ist der Reiter da, denn indem er das Pferd trainiert, ihn sicher und sanft zu tragen, kann er es auch trainieren, seinen Körper wie den eines Turners zu gebrauchen.

Heute beginnen wir mit dem starken Trab.«

Natürlich hatten sie in den Jahren zuvor auch oft mit dem starken Trab begonnen. Jedes Pferd war ganz darauf trainiert, aber nicht unbedingt gewillt, das Hinterteil zu beugen, die Hinterbeine zu gebrauchen und vorwärts zu stürmen, wobei die vorderen Fesselgelenke einknickten und der Unterkiefer gegen das Gebiß arbeitete, aber Kate mochte solche Rituale recht gern, mit denen sie ihre Kinder und ihre Schüler daran erinnerte, daß die Sommerferien, die gerade begannen, die härteste Arbeit überhaupt bedeuteten.

Lieber Gott, dachte sie, während sie hinter den zehn Pferden herging, die in einer Reihe zum Trainingsplatz marschierten, bitte beschütze und bewahre meinen Ältesten und gib ihm das Gespür, das er braucht, um mein Pferd zu reiten, ohne verletzt zu werden oder andere zu verletzen. Nicht einmal sie selbst hatte immer das notwendige Gespür besessen, um MacDougal zu reiten, und sie bezweifelte, daß überhaupt irgend jemand, der ihr begegnet war, so unfehlbar wäre. Seit Ostern, als sie Peter voreilig ein halbes Versprechen gegeben hatte, daß er das Pferd den Sommer über ausprobieren könne, hatte sie nachgegrübelt und gebetet. Jetzt schien er mäßig gut klarzukommen. Es war wohl seiner Behendigkeit oder seinem Glück zuzuschreiben, daß er das Pferd am ersten Tag überhaupt satteln konnte, geschweige denn besteigen.

MacDougal: der schönste Zweijährige, den Kate je gesehen hatte, als sie ihn kaufte, ein toastfarbener Brauner mit hochschwarzem Fuß, einem langen, seidigen Schweif und Flanken, die sogar damals schon an Hindernisse von einsfünfzig mal einsachtzig denken ließen. Sie hatte das unterschätzt. Irgendwann, während Henrys zweitem Jahr und MacDougals sechstem, als Axel und sie noch heimliche gemeinsame Pläne hatten, waren sie eines Morgens in der Dämmerung hinausgegangen und hatten das Pferd über einen Kurs von einsfünfundsechzig gebracht, am Ende ein Oxer von einssiebenundachtzig Höhe und zweizehn Breite, wenn man das Wasser mitrechnete, das er nicht berührte, nicht einmal mit der Spitze seines Hinterhufs.

Kate stellte ihren Klappstuhl im duftenden Gras der Irischen Böschung auf, die bislang noch nicht von rutschenden Hufen zertrampelt war. Die Reihe der Schüler umkreiste sie ungeordnet, in Gruppen, dann auseinanderstrebend, Pferde zogen ruckartig ihren Reitern die Zügel aus den Fingern, entspannten sich in trägem Gang, machten einen Schritt zur Seite oder warfen den Kopf nach hinten. Obwohl sie so tat, als beobachte sie jeden einzelnen (ihre Ermahnungen, Abstand zu halten, flossen unermüdlich, noch nach zwanzig Jahren), beobachtete sie in Wirklichkeit nur MacDougal und hoffte, ihn durch schnellen Trab zu ermüden, eine Übung, die ihm nicht besonders viel ausmachte. Auf wunderbare Weise bewegte er sich vorwärts, und Peter schien entspannt, geschickt und aufmerksam.

Einmal hatte ein Reiter der Nationalmannschaft das Pferd ausborgen wollen, und geschmeichelt hatte Kate es ihm überlassen. Sie hatten einen geschmeidigen, fast perfekten versammelten Trab in dem Dressurring gemacht, mit einem vollendeten Halt vor dem Richter. Der Reiter, ein extravaganter Kalifornier, riß sich die Kappe herunter und machte eine tiefe Verbeugung und merkte nicht, daß MacDougal nicht an Männer gewöhnt war und daher auch nicht an einen einleitenden Hut-ab-Gruß. Als MacDougal das Zeichen zum Weggaloppieren bekam, hatte er es ignoriert und war in seinem stolzen Halt verharrt, ein besonders schönes Pferd unter vielen schönen Pferden. Noch einmal das Zeichen, immer noch keine Regung. Und noch einmal das Zeichen, diesmal mit einer winzigen Spur Wut von seiten des dummen Reiters. Kate hatte die Augen geschlossen. Nach Axels Aussage hatte der Mann mit der Gerte geknallt, das Pferd schlug mit dem Schweif, der Mann gab ihm die Sporen, das Pferd zuckte mit den Ohren, und dann flogen beide in die Luft. Drei ruckhafte Sprünge brachten sie zurück zum Tor, wo MacDougal sich einfach hinlegte. Vor dem gesamten Publikum mußte Kate ihm das ganze Sattelzeug abnehmen und ihn auf die störrischen Füße locken, nicht nur mit Hafer, sondern mit Pellets und Äpfeln. Das Mitglied des Teams hatte nie mehr ein Wort mit ihr gesprochen.

Sie rief: »Schritt, bitte!« und Peter ließ ihn langsamer gehen, beinahe mit Erfolg, obwohl er einen Augenblick lang die Ohren anlegte und kurz ärgerlich bockte. Peter warf ihr einen Blick zu. Sie nickte. Die übrigen Reiter, einer nach dem anderen, schauten zu und brachten dann mit schmerzlicher Langsamkeit die Bewegungen hervor, die den Schritt ergeben sollten. Wie weit selbst die besten hinter Kates Vorstellung zurückblieben, hinter dem, was sie sein sollten! Sogar MacDougal war nicht in Form und nicht im Training, widerstrebend und holprig in seinem Gang, sein ganzer Körper abwehrend gespannt. Und doch wußte er alles. Früher hatte sie selbst mehr als einmal ein Training mit Tränen auf den Wangen beendet, aus reiner Freude daran. Er war ein Genie, und sie liebte ihn.

»Laßt sie entspannen!« Peter ließ die Zügel zu plötzlich locker, mit zu großer Erleichterung. MacDougal schnaubte, und Kate wollte gerade etwas sagen, aber dann ließ das Pferd den Kopf hängen, kaute auf dem Gebiß, einen Moment lang zufrieden. »Dem Herrn sei Dank«, flüsterte Kate.

Margret war im Parcours. Nur noch die Strohballen, dann die kleine Bürste, den Kreuzsprung (den sie sehr sauber nahm) und die Steinmauer, aber auch wenn sie eine so kurze Vorführung beendet hatte, sah sie, wie Kates Blick flüchtig von Peter zu ihr zurückkehrte. Kate schaute sie nicht an, auf eine Weise, wie sie sie niemals nicht angeschaut hatte, vor ihrer peinlichen Rückkehr vom College nach nur einem Semester. »O. k.«, sagte sie, ein Ausdruck und ein Verzicht auf Kritik, den Margret vor diesem letzten Frühjahr selten gehört hatte. Margret nickte und nahm ihren Platz bei den anderen Reitern ein. Die Gleichgültigkeit ihrer Mutter hatte sich wie eine Plastikglocke über sie gestülpt, und der Effekt war überraschend. Plötzlich (endlich?) waren sie und das Pferd allein. Selbst in den kleinsten Gruppen waren die Schwierigkeiten und Freuden kleiner Zirkel nach links oder des Reitens auf zwei Hufschlägen von A nach K nur für sie beide von Bedeutung. Es war herrlich. Es war entspannend. Sie verzieh

Herbie seine gelegentliche Ungeduld. Wenn sie ihm bei einer Verweigerung mit ihrer Gerte eins verpaßte, dann tat sie das wohlwollend, nicht aus Ärger. Galopp auf der äußeren Bahn, über den Rand des eigenen Feldes und die Waldgrenze hinaus, das war wie Ferien. Sie erlaubte ihm das eine oder andere Blatt, rupfte für ihn gelegentlich eine Handvoll Gras, und obwohl sie zu alt war, um in ein Pferd vernarrt zu sein, bildete sie sich eine Freundschaft zwischen ihnen ein.

Margret ließ die Steigbügel los, gab Herbie die ganze Länge der Zügel und erlaubte sich ein breites, unverhohlenes Gähnen und verhaltenes Strecken. Mutter drängte eines der Ponyclubmitglieder, sich in den Wendungen nicht auf die Seite zu lehnen, und beschwor düstere Visionen von Pferden herauf, die umfielen und sich die Knie brachen. Da war Mutter besonders pingelig, und die Wiederholung lullte Margret angenehm ein. Sie hatte das Gefühl, diese Sommertage hätten ein Leben lang dauern können, und sie hätte unentwegt zugehört, wie ihre Mutter Anweisungen gab, präzise, eigenartig, wiederholend, wie es ihre Art war. Als Herbie die Nase nach unten hielt, um das Gras zu beschnuppern, war Margret plötzlich von Kamillengeruch umgeben und von etwas anderem, dem Duft von Bohnenkraut vielleicht, und dann kam die Sehnsucht nach früheren Sommern, als sie und ihre Brüder noch voller Begeisterung für das Neue waren und die Schatzkammer der Gerüche und des Immerwiederkehrenden noch nicht aufgebrochen war. Die Behaglichkeit des Sommers war das, was sie am College vermißt hatte und worauf sie sich jetzt freute.

In einem Jahr waren alle ihre Reitpferde Ponys gewesen, und jeden Tag hatte Mutter ihnen geholfen, über Bodenricks auf der äußeren Bahn zu traben. Henrys Pony war am Führzügel, und Henry hatte die Aufgabe, sich festzuhalten, und war über alles gelobt worden, wenn das Pony das letzte fußhohe Hindernis übersprungen hatte. Jeden Sommer hatten sie eine eng zusammengeschweißte Gruppe gebildet, jeder war für den anderen fast jede Minute in Sichtweite gewesen. Man plapperte viel, knuffte sich immer wieder, neckte und stritt. In ihrem gelben Schlafraum im College hatte Margret, wenn ihre Zimmergenossin in der

Bibliothek oder bei einem Rendezvous war, geweint und sich danach gesehnt, wieder in der Gruppe zu sein, und jetzt war sie hier, trotz Mutters Gleichgültigkeit, fest eingebunden und geborgen. Mutter erklärte einem der Ponyclubmädchen, sie reite wie eine Schüssel Spaghetti, und Margret schossen die Tränen in die Augen.

»O. k.«, begann Kate. »Bildet eine Einerreihe, Peter an der Spitze ...« Und der Unfall stieß John zu. Er hatte sich umgedreht, um mit einem der Mädchen zu sprechen, dabei sein Pferd aus dem Gleichgewicht gebracht, und das Pferd trat in ein Loch. John stürzte auf seinen behelmten Kopf, und Freeway zuckte hin und her und blieb stehen und hielt vor Schmerz sein Bein hoch. Kate verordnete sofortiges Abspritzen mit viel kaltem Wasser und tat unbesorgt, aber wie bei jedem Unfall egal welcher Art war die Reitstunde verdorben. »Traben«, bellte sie. »Schlangenlinien über den Hang, runter und wieder rauf, viermal!« Als er meinte, außerhalb ihres Blickfeldes zu sein, riß John das Pferd ärgerlich am Maul. Kate biß sich auf die Lippen.

»Margret ist wieder am Heulen«, sagte Henry am Küchentisch.

Sie hatte die Milch für das Mittagessen auf den Tisch gestellt und die Papierservietten geholt, dann spürte sie, wie ihr wieder die Tränen kamen, und sie lief ins Badezimmer. Die Tränen waren keineswegs ungewöhnlich, tatsächlich kamen sie in letzter Zeit täglich: unpassend, peinlich, unerklärlich. Das hatte am College begonnen, aber mit ihrer Rückkehr nicht aufgehört. Sie hatte gute Tage und schlechte, allesamt mit regelmäßigen Aufenthalten im Badezimmer, ein Handtuch in der einen Hand und einen verschmierten *Catholic Digest* in der anderen (Lesen sollte sie wohl ablenken, aber das tat es nie). Ab und zu schaute sie in den Spiegel und versuchte zu ergründen, was es war, das nicht nur jedes einzelne Mitglied ihrer Familie und alles Lebendige auf der Farm so ergreifend machte (sie hatte allein viermal über die blühenden Apfelbäume geweint), sondern auch die vielen Liter Milch, den Berg von Stiefeln und Schuhen an der Hintertür, die Bilder an der Wand und die farblich abgestimmten Ohrensessel im Wohnzimmer, um nur einige ihrer letzten Höhepunkte zu nennen. Mutter ging wunderbar damit um und sagte nichts. Die Jungen auch: Wenn Henry jedermann mitteilte, daß Margret wieder heulte, dann sagte John ihm gewöhnlich, er solle den Mund halten. Der Gedanke an dieses Wohlwollen raubte ihr jegliche Selbstbeherrschung, und sie setzte sich auf den Waschbeckenrand und versuchte dies einsame Geheule mit zwei Handtüchern und dem Duschvorhang zu dämpfen. Sie fühlte sich weder glücklich noch traurig, sondern verloren.

»Halt den Mund.« John schüttete die Milch so in seine Frühstücksschale, daß sie unter die Cornflakes lief und sie heraufschwemmte.

»Hm?« sagte Peter.

»Ich hab' gesagt, ›Margret ist schon wieder am Heulen‹.« Henry wiederholte sich nur, weil er eine unglückliche Abneigung gegen dieses Essen hatte, das vor ihm stand (Cheerios, Cornflakes, Lucky Charms, Wonder Bread, billige Plätzchen und Milch).

»Und ich hab' gesagt, ›halt den Mund‹«, bemerkte John, für den dieses Mittagessen so gut war wie jedes andere.

»O Mann.« Peter warf den Stiefel, den er eben ausgezogen hatte, in die Ecke und verschwand in Richtung Wohnzimmer, ohne sich im geringsten um das Essen zu kümmern.

Henry wählte Cornflakes. »Die beiden fangen immer mehr an zu spinnen«, sagte er. »Spinni, spinni, spinni.«

»Die spinnen nicht mehr als du, du Eierkopf.«

»Entenarsch.« Henry wollte vor allem wissen, was John letzte Nacht angestellt hatte, aber John machte ein grimmiges Gesicht, während er den Rest Milch aus seiner Schale löffelte, also sagte Henry nur: »Man sollte meinen, daß die irgendwann austrocknet.«

»Du trocknest selber aus.«

»Heh«, sagte Henry.

»Was willst du?«

»Gestern nacht bin ich aufgestanden und wollte Wasser trinken.«

Johns Augenlider flatterten, aber er hob den Blick nicht von den komischen Papieren, die er in die Hand genommen hatte. »Na und?« Henry goß sich Milch über seine Frühstücksflocken, plötzlich ängstlich, irgendwelche Fragen zu stellen. »Na und?« wiederholte John und schaute jetzt seinen Bruder an, das Kinn vorgestreckt, die Stimme schneidend.

»Nichts«, sagte Henry.

John stand auf.

Henry sagte: »Froschsack«, und kicherte über das erwartete Lächeln seines Bruders. John gab Henry einen Klaps auf den Kopf. »Eine Todsünde«, verkündete er. »Ich bestrafe dich mit zehn Vaterunsern und der Spaghettisburg-Ansprache.«* Automatisch schauten sie beide in Richtung Hintertür. Mutter kam jedoch nicht herein.

Henry lehnte sich auf seinem Stuhl zurück und schielte nach seinem Bruder, der, Gott sei Dank, grinste, während er sich die Stiefel wieder anzog. Als John nach draußen ging, wandte sich Henry wieder seinen Cornflakes zu. Schon pampig. Als er sie gerade in den Abfalleimer schüttete, kam Peter herein und sagte: »Denk an die armen Chinesen.« Er ahmte die Stimme seiner Mutter perfekt nach.

»Die spinnen, die Chinesen.«

»Nicht mehr als du, du Eierkopf.« Das sagte er mit Johns Stimme, dann langte er nach den Plätzchen.

Wie die Sonne sie beschien, als sie ihr ins Gesicht schauten, das hätte Margret wieder überflutet, wäre sie nicht erschöpft gewesen. Sie ärgerte sich beinahe. Warum mußte sie sich nach all den Jahren an Peters geschwungenen Brauen und glatten Wangen so ergötzen? Warum mußte sie Henrys dichtes Haar so deutlich sehen und seine Augenwimpern, die sich hoben wie Samtvorhänge auf einer Bühne? Es waren doch nur ihre Brüder. »Was für ein Chaos«, sagte sie laut und meinte die Küche.

Henry suchte an diesem Nachmittag das Familienfahrrad, und darin lag kein Vergehen, obwohl es so schien. Jedes der Kinder

* Anspielung auf die berühmte Ansprache Abraham Lincolns (*Gettysburg Address*) am 19. 11. 1863 zur Einweihung des Friedhofs in Gettysburg, Schauplatz der entscheidenden Schlacht im amerikanischen Bürgerkrieg (Anm. d. Übers.).

hatte mit dem alten Ein-Gang-Fahrrad geliebäugelt, aber eines nach dem anderen hatte beschlossen, daß eine Maschine ohne Persönlichkeit nichts war im Vergleich zu den Geheimnissen eines lebendigen Pferdes. Also ging das Fahrrad an Henry, der es aus der Garage schob und abwischte. Die Entscheidung war für ihn gar nicht so eindeutig, obwohl man nur in der Zufahrt radeln konnte.

Sie war ungepflastert und kaum eine Meile lang und schlängelte sich in einem weiten S vom Haus zwischen zwei Weiden hindurch, dann führte sie durch dichten Wald zu einem kleinen Bach hinab. Der Hügel von dort zur Hauptstraße war der Schrekken aller Aussteller, die mit ihren Pferdeanhängern zum Sommerturnier kamen. Mit Rücksicht auf die eher Ängstlichen hatte Axel eine Reihe von Boxen im Schatten zweier Ahornbäume neben dem Eingang gebaut. Henry ruhte sich nach seiner ersten mühsamen Anfahrt hier aus, schon erschöpft von der Steigung, der Hitze und dem tiefen Schotter.

Er fuhr zum Haus zurück und begann von vorn. Es war sehr einfach. Erst eine Viertelmeile aufrecht im Sattel sitzen, gleichmäßig treten und das Vorderrad in der Spur halten. In den Windungen des S verlagerte er sein Gewicht leicht von einer Seite zur anderen. Er beobachtete, wie seine Knie und Füße sich auf und ab bewegten, meist die Pedale traten, dann wieder wurden seine Beine von ihnen angetrieben, und er beobachtete die vorbeizukkenden Zaunpfähle und die unbeschwerten Vollblüter auf ihren Weiden, die von Kuppe zu Kuppe wanderten. Stare und Eichelhäher hockten auf dem Zaun, und eine rotgeflügelte Amsel flog von ihrem Nest auf, während er vorbeifuhr, kreischte und stürzte sich zum Schein auf ihn. Am Rande des Waldes trat er ein oder zwei Sekunden in die Pedale, dann fiel die Straße steil ab, also lehnte er sich vor, krampfte die Hände um den Lenker und tat so, als hätte er keine Angst. Er steuerte auf die Brücke zu. Da war die aufregende Möglichkeit, die mit jeder Sekunde mehr zur Wahrscheinlichkeit wurde, daß er sie verfehlen, in den einen oder anderen Betonstützpfeiler krachen, das Fahrrad zerschmettern und sich zu Tode fahren könnte. Er trat jedoch nicht auf die Rücktrittbremse. Statt dessen hob er die Füße von den rotierenden

Pedalen und schoß vorbei, erstarrt und besinnungslos; nach der frustrierenden Plackerei durch Schotter und Dreck den Hang hinauf kam jetzt Linderung durch Heiterkeit und Erleichterung. Das Fahrrad wurde langsamer, Henrys Beine zitterten. Er gab auf, und den Rest des Weges schob er das Rad und schwor sich, als wäre er erwachsen, daß er an dem Tag, an dem er bis nach oben radeln konnte, die Straße hinunterfahren und nie mehr zurückkommen würde.

Der Tierarzt kam vor dem Abendessen. Er untersuchte die beiden trächtigen Stuten und verkündete, daß beide jederzeit fohlen könnten, dann ließ er John Freeway aus der Box holen, obwohl der schöne Braune kaum laufen konnte. Er befühlte ihn auf Fieber und Schwellungen, die Schulter, den Ellbogen, das Knie, das Fußgelenk, den Fuß. Er stellte sein tragbares Röntgengerät auf, dachte resigniert, daß es Jahre dauern würde, bis man ihm dies kleine Stück teurer Diagnose bezahlen würde, und bat John, einen Schritt zurückzutreten. John trat zurück, ruhig, besorgt, grollend. Der Apparat surrte. Freeway senkte den Kopf, verlagerte das Gewicht von seinem Bein. Der Tierarzt packte sein Gerät ein, befühlte noch einmal Knie und Fußgelenk, bohrte mit den Fingern zwischen den Sehnen und dem Knochen. »Spritz ihn weiter ab«, sagte er, »und sag deiner Mutter, ich komm' morgen früh vorbei.«

»Es lohnt sich nicht, wenn ich ihn diesen Sommer nicht reiten kann.«

»Verlaß dich nicht drauf.«

John steckte das Pferd in seine Box, ohne es anzuschauen oder mit ihm zu sprechen, und ging zum Abendessen. Es gab gegrillte Käsesandwiches, und Mutter hatte wieder vergessen, die Unterseiten zu toasten.

2

Ellen Eisens Vater, der nichts von Pferden verstand, kam am nächsten Morgen zu Kate und machte ein Angebot für Spanky. Ellen war euphorisch und zugleich verschämt. »Das ist er, Daddy«, sagte sie und tätschelte schüchtern den Hals, den sie, wäre sie allein gewesen, umarmt hätte. Mr. Eisen räusperte sich wiederholt, Ellens Bedürfnisse und seine eigene ›ländliche‹ Kleidung waren ihm peinlich. Er war drauf und dran, viel Geld für ein Geheimnis auszugeben.

Er war Kate schon ein- oder zweimal begegnet, und als er in das verschlissen elegante Wohnzimmer geführt wurde, um über Geschäftliches zu reden, fühlte er sich entspannt. Kate war braungebrannt und offen: Auf Mr. Eisen wirkte ihr steifer Arm als ein Zeichen von beruhigend menschlicher Fehlbarkeit und nicht von Gefahr, die er für seine Tochter zu kaufen im Begriff war. Wie liebenswürdig und kameradschaftlich Kate war, und obwohl Mr. Eisen Liebenswürdigkeit und Kameradschaftlichkeit am Verhandlungstisch eher mißtraute, vertraute er Kate. »Einen Moment«, sagte sie mit strahlendem Lächeln. Sie ging zu der gläsernen Schiebetür, öffnete sie und rief: »Ich habe gesagt, Peter soll den Traktor fahren, aber du mußt es ja besser wissen!« Ihre Stimme, niemals schrill, wurde noch tiefer und nahm einen Befehlston an. Draußen kam der Traktor zum Stillstand. Ein Junge (Mr. Eisen konnte sie nicht auseinanderhalten) stieg herunter, und ein anderer kletterte auf den Sitz. Aber Kate lächelte ihn an und verlangte seine Aufmerksamkeit. In diesem Durcheinander aus Zaumzeug, Striegeln, hohen Stiefeln, Martingalen und Unkosten war er froh darüber.

»Spanky ist ein wunderbares Pferd«, sagte sie. »Ich habe ihn selbst trainiert.« Im großen und ganzen hatte Kate nicht das Gefühl, daß sie diese Leute betrog. Die Pferde, die sie verkaufte, waren nur ein paar hundert Dollar weniger wert, als sie verlangte. Auf jeden Fall waren sie gut und gründlich trainiert, und diese Väter bezahlten nicht nur für die Pferde, sondern auch für die Verläßlichkeit, die sie in Kate selbst sahen, und ihre fundierten theoretischen Kenntnisse im Pferdesport. Man mußte sich nur im Raum umschauen, um den tadellosen Geschmack ihres wohlgeordneten Haushaltes zu erkennen, in dem man die Atmosphäre von Maryland vorfand und keine lästigen Stallburschen. »Und Ellen ist mit ihm gut zurechtgekommen. Es würde mich wundern, wenn nicht einige Preise auf sie zukommen würden.«

Ellen lächelte, ganz wie man es von ihr erwartete, und dann betrachtete sie aufmerksam die Schlinge ihrer Gerte. Sie wollte Spanky nicht nur wegen ein paar Schleifen. Sie wollte ihn haben, weil sie ihn liebte. Kate nannte eine Summe. Ihre Stimme war präzise und einschmeichelnd, es sollte keine Mißverständnisse über Zahlen oder Dezimalstellen geben. Der Vater wiederholte die Summe, und als die Tochter den höflichen, zweifelnden Ton vernahm, den sie gut kannte, und einen Betrag hörte, der ein gutes Stück höher war als die geschätzte Summe, die sie beim Abendessen erwähnt hatte, setzte sie sich aufrecht, war aber unfähig, ihren Vater anzuschauen. Weitere Klärungen waren unnötig. Hier handelte es sich um eine Ausgabe, die mit Sicherheit bei familiären Auseinandersetzungen auf den Tisch kommen würde. Der Nachklang von Kates Stimme hallte zwischen Vater und Tochter wider, und Ellen kräuselte die Lippen. Jetzt auf ihrem Wunsch zu bestehen erforderte Mut. »Na ja«, sagte Mr. Eisen, »wir sind wohl zu weit gegangen, um noch kehrtzumachen, was, Ellen?«

Ellen zuckte die Schultern.

»Ellen mag Spanky sehr, ich weiß«, sagte Kate.

»Sicher tut sie das«, sagte Mr. Eisen. »Ich werde mit Ellens Mutter darüber reden, und dann rufe ich Sie an.« Putz- und Abwaschversprechungen würden eingefordert werden.

Kate nickte. »Selbstverständlich. Vollkommen in Ordnung.« Sie fischte in der Couchtischschublade nach einer Geschäftskarte und überdachte die Geldsumme. Es war genug für Spanky, aber nicht genug für die Farm.

Egal wie viele Väter da waren, die Beträge reichten niemals für die Farm. Obwohl Axel sein Gehalt und die Dividende aus seinen Investitionen beisteuerte, obwohl es monatliche Einkünfte durch die Schüler gab und einige Gastpferde, und obwohl Kate ein winziges jährliches Einkommen hatte, es reichte nie für den Unterhalt von mehr als vierzig Pferden, vier Kindern, zwei Erwachsenen, zahlreichen kleinen und großen Maschinen, fünf Gebäuden, kilometerlangen Zäunen und dreihundert Acre fruchtbaren Boden. Tore wurden mit Schnur zugebunden. Kleidung, stets im Ausverkauf erworben, wurde, ob sie nun paßte oder nicht, vom einen zum nächsten Kind weitergereicht. Beim Tierarzt gab es Dauerschulden, ebenso beim Schmied, und den Kindern hatte man mehr als einmal erzählt, daß der Nährwert von Reispudding, mit viel Milch und Rosinen gemacht und mit braunem Zucker gesüßt, für ein Abendbrot völlig ausreichte. Kate, die sich in geschäftlichen Dingen für ein Naturtalent hielt, staunte darüber, daß andere, weniger gut planende Familien sich in diesen Zeiten steigender Unkosten und Inflation überhaupt etwas leisten konnten.

»Trinken Sie doch einen Kaffee oder vielleicht lieber Eistee«, sagte sie. Sie führte Mr. Eisen und Ellen in die Küche. Während sie am Tisch saßen, stapfte eine Reihe von Jungen vorbei, und Mr. Eisen nahm an, daß es ihre Söhne waren. Einer machte am Kühlschrank halt, um Milch zu trinken. Ein anderer, der größte, war gutaussehend und ähnelte Kate, bis man noch mal hinschaute und sah, daß etwas Undefinierbares an ihr einem Mangel bei ihm entsprach. Ihre Haut und ihr Haar waren trocken und ungepflegt, aber ihre Augen glitzerten und funkelten wie zersprungene Spiegel. Sie sprach. Irgendwie waren sie auf das Thema Wunder gekommen. Ellen zappelte herum. Mr. Eisen schickte sie hinaus, dann sagte er: »Verzeihung, ich habe Sie nicht verstanden.«

Kate nickte freundlich. »Ich habe Ihnen von dem Wunder erzählt, das ich vor ein paar Jahren miterlebt habe. Genaugenommen, vor mehr als ein paar Jahren.« Sie lächelte glückselig über den Jungen am Kühlschrank, der grollend hinter den anderen herstapfte. »Als John geboren wurde, hat man mir gesagt, ich müßte unbedingt jeden Tag mindestens eine Stunde spazierengehen. Die Geburt war ausgesprochen schwierig, wissen Sie, und mein Arzt war eher für Bewegung als für Bettruhe.« Mr. Eisen hörte eine Stimme im Wohnzimmer: »Schon wieder. Man könnte meinen, ich wär schuld an der ganzen Sache.«

Kate fuhr fort. »Wir hatten damals gerade eine wunderschöne Stute in Pflege hier, übrigens das Lieblingspferd einer Freundin von mir. Früher ein herrliches Turnierpferd. Es hat dann aber Hufrehe bekommen. Die Hufrehe ist eine Krankheit der Laminae im verhornten Teil des Pferdehufes. Sie schwellen gegen die

Wand des Hufes an und verursachen dem Pferd große Schmerzen. Ich wollte, daß Mildred das Pferd einschläfern läßt, was man natürlich mit den meisten Pferden macht, die die Hufrehe haben.« Mr. Eisen erblaßte bei dem Gedanken an das wenig profitable Ende einer so großen Investition. »Das ist lediglich eine Sache mangelnder Sorgfalt, und kein Pferd auf dieser Farm hier hat je die Hufrehe gekriegt. Jedenfalls war diese Stute mit den Zuchttieren ganz weit draußen auf der Weide, und ich bin immer dorthin gegangen, jeden Tag, ob Sonne oder Regen, weil ich mir die Pferde gern genau anschaue, und das hat exakt eine Stunde gedauert.«

»Sie ist immer noch dran!« schrie jemand aus dem Wohnzimmer, und eine Tür knallte.

Kate schien nichts bemerkt zu haben. »Ich habe Mildred wieder und wieder gebeten, das Pferd einschläfern zu lassen. Das arme Ding hatte schreckliche Schmerzen. Eines Tages (ich habe vorgestern daran gedacht, weil es gerade in dieser Jahreszeit passierte) habe ich im Regen meinen Spaziergang gemacht. Da ist plötzlich ein Unwetter aufgekommen, und ich saß auf dieser Weide fest. Ich stand in einer Senke bei einem alten Schuppen und habe die Stuten beobachtet. Mildreds Pferd stand ganz allein ein Stück weiter weg, beim Zaun. Ein verletztes Tier wird oft von der Gruppe ausgeschlossen, besonders in irgendeiner schwierigen Situation, und das kann auch ein Unwetter sein.« Mr. Eisen nickte, als wäre hier ein Stück Lebensweisheit, das man auf viele andere Situationen übertragen könnte, aber tatsächlich dachte er, wie lächerlich diese Geschichte, mit Kates klarer Stimme erzählt, klang. »Und dann, gerade als ich an John gedacht habe und wie wütend er sein würde, wenn ich seine Stillzeit verpasse, denn ich habe ihm immer die Brust gegeben bis weit ins zweite Jahr hinein, und er hat am meisten von allen gefordert« (aus dem Wohnzimmer kam ein Krachen und ein Schrei), »da gab es einen unglaublichen Knall und einen Blitz, und die Stute ist zusammengebrochen, der Zaunpfahl neben ihr war geschwärzt, und sämtliche Zuchtpferde sind in Richtung Wald galoppiert. Getötet! Vor meinen eigenen Augen. Es kam mir wie ein Wunder vor, wirklich. Gott hat zu mir von der Liebe zu den Tieren gesprochen, und ich habe es gespürt. Und dann, und das ist wirklich wahr, als ich zum Haus zurückgekommen bin, da stand ausgerechnet ein Priester vor der Tür und hat irgendeine Geschichte über sein Auto und eine Pfütze erzählt, und wir sind ins Reden gekommen, und das hat mein Leben verändert.«

Eine eigenartige Hitze breitete sich in Herbert Eisen aus, und obwohl er nicht einen Moment lang an das Wundersame in diesem Ereignis glaubte, bemerkte er, wie er Kates weiße Zähne und knochige Schultern und ihren merkwürdig gebogenen Arm wahrnahm. »Faszinierend!« sagte er und meinte überzeugend zu klingen. Kate schüttelte den Kopf über ein fünfzehn Jahre altes Wunder. »O je«, sagte sie, »die Kinder sagen, daß ich sie mit diesen Geschichten in Verlegenheit bringe, aber ein Wunder ist eben ein Wunder, stimmt's?« Mr. Eisen nickte. »Du meine Güte«, fuhr sie fort, und plötzlich wußte er, daß die Verlegenheit der Kinder, auch wenn sie daran glaubte, für sie ganz bedeutungslos war. Eine sehr interessante Frau, dachte er, vollkommen eins mit sich. Und noch etwas (er schaute wieder in ihre Augen), aber etwas, das er nicht genau fassen konnte.

Streit im ganzen Haus. Er verfolgte sie vom Eßtisch aus, verkündete: »Mach' ich nicht! Mach' ich nicht! Mach' ich nicht!« Als sie ins Badezimmer ging, stand er vor der Tür und schrie: »Nein!«, und sie war gezwungen, herrisch zu sein, weil sie allein sein wollte. Und dann, als sie sich auf die Demütigung einließ, doch etwas durch die geschlossene Tür zu sagen, antwortete er: »Ich versteh' dich nicht!«

Es ging um ein Pferd namens Teddy, das John Kates Wunsch gemäß anstelle von Freeway reiten sollte. Teddy, auch ›Die Eisenbahn‹ genannt, war eines der besttrainierten Reitpferde mit der besten Koordination in der Reitschule. Es war allerdings auch faul, störrisch und häßlich. Alles in allem war es das einzige Pferd, das in der Lage war, John über die Trainingsarbeit des Sommers zu bringen – die, die jung genug waren, hatten noch nicht genug Training, und die ausreichend Geschulten waren entweder schon vergeben oder zu alt. Bedachte man, wie John an Freeways Maul gezerrt hatte, und sie hatte es beobachtet, dann war Kate über das strafende Element in dieser Sache nicht unglücklich, doch hätte sie ein anderes Pferd gehabt, dann wäre sie vermutlich bereit gewesen, es dem Jungen zu geben. Sie hatte aber keins.

»Hast du doch!« widersprach John, als sie die Badezimmertür öffnete, und der Blick, mit dem er sie anschaute, erschreckte sie, das war absolut kein Kinderblick, sondern der ganz offene, verächtliche Blick eines Erwachsenen. Sie bemerkte sofort, vielleicht zum ersten Mal, daß seine Augen mit ihren auf der gleichen Höhe waren. Dann verbarg er sich hinter dem üblichen Respekt, und in ihr regte sich die Erinnerung an dieses berechnende Verhalten. In den lautstärksten Widerspruch gegen die Eltern ließ man vorsichtig einen Unterton von Selbstzweifel, von Bitten einfließen, der den Eltern die Macht zugestand. »Warum kann ich nicht Chips reiten?« forderte er. »Er braucht das Training. Und Treasure auch. Du brauchst sie doch dieses Jahr nicht decken zu lassen. Die Hälfte der Pferde hier wird sowieso nicht geritten. Lambert Smith hat letztes Jahr gesagt, daß hier zu viele gute Pferde rumlaufen, und wir sollten die ganze Sache sein lassen, weil wir uns nicht richtig um alles kümmern können. Ich könnte doch Bingo oder Jolly reiten!« Daß sie sich selbst in ihm wiedererkannte, änderte nichts an ihrer Überzeugung, daß seine Reitkünste (und er selbst) am meisten von einer Auseinandersetzung mit Teddy profitieren würden.

»Nur Säuglinge reiten auf dem! Der ist für Anfänger!«

»Teddy ist ein Pferd, das in seinem Leben schon viele Aufgaben erfüllt hat. Mary Rogers hat ihn für das B-Team geritten, das an der National Ralley teilgenommen hat.«

»Vor fünf Jahren! Er ist älter als ich!«

»Was weder für Pferde noch für Menschen alt ist.«

»Er ist blöd.«

»Stimmt. Darum kann er auch besser als jedes andere Pferd hier tun, was er will, egal, wer der Reiter ist.«

»Er ist häßlich.«

»Wenn du Blautöne für ihn nimmst, wird jeder sagen, wie hübsch er ist.«

»Mach' ich nicht.«

»Was?«

»Ich werd' gar nichts machen! Gar nichts! Ich werd' morgen nicht mal aufstehen.«

Kate wußte, daß sie vorübergehend wieder das Kind in dem Mann angesprochen hatte, und sie drehte sich um und ließ Axel, der vorbeiging, sagen: »Zeit, ins Bett zu gehen, John.«

»Bah!« John sprang sie an, hielt sein Gesicht ganz nah an ihres und schnitt eine schreckliche Grimasse.

»Geh ins Bett!« brüllte sie, und er erkannte den echten Ärger in ihrer Stimme und befolgte den Befehl.

Kate war ihrem Mann gegenüber zurückhaltend, und sie sprach in der halben Stunde, die sie jeden Abend allein zusammen waren, so gut wie nie ein Wort mit ihm. Normalerweise dachte sie über ihre eigenen Pläne nach. Oft las sie *The Chronicle of the Horse*, hielt nach Namen Ausschau, die sie kannte, versuchte, ihr Mißtrauen gegenüber Namen zu dämpfen, die sie nicht kannte, und wünschte sich gelegentlich, daß sie die Zeit und das Geld hätte, ihre Pferde nach Osten zu schicken, wo die Nationalmannschaft war und wo immer der eigentliche Schauplatz der Reitkunst sein würde, trotz Kalifornien und Chicago. Sie vergaß Axels jungenhafte Gegenwart, abgesehen von einem unangenehmen Gefühl, wenn es schien, als wolle er gleich aufspringen und herumlaufen. Für sie war er ein Mann ohne Substanz: untergewichtig, ohne Religion, scheinbar immer bereit, zu rennen, zu hüpfen oder hinzufallen wie ein Kind. Diese Leseprojekte, die er in Angriff nahm (das letzte war jemand namens Oscar Spangler oder Spengler), waren für sie das Sinnbild seines Wesens. Jedesmal, wenn sie es zufällig bemerkte, fing er etwas Neues an.

Heute abend jedoch war sie irgendwie durch den Streit mit John in Bewegung geraten, und sie wollte reden. Dem Bruch des Schweigens haftete eine unerwünschte Bedeutsamkeit an. Axel saß lässig in dem chintzbezogenen Ohrensessel, in Lampenlicht getaucht, den rechten Arm über dem Kopf gewölbt, die linke Hand gespreizt auf dem Buch. Während er las, gab er Geräusche von sich – kleine Huster oder Summer, und manchmal sprach er ein Wort aus (nicht immer schwierige Wörter; während sie zuschaute, murmelte er »Körper«). An diesem Abend war er, wie immer, ohne Würde, und seine Jungenhaftigkeit rührte sie auch nicht, obwohl sie sein dichtes blondes Haar mochte. Sie wollte ohne Einleitung, ohne vorbereitend und gekünstelt seinen Blick auf sich zu ziehen, ganz einfach sagen: »Wie ist es?« Plötzlich wollte sie gerne wissen, ob ihm sein Spangler gefiel, ob das Lesen irgendeinen Unterschied machte, für ihn, ihren Ehemann seit fast zwanzig Jahren.

Ihr Herzklopfen und der Schweiß auf ihren Handflächen ließen sie beinahe den Mut verlieren. Der Moment, vom anfänglichen Wunsch bis zum verkrampften Magen und den zitternden Händen, war zu kurz, und der Moment, in dem sie hätte sprechen können, ohne sich erst darauf einzustellen, ging vorbei. Sie überlegte, was sie sagen sollte: »Wie ist es?« oder »Wie ist das Buch?« oder »Was liest du so in der letzten Zeit?«, und jede Frage schien ihr noch gestelzter als die vorhergehende. Sie schloß die Augen und holte tief Luft.

Sein Buch klappte zu, der Lichtschalter klickte, und sie öffnete die Augen und sah, wie er die Treppe hinauf verschwand. »Wie ist es?« rief sie. »Wie ist dein Buch?«

Er machte kehrt mit einem Entzücken, das sie so sehr hatte vermeiden wollen. »Ja?« sagte er. »Was?«

»Nichts.«

Er machte eine kleine, verärgerte Verbeugung. »Nichts, soso.«

Letzten Endes, beschloß Kate im Bett, war es nicht schlecht, die feine Ordnung des Status quo nicht zu gefährden.

Während des ausgesessenen Trabs lief Teddy auf Herbie zu, der die Ohren anlegte und auszuschlagen drohte, und beim leichten Trab wollte er sich nicht in Bewegung setzen, es sei denn, John stieß ihm in die Seiten. Er schnitt alle Ecken, flachte alle Zirkel ab, große und kleine. Er wollte nicht die richtige Führung beim Kantern übernehmen, und er rupfte ein Maulvoll Gras nach dem anderen und stemmte sich gegen das Gebiß und riß John aus dem Sattel. Er kannte die Ausweichmanöver mit hochgeworfenem Kopf und mit vorgestrecktem Kiefer und die mit brutaler Gewalt. Er schaffte John, sowohl seine Energie wie seine Geduld, also verkürzte Kate die erste Hälfte des Unterrichts und machte mit dem Springen weiter, normalerweise das kleinste Übel, wenn man mit Teddy anfing. Er verweigerte den Holzstoß dreimal, und John fiel herunter. Kate reichte ihm eine harte Gerte. Das vierte Mal ging Teddy über den Zaun, sprang aber zu früh ab und ließ John hinter sich. Trotz ihrer Sicherheit wurde Kate beinahe bange. Das übliche Schwatzen unter den anderen Reitern verstummte, und als John das Feld herauftrottete, das Gesicht rot und voll wütendem Abscheu, fühlte sich Kate seltsam unnachgiebig. »Du machst das sehr gut ...«, fing sie an.

»Ich hasse dieses Pferd. Ich kann es nicht ausstehen! Es kackt.«

»Mary Rogers ...«

»Die blöde Kuh!«

»Du wirst schon bes ...«

»Mist!«

»John, nicht ...«

»Scheiße! Ich hab' Scheiße gesagt!«

»Sag das doch noch mal, bitte.« Er tat es nicht, und sie sah, daß er voll Furcht und Zorn war, weil er plötzlich Neuland betreten hatte. Zwei Jahre zuvor hatte Axel Peter mit einer Jagdgerte verdroschen, weil er Margret beschimpft hatte, und das war nur ein ›verdammt‹ gewesen.

»Noch mal, hab' ich gesagt.«

»Scheiße.« Er hustete.

»Vielen Dank. Absteigen, bitte.« Teddy gähnte, dann genehmigte er sich ein Büschel Gras. Seine Ohren flatterten voller Selbstbewußtsein, und er hob einen Hinterhuf. Kate nahm die Zügel, lehnte aber die Gerte ab, die John ihr anbot. »Theodore, auf!« befahl sie. Eine Sekunde später saß sie oben, und er beschrieb einen großen Zirkel in einem schönen versammelten und äußerst überraschten Trab. Zwei kleine Zirkel nach links. Zwei nach rechts. Eine Diagonale im langsamen Galopp mit fliegendem Wechsel. Halt. Vier Schritt zurück. Starker Trab an der langen Seite der Reitbahn. Teddy hing die Zunge aus dem Maul, er strengte sich an, das Gebiß anzunehmen. »Laß das«, sagte sie. Sein Schädel beugte sich, sein Hals wölbte sich, und er begann zu schwitzen. Sie brachte ihn wieder in den versammelten Trab, diesmal fast eine *Passage*, und auf zwei Hufschlägen durch die

Bahn, eine schöne diagonale Bewegung, in der Teddys Fesseln sich wie bei einem Tänzer kreuzten. An der kurzen Seite der Reitbahn im Arbeitstrab, dann auf zwei Hufschlägen zurück. Schritt, Halt. Einen Moment Entspannung, dann nahm sie ihn wieder auf und brachte ihn über die Steinmauer und die Stangen. Als sie das keuchende Pferd ihrem Sohn zurückgab, sagte sie: »Teddy ist kein Anfängerpferd. Wenn er eins wäre, hätte ich ihn nicht von dir reiten lassen.«

Zum Mittagessen gönnte Kate ihnen etwas Besonderes: Sandwiches mit Erdnußbutter und Speck, dazu Gurke und Tomate. Bevor sie hereinstürmten, überkam Kate einen Augenblick das Gefühl des Mutterseins, unergründlich und in sich geschlossen wie eine blaue Perle. In diesem Moment war sie nicht die gescheiterte Reiterin, ausgewandert aus dem Land der Weiden ins Land der Sojabohnen, zukünftige Nonne, ehrgeizige Reitlehrerin. Sie war nicht die Frau, für die die Mutterschaft nach achtzehn Jahren immer noch eine Überraschung war. Sie liebte sie, wie sie da nacheinander hereinkamen: Peter zu groß, John zu launisch, Margret zu gefühlvoll, Henry zu nachlässig. Sie liebte sie sogar, als John den Teller mit Plätzchen fallen ließ und Henry und Peter darauf traten, noch ehe Margret die Krümel aufheben konnte. Aus Liebe zu ihnen sagte sie: »Ich werde heute einen neuen Plan für die Hausarbeit aufstellen, und diesen Sommer rechne ich fest damit, daß ihr euch daran haltet.«

An frühen Nachmittagen, wenn die Kinder draußen oder oben waren, zog sich Kate ins Wohnzimmer zurück und machte die Türen hinter sich zu. Selbst an den heißesten Sommertagen schätzte sie ihre Privatsphäre mehr als einen gelegentlichen Luftzug. Vorgeschoben hatte sie Arbeit: Es gab Abrechnungen zu erstellen, man mußte über Turniere nachdenken und sich eventuell anmelden, es gab einiges bei Kauffman oder Miller in New York zu bestellen, man mußte mit Leuten oder Geschäften korrespondieren oder telefonieren. Tatsächlich schwanden jedoch diese Aufgaben im Genuß ihres Alleinseins, und das Wohnzimmer erschien ihr nie als ein Ort der Arbeit, wie die Küche oder das Schlafzimmer, oder die Ställe. In ihrer Vorstellung saß sie dort im gezähmten goldenen Sonnenlicht auf dem einstmals himmelblauen Samtsofa, in einem Meer aus Teppichen und Büchern und Mahagoni, für sich allein und zufrieden, als wäre sie in einem Kloster. (Sie hätte Stein und Bein schwören können, daß es, wäre sie vor ihrer Ehe konvertiert, diese ganze Pferdegeschichte nicht gegeben hätte, keines von diesen Kindern.) Das Silber auf dem Sideboard lief so langsam an, daß es nur blaß zu werden schien, die Stapel mit Pferdezeitschriften wuchsen diskret, und da sie und Axel niemals Gäste empfingen, nahm das Wohnzimmer eine beständige, anheimelnde Privatheit an, konzentriert auf diese beiden Stunden am Tag, von eins bis drei, wenn die Welt sie instinktiv allein ließ. Während der übrigen zweiundzwanzig Stunden des Tages schaffte sie die schwierigeren Probleme beiseite wie ein Eichhörnchen die Nüsse, bewahrte sie für diese Zeit und diesen Ort auf, wo sie sie herausnehmen und in ihnen schwelgen konnte: Mochte sie auch keine Lösungen finden, sie konnte sie zumindest auf beinah greifbare Ausmaße reduzieren.

In den frühen Junitagen wälzte sie das Problem Margret hin und her, das ernst genug war, um interessant zu sein, aber doch noch nicht hoffnungslos, denn das Mädchen war zwar weinerlich, schien aber nicht unglücklich. Nach einigen Tagen des Nachdenkens beschloß sie, Margret könnte Lehrerin werden oder Krankenschwester, etwas Nützliches und Weltliches, aber auch irgendwie Jungfräuliches. Später, mit ein bißchen Erfahrung, mochte sie auch heiraten und Kinder bekommen, andererseits war Kate der Meinung, daß auch ein noch so warmherziges Mädchen einen Beruf brauchte, besonders wenn es nicht sehr hübsch oder lebhaft war. Nachdem Kate das alles in der entrückten goldenen Atmosphäre des Wohnzimmers durchdacht hatte, rief sie Margret zu einem vertraulichen Gespräch herein.

Ihre Tochter hatte sich bereits zu einer dieser Frauen entwikkelt, mit denen Kate niemals auskam: gefühlvoll, große Brüste, zögernd. Einmal hatte es Vermutungen gegeben, sie könnte Nonne werden. Ihre religiösen frühen Teenagerjahre waren eifernder gewesen als bei den meisten anderen, und einmal war Kate in Margrets Schrank ein Koffer in die Hände gefallen, der gegen die Wand gelehnt und mit einem weißen Handtuch bedeckt war. Rechts davon lag Margrets Meßbuch für jeden Tag und links eine Sammlung von Gebeten für besondere Anlässe. Über dem provisorischen Altar und unter dem Bronzekreuz war ein kleines goldenes Kästchen mit Reißzwecken an die Wand geheftet, darin lag ein Rosenkranz, und darüber, mit Klebstreifen befestigt, um alles zu beleuchten, die Taschenlampe, die Kate eigentlich gesucht hatte. Als Kate sie ausfragte, gestand Margret fünfzehn Rosenkränze pro Nacht, außer, sie schlief mittendrin ein. Kate hatte sie vorsichtig gelobt und in der Kirche beobachtet. Nach einer Weile ließ das nach, und Margret begann aufrecht am Geländer zu knien und während der Messe wie die anderen Kinder verstohlen umherzuschauen. Der Rosenkranz blieb zu Hause, und der Spitzenschal wich einem sittsamen Band. Beichten war kein tägliches Ereignis mehr, und es wurde auch nicht mehr heimlich gefastet. Doch seitdem wurde Kate das Gefühl nicht mehr los, daß Margret irgendwie zerbrechlich war, irgendwie zu brav und irgendwie recht schwach. Wenn Margret über die Witze ihres Vaters lachte (und das geschah nicht so selten), war Kate gewöhnlich leicht überrascht.

»Mutter?«

»Du kannst die Tür zumachen, Margret.« Kate wußte nicht, wie man Vertraulichkeiten hervorlockte, nicht einmal, wie man sie selbst mitteilte. Sie ließ sich gegen die Armlehne des blauen Sofas zurücksinken, einladend entspannt. Margret saß aufrecht in Axels Ohrensessel. Die lockigen Spitzen ihrer Haare waren feucht; alles an ihr, das wußten sie beide, widersprach der klaren Kühle ihrer Mutter. Kate beschloß, den Lehrerberuf der Krankenschwester vorzuziehen. »Ich habe mir Gedanken über dich gemacht«, sagte sie. »Wirst du es diesen Herbst noch mal mit dem College versuchen?« Sie spürte, wie sie vermied, sentimental zu sein und sich statt dessen vorwurfsvoll anhörte.

Margret zuckte die Schultern. »Kann ich machen, wenn du meinst, ich sollte.«

»Also, das ist genau die falsche Antwort, Margret. Ich denke gar nichts darüber. Ich möchte wissen, was du tun möchtest.«

»Ich fühl' mich ganz wohl.«

Das war auch die falsche Antwort. Gegen ihren Willen wurde Kate ärgerlich. »Natürlich fühlst du dich nicht wohl …« Sie versuchte, ihren Standpunkt deutlich zu machen. »Es gibt hier keinen Platz mehr für dich.« Margret schaute sie sehr plötzlich und sehr kurz an. »Natürlich gibt's hier immer einen Platz für dich. Ich meine nur, daß jede Achtzehn-, Neunzehnjährige, die …« Sie hielt inne, holte Luft und begann von vorne. »Ihr Kinder sagt immer, daß ihr euch wohl fühlt, auch wenn klar auf der Hand liegt …« Und jetzt saß sie aufrecht. Sie ließ sich vorsichtig zurückgleiten. »Also Margret«, fing sie an und hielt inne. Vielleicht wäre es besser, so beschloß sie, da man das Thema nun einmal angeschnitten hatte, wenn man ruhig dasäße, bis Margret selbst etwas sagte. Draußen im Stall schrien John und Henry sich an. Margret sagte ruhig: »Ich fühl' mich wohl. Ich glaube nicht, daß das Weinen so viel bedeutet, wirklich.«

»Daran habe ich gar nicht gedacht, obwohl es mich natürlich beunruhigt, daß du …«

»Ich fühl' mich ganz wohl, wirklich.«

»Ich verstehe das nicht, aber es scheint …«

»Mutter, du weinst nie. Du glaubst, das sei eine große Sache, weil du es nie tust, aber das ist es nicht.«

»Na ja …« Es stimmte, daß Kate nie in ihrem Leben geweint hatte. Selbst als Baby hatte sie gebrüllt oder geschrien, aber niemals Tränen vergossen. Sie hatte mit trockenen Augen den Begräbnissen ihres Vaters und ihrer Mutter beigewohnt, die Tötung ihres ersten und liebsten Pferdes auf der Jagd, die Tollwutdiagnose ihres preisgekrönten Golden Retrievers, das verzweifelte Wiehern von drei eingeschlossenen Dressurpferden bei einem Stallbrand in Pennsylvania hingenommen. Als der Pferdeanhänger, der einer Freundin gehörte, voll beladen eine Böschung hinuntergerollt war und Kopf und Hinterbein eines der Pferde in einem unnatürlichen Winkel zueinander sichtbar wurden, da war es Kate gewesen, die die Anhängertür aufbrach, das Pferd beruhigte und es wagte, sich den Schaden anzusehen. Sechs Monate später, als die Freundin selbst bei einem Turnier stürzte und sich das Becken brach, war Kate die erste auf der Bahn, mit Decken und Brandy. Durch alle ihre Verletzungen und Geburten war sie mit offenen Augen gegangen, wachsam und ruhig.

Jetzt wechselte sie das Thema. »Margret«, sagte sie, setzte sich auf, beugte sich verschwörerisch vor und lächelte über ihren eigenen perfekten Plan. »Margret, aus dir könnte eine gute Lehrerin werden. Du kannst sehr gut mit Kindern umgehen, glaube ich. Du kommst immer besser mit den Anfängern klar als ich. Ich glaube, du hast da wirklich den Dreh raus, auch wenn du es vielleicht nicht weißt. Jedenfalls glaube ich, wenn du irgendeinen Vorsatz, ein Ziel hättest, für das du arbeiten könntest, dann würde dieses Weinen aufhören. Vielleicht stört es dich nicht, aber sicher würde es dir dann bessergehen?«

»Manchmal glaube ich … Weißt du, Mutter, im Mittelalter gab es diese Frau, Margery Kempe, und sie hat die ganze Zeit geweint. Man hat gesagt, es sei eine Art von Heimsuchung durch die Heiligen. Sie konnte nichts dafür. Die Leute haben angefangen, sie zu meiden.«

»Na ja …« Wenn es nicht um ihr eigenes Wunder ging, wußte Kate nicht recht, was sie sagen sollte, obwohl sie aufgeschlossen blieb. »Jedenfalls, denk mal nach über diese Lehreridee … Mir kommt sie nicht schlecht vor. Dritte Klasse, vierte Klasse, irgend so was.«

»Ich möchte nicht Lehrerin sein.« In ihrer Unverblümtheit klang die Aussage ziemlich brutal, und Kate lächelte, bemüht, nicht gekränkt zu erscheinen. Margret zuckte schüchtern die Schultern, beeilte sich, nicht kränkend zu erscheinen. Nach einer Minute sagte Kate, wie nebenbei: »Wo hast du von dieser Margery Kempe gehört?«

»In meinem Geschichtskurs über das Mittelalter.«

»Oh.«

Wieder eine lange Pause.

Margret sagte: »Ich hab' mir gedacht, ich geh' heute nachmittag raus und schau' mir die Zuchtstuten an.«

»Gute Idee.«

Margret ging. Kate hörte sie seufzen, als sie die Tür hinter sich schloß, und mußte selbst seufzen.

So wie die meisten Leute sich nicht an die Zeit erinnern können, in der sie nicht laufen konnten, so konnte Kate sich an keine Zeit erinnern, in der sie nicht reiten konnte. In den Familien in Maryland, mit der Tradition und den Verbindungen, die ihre Familie besaß, war Reiten der einzige wirklich annehmbare Sport, und Sport war die einzig annehmbare Form der Erholung. Man wußte nicht, wieviel Geld sie hatten. Mutter kleidete sich hervorragend, man hatte zwei Dienstboten, Reitstiefel und Reithosen waren maßgeschneidert, und der jährliche Mitgliedsbeitrag für zwei Jagdvereine am Ort war so unumgänglich wie das tägliche Brot, doch es gab Klagen über Verschwendung, und Kate wurde ermuntert, ein Mädchen-College in der Nähe zu besuchen, was ihr gerade recht war, denn sie wollte ihre Pferde ohnehin nicht verlassen. Sie feilschte um ihre besten Reitpferde und kaufte sie grün und ungebärdig. Wenn sie herausfand, was andere Reiter aus der Gegend für ihre Jagdpferde bezahlten, die wie auf Knopfdruck reagierten, war sie eher empört als neidisch. Von ihrer Mutter und ihrem Vater hatte sie Benehmen, Geschmack, eine gewisse Beredsamkeit aufgesaugt und Vertrautheit mit einem Stückchen Kultur, aber es war ein unbewußtes Erbe. Bis zu ihrem Übertritt hatte sie ihre Energien niemals auf irgend etwas anderes gelenkt als auf Pferde, auch nicht einen Moment lang. Margrets zukunftslose Situation auszuloten, auch nur damit zu beginnen, das ging über ihren Horizont. Selbst wenn man nicht Lehrerin werden wollte, dachte sie, war es besser, so zu tun, als ob man es wollte, bis man etwas anderes werden wollte.

Margret putzte fröhlich vor sich hin: sie putzte, weil der Wandschrank im oberen Stock es nötig hatte (sie hatte tatsächlich einen Strampelanzug gefunden, mit Druckknöpfen an den Innenseiten der Beine, eine Erinnerung an Henry als Wickelkind), und fröhlich war sie, weil der riesige zedernholzgetäfelte Raum dunkel und kühl und sie hier ganz ungestört war. Sie war schon zwei Stunden da, hatte alte Kleidungsstücke zusammengefaltet und sie für den Wohltätigkeitsverein in Bündel geschnürt. Es erstaunte sie, was es da alles gab und an wie viele Sachen sie sich genau erinnerte, als könnte der Anblick eines Kleides oder eines karierten Hemdes die Jahre mit anderen Kleidern und

Hemden verschwinden lassen. Nur wenige Kleidungsstücke hatten Löcher oder Flicken, und eine ganze Reihe steckte sauber gefaltet mit Quittungen in den Verpackungen, in denen sie ins Haus gekommen waren, Überbleibsel von Mutters Angewohnheit, im Ausverkauf Sachen zu ergattern, die, wie sich dann herausstellte, keinem der Kinder paßten. Mutter schwor dann immer, sie einem anderen Kind zum nächsten Geburtstag zu schenken, und warf sie in den großen Wandschrank, und hier lagen sie alle.

Außer der Kleidung gab es Wolle und halbfertige Pullover, Stoffreste, alte Schnittmuster, Überschuhe, Stiefel, Schuhe, drei Filzhüte, viele Mützen für Sommer und Winter, kaputtes Spielzeug und beschädigtes Werkzeug, einen Farbkasten, einen Stapel Bilderrahmen, einen Umschlag mit Negativen und drei Nähkästchen. Margret konnte nicht nähen, und Kate hatte seit Jahren nichts genäht, aber die Nähkästchen waren hübsch. Eines aus Walnußholz, mit gelber Seide gefüttert, hatte ihrer Großmutter gehört, die gern ihre Unterwäsche selbst nähte, aus hauchdünnem Stoff und reich verziert. Sie hatte alles mit der Hand gesäumt. Solch ausgesucht feminine Fertigkeit gefiel Margret gerade wegen ihrer Fremdheit, denn die einzige Unterwäsche, die praktisch war, wenn man ritt und Hausarbeit machte und den ganzen Tag schwitzte, war taillenhoch und aus reiner Baumwolle. Die Eleganz ihrer Großmutter war in Margrets Kindheit unvorstellbar gewesen, aber jetzt, als sie die noppigen vergilbten Spitzenbahnen flach ausbreitete und dann zusammenfaltete, seufzte sie sehnsüchtig und stellte sich die Urteilskraft und Sachkundigkeit vor, die gewiß bei der Auswahl mitgespielt hatten.

Die Tür ging auf, und Vater sagte: »Margret, bist du da drin?«

»Hallo, Daddy, ich sortiere die alten Sachen aus.«

»Hast du meine Supermütze und meinen Tarnpullover gefunden?«

»Ach, Daddy.«

»Ach, Daddy, was?«

Margret lächelte, sagte aber nichts.

»Ach, Daddy, was? Du lachst. Also hast du sie gefunden?«

»Ach, Daddy, die gibt's doch gar nicht.«

»Mein liebes Kind, glaub ja nicht, nur weil du auf dem College warst und ein Semester Psychologie gemacht hast, weißt du schon alles.«

»Ich hab' nicht Psychologie gemacht, ich hab' Chemie gemacht.«

»C sechs, H zwölf, O sechs und so was alles?«

»Mehr oder weniger.«

»Mehr? Oder weniger?«

»Eher mehr, leider.«

»Hab' ich's dir nicht gesagt? Du hättest Psychologie studieren sollen.«

Margret machte das schöne Kästchen zu, sie hatte die Garnrollen ordentlich in Reihen gelegt und ein mehrfarbiges Knäuel zwischen ihren Handflächen zusammengerollt. Axel schaute ihr eine Sekunde lang zu, ging dann und schloß die Tür. Margret fing an, Teile von alten Spielen aufzusammeln: *Clue, The Game of States, Careers.* Alle sahen verblichen und doch irgendwie neu aus. Selbst im Winter hatte es immer andere Dinge zu tun gegeben als Spiele zu spielen. Die Tür ging wieder auf. »Margret, würdest du wieder ins College gehen und Psychologie machen?« fragte Axel.

»Du hast mit Mutter geredet.«

»Wieso? War sie damit hinter dir her?«

»Nicht direkt hinter mir her.«

»Sagst du mir, was du ihr gesagt hast?«

»Ich will nicht Lehrerin werden.«

»Ach so. Hattest du ihr denn gesagt, daß du das werden wolltest?«

»Nein.«

»Ach so.« Die naheliegende Frage stand zwischen ihnen im Raum, aber Axel stellte sie nicht. Statt dessen nahm er eine von den Baseballmützen der Jungen in die Hand und setzte sie sich auf den Kopf. »Vielleicht ist sie das«, murmelte er theatralisch, »andererseits hat sie John beim Baseballspielen nie sehr geholfen.«

»Ach, Daddy.«

Er hockte sich hin und steckte die Baseballmütze unter die Schnur in eines ihrer Bündel. »Margret.«

»Ja, Sir.«

»Deine Mutter und ich haben bestimmt nicht darüber gesprochen, und darum ist das jetzt auch nichts ›Offizielles‹, aber ich glaube wirklich, wenn man in deinem Alter ist, ist es wichtig, daß man sich nicht angewöhnt, etwas aufzugeben oder etwas nicht zu schaffen. So eine Angewohnheit kann man schwer wieder ablegen.«

»Ja, Daddy.«

»Das klingt jetzt aber wie eine offizielle Antwort: ›Kein Kommentar, also kümmere dich um deine eigenen Sachen.‹«

»Ist es aber nicht. Das ist nicht meine Art.«

»Na ja ...«

»Ist es nicht. Ich fühl' mich ganz wohl, ehrlich.«

»O. k.« Axel stand auf. »Soll ich dir ein paar von den Bündeln mit zum Wagen runternehmen?«

»Das wär' toll.«

Margret warf ihnen ihre Besorgnis nicht vor, aber sie teilte sie auch nicht. Seit ihrer Rückkehr schien die Farm außerhalb der normalen Zeit zu existieren, ein Schauplatz endloser Sommer, endloser Anstrengung, endloser Sicherheit. Veränderung war etwas, an das sie nicht mehr recht glaubte.

Es wurde entsetzlich heiß, so heiß, daß die Pferde in ihren Boxen schwitzten und die Gänse ihre unermüdliche Futtersuche aufgegeben und sich unter den Fliederbüschen beim Haus niedergelassen hatten. John spritzte Freeways Bein immer wieder ab, dreimal am Tag, jedesmal eine Stunde, und seine Laune wurde immer schlechter. Er war gerade dabei, als Mr. Eisen kam, um Spanky zu bezahlen. John legte den Schlauch hin und rannte los, um seine Mutter zu holen. Die Summe auf dem Scheck, das sah er, war höher als der Wert des Pferdes, den er kannte, und er spritzte zwar ruhig weiter, während sie dort standen (Ellens Vater dankbar und entgegenkommend, Kate wohlwollend), aber als er allein war, mußte er hinter den Stall rennen und laut schreien über die Unehrlichkeit seiner Mutter.

Der Nachmittag war sogar noch schwüler. Er ließ das Wasser über den eigenen Körper laufen, aber in Sekundenschnelle fühlte sich sogar das wie Schweiß an. Und er saß in der Sonne, denn der Schlauch war nicht lang genug und reichte nicht um die Ecke des Stalls. Durch die Sonne fühlte er sich sonderbar, atemlos und weit weg von sich selbst; wenn er fünf Minuten gespritzt hatte, machten ihn die Rinnsale, die kreuz und quer an Freeways Beinen herunterliefen, ganz schwindelig. Zehn Minuten kamen ihm vor wie eine halbe Stunde, und ihm wurde übel, wenn er an die langen fünfzig Minuten dachte, die vor ihm lagen.

Seit dem Unfall hatte Freeway das jämmerliche Aussehen eines lahmen Pferdes mit hängendem Kopf angenommen. Es war eher eine Haltung als Mangel an Training. Er schien sich nicht mehr leicht aufwärts und vorwärts zu bewegen, nicht einmal, wenn er nur im Schritt ging; statt dessen ging er schleppend, gedrückt und mit schweren Hufen. Dieser plötzliche Verlust an Eleganz ließ John sein Mitleid vergessen und machte das Abspritzen zur Pflicht, und obwohl er es gewissenhaft ausführte und wußte, daß es gar nicht so unangenehm oder langweilig war, wenn man einmal angefangen hatte, schob er es jeden Tag ein bißchen vor sich her, so daß es die meiste Zeit bedrohlich über ihm schwebte. Jetzt warf er den Schlauch voller Verachtung hin und beschloß, über die Weide mit den Zuchtstuten hinunter zum Wald zu wandern, und wenn auch der brennend heiße Weg ihm Kopfschmerzen machte und die Grassamen juckend an seiner feuchten Haut klebten, die glatten, kühlen Kiesel und das fließende Wasser waren es doch wert. Es war fast unmöglich stehenzubleiben. Staub und Schotter, sengend weiße Zäune: Alles schien endlos. John fühlte sich in sich selbst verloren, mit wenigen Gedanken, und diese wie karge Räume an langen Fluren. Selbst die Freude auf den Bach wurde, als er das hohe Gras teilte und Freeway in einem irritierenden Rhythmus hinter ihm herhumpelte, wertlos und abgenutzt. Es gab eine ganze Menge Dinge, die er haßte, und an erster Stelle stand die Sonne. Er hatte nicht die Energie, alles andere aufzuzählen, aber er nahm an, daß die Liste ein Katalog der ganzen Welt sein würde.

Links. Rechts. Links ließ ich liegen mein Weib und sechsunddreißig Kinder, zu Hause in der Küche halbverhungert, und keine Kohle mehr. Tap-tap, tap-tap, tap-tap machten Freeways Vorderbeine in dem blöden, dreckigen Staub hinter ihm. Sie kamen zu einem Weg, den die Stuten und die Fohlen ausgetreten hatten. John hielt an. Freeway stubste ihn mit seinem schönen samtigen Maul am Arm, blähte friedlich die Nüstern und spitzte die Ohren. Sein kupfernes Pferdegesicht war mit Äderchen gemasert und intelligent. Jetzt felsiger Boden und Bäume. Schatten. Fliegen. Eine Enttäuschung, diese Blätter mit Staub überzogen, reglos, aber er konnte den Bach hören, und dann lag er vor ihm, naß und klar, Schlamm und Kiesel paradiesisch vereint, die Ufer dunkel schimmernd, in Schatten getaucht. John fühlte sich gefestigt. Freeway schnaubte und warf den Kopf. Sie kamen zu einer abschüssigen Stelle am Ufer, und das Pferd wollte nicht weiter. »Los, komm!« sagte John und riß am Halfter. »Los, komm!« Der Bach, der hier flach war, floß klar und melodisch in seinem Bett. Freeway stemmte sich gegen den Führzügel. John riß ihn nach links, dann nach rechts, aber das Pferd weigerte sich strikt, ins Wasser zu gehen. John brach einen Zweig von der nächsten Ulme und fing an, ihn auf Kopf und Nacken zu schlagen, machte einen Schritt vorwärts, wenn Freeway zurückwich. Der Zweig hob sich und fiel, und das Pferd riß und riß an dem Zügel in Johns Hand.

Der Zweig zerbrach, und John warf ihn hin. Freeway blutete über dem linken Auge und über der Nase, und als John die Hand hob, um die Stirnlocke des Pferdes zurückzuschieben, warf es den Kopf hoch und entwischte beinahe. Irgendwie war John verblüfft und verletzt. Nachdem sein Ärger verflogen war, hatte er jetzt endlose Geduld. »Rein ins Wasser, Freeway«, sagte er, »es ist so schön kühl.« Er führte das Pferd hinunter zum Bach und versuchte es flußaufwärts in den Schatten zu geleiten. Freeway scheute und zögerte bei jedem Schritt, und als John sich ihm zuwandte, wich er zurück. »Na los, mach schon«, schmeichelte der Junge. »Ich schlag' dich nicht mehr. Wirklich nicht. Ich schwöre.«

Das Pferd wollte nur ins knöcheltiefe Wasser gehen, aber das reichte aus. Das Wasser plätscherte um Johns Gummistiefel, kühlte seine Füße und Waden, erfrischte sein Blut, als es aufwärts zum Herzen floß. Er tauchte die Arme bis zu den Ellbogen ein, dann bespritzte er Freeways Bein mit sanfter Bewegung. Er sagte: »Ist das nicht besser so? Ist das nicht besser?«

Zur Fütterungszeit klapperte der helle Braune wie die anderen Pferde mit seinem Eimer, aber als John mit dem Hafer hereinkam, stellte er sich in die Ecke und legte die Ohren an. Das war eindringlicher und erschreckender als die ganzen Prügel, die, wie es John schien, in weiter Ferne stattgefunden hatten; der Anblick seines Pferdes, wie es die braunen Augen ins Weiße verdrehte (dieses Pferd, nur für ihn gezüchtet und trainiert), gab John das Gefühl, als konzentriere sich sein Inneres, als erhitze es sich und zöge sich von seiner Haut zurück. Nach dem Abendessen lehnte er eine Runde *Crazy Eights* mit Henry ab (Mutter sagte: »Ihr Jungs habt sowieso Sättel zu putzen.«) und ging nach oben in sein Zimmer.

Einige Wolken waren von Westen heraufgezogen, während sie beim Essen saßen, und ein Luftzug bewegte die Papiere auf seinem Schreibtisch und machte angenehme Geräusche. Die Plättchen des Muschelwindspiels, das irgend jemand Mutter zu Weihnachten geschenkt hatte, klimperten, und er hörte, wie Freeway, Herbie und MacDougal in ihren Boxen scharrten, denn sein Fenster ging auf die Einfahrt und die Hauptstallungen hinaus. Er konnte alles hören: Am geöffneten Fenster unten stritten Peter und Henry darüber, ob der Krug nun ein Topf oder Geschirr war, denn in diese Kategorien wurde der Abwasch unterteilt.

Margret war draußen in der Einfahrt und schlug Striegel an einer Zaunlatte aus und sang vor sich hin. Jeepers, der Border Collie, bellte. Eine Katze schrie irgendwo in der Nähe, und eine der Zuchtstuten jenseits des Hügels wieherte ihr Fohlen an. »Ein Krug ist Geschirr«, rief Mutter, »und ich will nichts mehr davon hören.«

»Hab' ich dir doch gesagt«, bemerkte Peter.

»War nicht meine Schuld«, sagte John laut zu sich. »Es war zu heiß.«

Aber er fing trotzdem an zu weinen, nicht weil er eine Grausamkeit begangen hatte, und noch dazu eine, die seiner gesamten sportlichen Ausbildung widersprach, sondern weil dieses neue Mißtrauen zwischen ihm und seinem Pferd so traurig war.

Genau in dem Moment geschah etwas, das schon ein- oder zweimal zuvor geschehen war. Mitten in der Trauer, die er fühlen mußte und die er tatsächlich auch fühlte, dachte er die Worte »na und?«; nicht ernsthaft, nicht so, als meinte er sie, sondern mit der gleichen Neugier, die er bei der Anprobe eines schrill geblümten Hemdes empfinden würde. Nachdem er jene Worte gedacht hatte, hörte er auf zu weinen und richtete sich auf. Um ihn herum, trostlos verstreut und deutlich in dem durchdringenden Blau der Dämmerung und durch die Klarheit seines eigenen gereinigten Blicks lagen all seine unvollendeten Vorhaben: die Gitarre, auf der er sechs Akkorde konnte, der Basketball, den er letzte Weihnachten seinem Vater abgerungen hatte (bald irgendwann würde irgend jemand fragen: »Sag mal, was ist eigentlich aus dem Basketball geworden, den du letzte Weihnachten so dringend haben mußtest?«), Briefmarken und Münzen, Steine und getrocknete Blumen. *Genetische Determinierung der Körperfarbe des Nutzpferdes, Die Vögel Nordamerikas, Auf der Suche nach wildem Spargel*. Ein Kamelhaarpinsel, neunzehn Blatt Reispapier und ein Buch mit dem Titel *Chinesisch im Selbststudium, Stufe eins*. Ein Puzzle mit eintausend Teilchen, zu einem Drittel fertig (auf dem Boden lagen Teile, die er vor Monaten hätte aufheben sollen). Das Projekt für die Biologieausstellung über den Nährwert von Alfalfa, das es niemals bis zur Biologieausstellung gebracht hatte. Seine Berechnung der Teilung eines Kreisumfangs durch den Durchmesser. Er hatte vorgehabt, pi bis auf einhundert Stellen zu berechnen, nur um sie vor sich zu sehen. Er war bis sechzehn gekommen. Er fing wieder an zu weinen, aber gern, zu gern, als hätte das »na und« ihn beleidigt. Er weinte sich in den Schlaf, nicht ohne zu denken: »Ich weine mich in den Schlaf.«

Er wachte in dem gleichen Blau der Dämmerung auf, das sein Versagen so entlarvt hatte, in dem gleichen kühlen Luftzug, der seine Habseligkeiten mit Leben erfüllte. Er stand auf, um sich auszuziehen, und bemerkte das aufsteigende Licht vor seinem Fenster und dann die fehlende Betriebsamkeit unten und wußte, daß es Morgen war. Keine halbe Stunde mehr und Margret würde sie wecken und Ermahnungen austeilen: »Kein Futter für die Jährlinge heute, der Tierarzt kommt zum Entwurmen. Blah. Blah.«

Er hatte keinen Hunger und fühlte, daß sein gewohntes morgendliches Selbstvertrauen versiegt war. Der Raum erhellte sich. John hievte sich aus dem Bett und ging zum Fenster. Die Sonne war aufgegangen und glühte am ganzen Horizont. Tiefe Wolken, wie quellender Rauch, hingen über der Feuersbrunst, und in dem grellen Licht standen Sommerbäume, versengt und blattlos; die Ställe und Zäune sahen schwarz aus, wie angebrannt. Er wußte, das war nur der Sonnenaufgang, und er wußte es doch nicht; er wußte, das Zinnoberrot, das seine Arme und bestimmt sein Gesicht übergoß, war gebrochenes Licht, und er wußte es doch nicht. Er wußte, er könnte sich in Geräusche flüchten: Hühner, Pferde, Eichelhäher, die über Baumgeäst schwirrten, und doch zweifelte er daran. Er gab kein Wort von sich, hielt sich am Fenstersims fest und wartete.

Das Feuer wich zurück, barst, wurde die ferne Sonne. Bäume entfalteten sich. Die Zaun- und Fensterumrandungen glänzten wieder weiß. Die alte Katzenmutter kam die Einfahrt heruntergetrottet mit einer Rauchschwalbe zwischen den Kiefern, und die ganze Verheerung war in dem zerrupften Flügel eines sterbenden Vogels. »Alle aufstehen«, rief Margret, »Fliegenshampoo heute!« John schob sich das Haar aus dem Gesicht und seufzte, beschloß zu tun, was seine Mutter ihm gesagt hatte, rein und gut zu sein.

3

Die Tage hatten ihren gewohnten Sommerrhythmus angenommen. Die Kinder waren um sechs aus dem Bett, um acht aufgesessen, um zehn wieder, diesmal aber zwangloser auf den unerfahreneren, weniger trainierten Pferden. Sie machten zu Mittag eine Essenspause, während der Tageshitze reinigten sie die Boxen, und nach halb vier ritten sie noch einmal kurz. Neben dieser Hauptbeschäftigung hatten sie verschmutzte, quietschende, zerbrochene, abgenutzte und verlorene Ausrüstungsteile zu suchen und zu reinigen, zu ölen, zusammenzuheften und zu binden, zu spleißen und zu kleben, und außerdem hatte jeder einzelne seine Aufgaben, für die er verantwortlich war: Margret untersuchte die Pferde und behandelte kleinere Verletzungen; Peter kümmerte sich um die drei Zuchthengste; John behielt die Jährlinge im Auge und die Zweijährigen; Henry fütterte die Gänse, den Hund und die Katzen und stöberte nach Hühnereiern (am besten, bevor sie anfingen, schlecht zu werden). Es gab Sattel und Zaumzeug zu reinigen, man mußte sich um Stiefel und Reithosen und Decken und Eimer und Futterkrippen kümmern, Zimmer saubermachen und Hausarbeit teilen. Mutter hatte es gern, wenn man ihr morgens Tee und Zimttoast brachte. Sie hatte es auch gern, wenn sie ihre sportliche Ausbildung mit dem Körper wie auch mit dem Kopf vorantrieben: Regeln und Theorien zu verschiedenen Reitstilen und zur Stallorganisation lernen, etwas über Anatomie und Ernährung und Psychologie des Pferdes wissen, über die Geschichte und den Nutzen des Pferdes allgemein reden können. Die Verwandtschaft zwischen Grevyzebra und Man O'War* sollte ihnen nicht unbekannt sein, also ließ sie überall Reitbücher, Bücher über Tiermedizin und Archäologie herumliegen.

An Sonntagen gingen sie in eine kleine Kirche zur Messe, dann kamen sie nach Hause und erledigten ihre Pflichten, Reiten ausgenommen. Kate war der Meinung, man ruhe sich am Sonntag aus, indem man seine Bemühungen um die Farm und die Versorgung der Pferde verdoppelte. Manchmal benutzte Kate den Sonntag auch, um mit ihnen die Fehler der letzten Woche durchzukauen, und tat dann ihre Ansicht kund, daß sie die gleichen Fehler in der kommenden Woche nicht wiederholen würden, wenn sie nur tief genug über die Dinge nachdachten.

Bei Peter und MacDougal schien diese Methode überhaupt nicht zu funktionieren. Jeden Tag war Kate fest entschlossen, ruhig und hilfsbereit zu sein, und jedesmal verlor sie die Geduld und wurde sarkastisch, und jeden Tag war Peter fest entschlossen, sich an alles zu erinnern, was er gelernt hatte (bevor sie ihn daran erinnerte), und er stieg auf sein Pferd, und alles war weg. Gegen

* Berühmtes Rennpferd in den USA (Anm. d. Übers.).

Ende jeder Stunde füllte sich die Leere in ihm mit Wut, obwohl er gewöhnlich kein wütender Mensch war und sich abends zuvor in den Schlaf gebetet hatte, um genau das abzuwenden.

Als ein Nebenprodukt des täglichen Konfliktes, und Kate war nicht so beschäftigt, daß sie das nicht bemerkt hätte, verbesserten sich die anderen Schüler leicht; noch wichtiger jedoch, sie gaben sich viel Mühe. Jeder von ihnen hatte den verstohlenen, unruhigen Blick eines Menschen bei einem jähen Gewitter, emsig bemüht, den Blitz ihrer Verachtung nicht auf sich zu lenken.

Es kam so weit, daß alles an ihrem ältesten Sohn sie kränkte: seine neuen Stiefel, die ihm schon wieder zwei Zentimeter zu kurz waren, seine Haare, die schon wieder zwei Zentimeter zu lang waren, die steife Haltung seines Rückens, das schlappe Baumeln seiner Beine, die Art, wie seine Hände, die bis jetzt so leicht und locker gewesen waren, unbewußt die Zügel umklammerten, so daß MacDougal widerwillig hin und her ruckte und wieherte. Seine Frustration und seine hilflose Wut gegen Ende jeder Stunde ärgerten sie, aber es war sein mangelndes Selbstvertrauen (die Art, wie er sie anschaute und ständige Unterstützung und Ermutigung suchte, die Art, wie er beim Ton ihrer Stimme zurückzuckte), das in ihr das Bedürfnis weckte, ihn zu beschimpfen. Sie nahm diese harte Nuß des Ärgers jeden Nachmittag mit in ihre Klause, aber sie kam zu keinem Ergebnis. Ihr bestes Kind und ihr bestes Pferd waren zusammengekommen und offenbar eher, um ihre Hoffnungen zu zerstören als zu erfüllen. Leute aus dem Osten, vom Nationalteam, würden diesen Sommer in der Gegend sein, und sie würde ihnen letzten Endes nichts vorzeigen können.

Außerhalb der Reitstunden fing Peter an, Arbeiten zu erledigen, die er sonst angeblich vergessen haben würde. Eines Tages wusch er die Wagen, aber ganz beiläufig, so, als arbeite er nur und versuche nicht, jemandem zu gefallen. An einem anderen Tag räumte er ohne Aufforderung sein Zimmer auf, und als das in Kates Hörweite erwähnt wurde, legte er Wert darauf zu sagen, daß er seinen Stiefelknecht gesucht habe, obwohl die Familie so viele Stiefelknechte besaß, daß es auf einen mehr oder weniger nicht ankam. Er kümmerte sich beflissen um die drei Hengste, striegelte sie jeden Tag. Dann, eines Tages beim Frühstück, meldete er sich freiwillig, Traktor und Schaufel herauszuholen und die Gastboxen auf der Wallachkoppel zu reinigen. John, der bei dieser Arbeit mitmachen sollte, schaute überrascht auf, sagte aber nichts. Er hatte seine eigene Tugend zu beweisen. Kate sagte: »Das hätte schon früher getan werden müssen«, aber es war deutlich, daß sie betroffen war. Sie hatte es in diesem Sommer noch nicht erwähnt.

Es war ein heißer Job, wenn auch nicht allzu beschwerlich. John mußte den getrockneten Mist mit einer Mistgabel auflokkern, dann mußte Peter mit den Gabeln der Traktorschaufel darunterfahren, ihn auf die Schaufel nehmen und zum Misthaufen befördern. Für jede Box brauchte man zehn Minuten, und es gab dreißig Boxen. Wenn die ganze Sache einmal im Sommer erledigt wurde, dann mußte man sie nicht noch mal machen, und wieder war dann eine riesige, belastende Angelegenheit aus dem Weg. Außerdem konnten sie, da Mutter nicht danebenstand, sondern andere Kinder beaufsichtigte, viele Pausen machen und herumalbern. Als sie dann wirklich dort draußen waren, in Stiefeln, Handschuhen und mit allem ausgerüstet, befürchtete John, daß Peter zu sehr auf Wohlverhalten aus wäre und demonstrativ nicht herumalbern würde. Was er nicht erwartet hatte, war, daß Peter ihm nach drei Boxen den Traktor anbieten würde.

»Es ist heiß hier oben«, sagte er zu John.

»Na und, es ist überall heiß.« Jetzt, wo das Angebot gemacht war, zögerte John, obwohl er den Traktor liebte, ein 36er John Deere, den Axel bei einer Farmversteigerung erstanden hatte.

»Willst du nicht?«

»Klar will ich.«

»Na also.«

»Sie wird mich umbringen.«

»Ich sag' ihr, daß ich dich dazu gebracht habe.«

»Sie wird dich umbringen.«

»Du bist fünfzehn, du mußt üben. Außerdem wird sie's nicht erfahren.«

»O. k.« Er brachte seine Zustimmung zweifelnd heraus, als erwarte er ein ›na also‹, aber als er erst mal oben auf der Maschine saß, konnte er es sich nicht verkneifen und drehte sich in seiner Begeisterung auf dem Sitz hin und her und hüpfte auf und ab.

»Paß auf, was du machst.«

»Jaja.«

»O. k.« Peter trat einen Schritt zurück, aus der Box heraus, und John ließ die Schaufel herunter, so langsam und sachte wie möglich, dann legte er vorsichtig den ersten Gang ein und verminderte den Druck seines Fußes auf der Kupplung. Sie sprang zurück, und der Traktor machte einen Satz nach vorn und bohrte die Zinken der Schaufel in den Dreck. »Vorsicht!« rief der ältere Junge, aber es war nicht so schlecht gewesen, und John wußte, daß Peter nicht wirklich verärgert war. Er schaufelte den Mist hoch, hob die Schaufel und fuhr zurück. Dann bog er nach links und fuhr lässig hinüber zum Misthaufen, wo er die Schaufel kippen ließ und der Dreck mit einem befriedigenden Plumps genau an die Stelle fiel, die er angepeilt hatte. Er drehte den Traktor um. Peter hatte mit der nächsten Box begonnen.

John war begeistert. Da lag ein wunderbarer Rhythmus drin, als wäre er ein sehr bedächtig fressender Riese. Eine Weile, vier Boxen nacheinander, gab es keinerlei Zögern, kein Rucken, keine Fehler. Peter sagte: »Soll ich mal wieder?«

»Nur, wenn du willst.«

»Nein.«

Sie arbeiteten, ohne zu reden, wegen des Traktorlärms, aber John hatte beinahe das Gefühl, sie führten ein Gespräch, so reibungslos lief ihre Zusammenarbeit, so zufrieden war er mit sich und seiner Arbeit und mit Peter, der ihm das Fahren zugetraut hatte. Er verfiel in angenehme Träumereien, er fuhr ein Auto, sein eigenes Auto, überallhin, wohin er wollte.

Schließlich machten sie eine Pause und setzten sich in den Schatten einer der sauberen Boxen und tranken aus dem Wasserkrug, den Peter gefüllt hatte. Peter streckte die Beine aus. »Siebzehn fertig, noch dreizehn.«

»Was glaubst du, wie spät es ist?«

»Ich schätze, gegen drei.«

»Sieht so aus, als würde es ziemlich schnell gehen.«

»Ja. Ich hasse Traktorfahren.«

»Ich nicht. Ich finde, das ist eigentlich kein schlechter Job. Nicht so wie früher, wo wir alles mit Schaufel und Schubkarre machen mußten.«

»Margret hätte lernen sollen, wie man Traktor fährt.«

»Sie hat sich mit Maschinen immer irgendwie blöd angestellt.«

»Na ja ...« Peter seufzte.

»Nein, guck mal. Wenn man weiß, wie und wenn man übt, dann macht es Spaß. Also, man hat natürlich nicht so viel Spaß, wenn man jeden kleinen Dreckfitzel mit der Mistgabel aufhebt. Es wird immer langweilig, egal, was man macht. Und der Traktor wird wahrscheinlich auch langweilig, aber es gibt eben tausend und mehr Sachen zu lernen, also kann es nicht so schnell langweilig werden, findest du nicht? Ich glaub', das ist es, weißt du. Etwas zu machen, wo es so viele Einzelheiten gibt, daß man sie nicht wirklich alle beherrschen kann, egal, wieviel Zeit man hat.«

»Aber wie kann man das wissen? Ich meine, bevor man soweit reinkommt, daß man nicht mehr rauskommt?«

»Man kommt immer raus.«

»Ich glaube, das stimmt nicht.«

»Doch, ganz bestimmt. Wenn nicht, dann bist du ein Schwächling, aber du mußt keiner sein. Du mußt dich nur entscheiden. Mir scheint, das ist das Beste am Erwachsensein. Du mußt nur für dich selbst entscheiden und nicht für alle anderen mit.« John sprach voller Begeisterung.

»Ja, das ist leicht gesagt, aber guck dir mal jemand wie Mr. Blake an. Ich wette, der unterrichtet nicht gern Biologie. Ich wette, der würde gerne wieder in die Schule gehen oder mehr Geld verdienen oder so. Oder noch besser, guck dir mal die Nonnen an. Die können sich nicht einfach entscheiden.«

»Sie können es bis zu einem bestimmten Punkt, aber das ist es ja gerade, man erwartet von ihnen, daß sie sich auf der Stelle entscheiden.«

Peter nahm einen Schluck aus dem Krug. »Glaubst du, berufen zu sein ist so eine Sache mit so vielen Einzelheiten, daß man sie nicht alle wirklich beherrschen kann?«

»Ich glaube, die hätten gerne, daß man das denkt.«

»Bestimmt.«
»Bist du?«
»Was?«
»Berufen?«
»Nee, glaub' ich nicht.«
»Ich auch nicht. Jedenfalls nicht nach der ersten Klasse.«
»Der ersten Klasse?«
»Ich fand, Pater Simon war nicht schlecht.«
»Wirklich nicht. Wenn sie gerade vom Seminar kommen, sind sie noch ziemlich gut.«

John und Peter waren sich nie nahe gewesen. Genaugenommen hatte sich John keinem der anderen jemals nahe gefühlt, und er hätte nicht behauptet, daß sie eine besondere Verwandtschaft verband. Es gab zu viele von ihnen, und sie mußten zu viele Dinge und zu viele Orte miteinander teilen. Eben jetzt aber fiel ihm auf, wie gern er mit Peter redete: so gern, daß er darüber gesprochen hätte, wäre da nicht die Zurückhaltung unter Brüdern gewesen und vielleicht etwas an Peter, das ihn verlegen gemacht hätte. Peter saß mit dem Rücken zum Zaun, die Knie hochgezogen, die Ellbogen darauf gestützt, die Hände baumelnd. John setzte sich genauso hin, den älteren Bruder imitierend, lächelte, dachte, was für ein netter Mensch und überlegener älterer Bruder Peter immer gewesen war, nie wie die älteren Brüder seiner Freunde, die ganz selbstverständlich ihre Geschwister kränkten, ablehnten und verhauten. Einen Bruder wie Peter zu haben schien plötzlich ein Glück und keine größere Nähe erreicht zu haben schien unverständlich. Er sagte: »Danke, daß ich den Traktor fahren durfte.«

»Nichts zu danken.« Ganz einfach so. John dachte, mit Respekt, daß Peter etwas sehr Einfaches an sich hatte. »Los, wieder an die Arbeit.«

Die Arbeit hätte nach der Pause leichter sein und mehr Spaß machen müssen, aber das war nicht so. Ohne einen Grund hatten die Dinge sich leicht verlagert, aus der Sphäre der reibungslosen Zusammenarbeit in die Sphäre der kleinen Fehler. Sogar die Gänge des Traktors, die den ganzen Nachmittag präzise eingerastet waren, knirschten ab und zu und mußten zweimal eingekuppelt werden. John schaute Peter kurz an und suchte nach Zeichen einer gleichen Wahrnehmung, aber da waren keine. Genaugenommen hatte Peter, wie der Traktor, begonnen, weniger effizient zu arbeiten und war in seinen gewohnten abwesenden Zustand verfallen. John fragte sich, ob er diese feine Veränderung im Arbeitsstil eine Woche oder einen Tag zuvor auch bemerkt hätte, und er beglückwünschte sich. Es war, als wäre er plötzlich schlauer geworden. Er fühlte sich ausgelassen und hüpfte leicht auf dem breiten gefederten Sitz seines Lieblingsgefährts.

Die Fütterungszeit kam und ging. Sie hörten, wie Margret und Henry die Türen knallten, die Hähne aufdrehten und gegen die Eimer schlugen, was das Ende des Tages ankündete. Die Jungen hatten eine Menge Arbeit erledigt – siebenundzwanzig von dreißig Boxen, nur die kleinen Ponyboxen waren übrig. John hatte den Traktor noch nicht preisgegeben, und Mutter war noch nicht aufgetaucht. Er hatte das Gefühl, seit dem Mittagessen drei Jahre Fahrerfahrung gesammelt zu haben. »Heh!« rief er Peter zu. »Laß mich mal versuchen, das da vorne aufzuheben, bevor ich das hier auskippe. Das würde schneller gehen!« Peter nickte und trat einen Schritt zurück, gleichzeitig drehte er sich von der Baggerschaufel weg und schaute zu den Hauptstallungen hinüber. Johns Blick folgte eine Sekunde dem seines Bruders, aber Mutter kam nicht. Als er sich wieder seiner Arbeit zuwandte, sah er, wie die Schaufel, die er bereits gesenkt hatte, schnell absackte, zu schnell, und nur Zentimeter von Peters Kopf entfernt. Das Beängstigendste war, daß er Peter hätte treffen können (vielleicht sogar töten? wie schwer war die Schaufel? wie schnell senkte sie sich?), ohne daß er, John, es gesehen hätte, in der Sekunde, in der seine Augen so arglos in eine andere Richtung blickten. Ganz von selbst schlug seine Hand auf den Hebel, und die Schaufel hob sich mit einem Ruck. Peter sprang zur Seite, und getrockneter Mist flog ihm um die Ohren. »Sag mal! Was machst du denn da?«

»Nichts! Du stehst zu nah dran!« Peter trat aus dem Weg, und John atmete eine Sekunde heftig. Er zitterte. Nach einem peinlich langen Moment (jedenfalls wäre es so gewesen, wenn Peter was gemerkt hätte) senkte er die Schaufel sehr, sehr langsam und nahm den Mist auf, den sein Bruder gelockert hatte. Das Schlimmste war, er würde niemals sagen können, was er gesehen hatte, niemals diesen Moment purer Nachlässigkeit vergessen, indem er davon sprach oder einen Witz darüber machte. Er reinigte die letzte Box mechanisch und machte Anstalten herunterzuspringen. »Sei vorsichtig!« sagte Peter. »Ich glaube, die Handbremse ist nicht angezogen.« Unschuldig, unversehrt. John zog die Bremse so fest an wie nur möglich. »Was ist los mit dir?« sagte Peter, aber John antwortete nicht. »Abendessen!« rief Henry und tauchte an der Ecke der Hauptstallungen auf. John wischte sich die Hände an seiner Hose ab und kletterte vom Traktor herunter, als hätte er jedes Recht der Welt, dort zu sein.

Vater hatte in diesem Jahr Alfalfa, Klee und Timotheusgras zusammengebraut, die Aussaat besorgt und die Pflanzen drei Monate liebevoll beobachtet. Er blieb in den zehn Tagen der Heuernte zu Hause, bis die hohe, glühende Scheune mit süßduftenden Ballen gefüllt war. Alle Schulpferde wurden auf die Weiden gebracht, und Louis, der jedes Jahr kam, mit dem die Kinder aber nie geredet hatten, erschien auf seinem uralten Traktor, um zu mähen und die Ernte zu bündeln.

Axel machte Frühstück: Pfannkuchen und dicke Würstchen, frischgepreßter Orangensaft, Honig, Marmelade, Butter, Äpfel und Haferplätzchen für später. Durch die Gittertür drang das an- und abschwellende Geräusch von Louis' Traktor, der auf dem hinteren Feld seine Spirallinien zog. Margret konnte Louis sehen, als sie nach draußen kam, er stand weit weg an einem grünen Hügel und wischte sich das Gesicht mit dem Zipfel eines roten Halstuchs ab, und es sah so aus, als müßte er umkippen, aber das tat er nie. Louis kannte meilenweit jede Kuhle in jedem Feld.

Was Margret erstaunte, war nicht, daß er keine Veränderung zeigte, obwohl er ihr seit Jahren unveränderlich alt erschien, sondern daß er sich änderte. Den einen Tag eine andere Mütze, den anderen Tag ein neues Hemd, jedes Jahr ein Paar neue Schuhe mit schweren Sohlen (niemals Arbeitsstiefel). Dieses Jahr trug er türkisfarbene, geschnürte Halbschuhe mit weißen Sohlen, scheußlich und modisch verrückt. Sie fühlte, wie sie ihr ständig in den Sinn kamen, mit dem Rest des Sommers, als erlebe sie eine endgültige Darstellung. »Na los!« sagte Peter und stupste sie neckend von der Hintertreppe. Alle waren während des Heumachens guter Stimmung, obwohl die Tage im Grunde noch länger waren als gewöhnlich. Auch darüber wunderte sich Margret. Ihre Verwunderung machte sie träge und langsam, doch sie hielt mit den anderen mit. Die Pferde wurden im Handumdrehen versorgt, dann schnappten die Kinder sich ihre Bambusharken, und Axel fuhr sie auf dem Kühler des Plymouth hinaus auf das sonnenüberflutete Feld. Jedes nahm sich eine Reihe aus abgezählten, parallel verlaufenden Grashäufeln vor, die die Gabelklingen hinterlassen hatten, und begann zu harken.

Kleine Windstöße wirbelten um ihre Arme und Beine. Sie sah das Haus, die Stallungen, die Bäume und Weiden dort hinten. Das Morgenlicht übergoß alles mit Frische, und der Duft um sie herum stieg auf und in transparenten Wolken zum gewölbten Himmel empor. John und Henry verhedderten ihre Harken ineinander. »Weg da, du Flasche!« sagte John und lachte.

»Was fällt dir ein, mich Flasche zu nennen? Guck dir mal das an!« Henry legte seine Harke in die grünen Stoppeln, dann bückte er sich und hob sie auf, tat so, als wäre er ein Gewichtheber. Er grunzte und schnaufte überzeugend. »Der Held des Tages!« sagte John und gab ihm einen leichten Klaps auf den Kopf.

»Hauruck!« rief Peter. »Massa verpaßt euch was mit der Peitsche!« Es war herrlich, zu rufen, die Arme zu schwenken, weit auszuholen, ohne Angst vor scheuenden Pferden.

»Margret!« rief Henry. »Ich finde, du hast zugenommen.« Unwillkürlich schaute sie an sich herunter. »O ja, Margret, ich finde, du könntest ganz gut ohne das Plätzchen in deiner Tasche auskommen.«

»Du kannst mich mal.«

»O Margret, ich sterbe.« Er fiel in das Kissen aus Gras und Feldblumen. »Rette mich. Ein Plätzchen ist für mich eine Frage von Leben und Tod. Denk an meine arme alte Mutter ...«

»Ja!« schrie John. »Denk an sie!«

»Denk an meine kleine Schwester!«

Margret kitzelte ihn mit dem Fuß. »Was weißt du schon von kleinen Schwestern?«

Doch sie zerwühlten nie die ordentlichen Heuhäufel, und als Margret aufstand und sich umdrehte, liefen sie wie Gleise, die von ihr wegführten, hin zu Louis, der gerade an der Ecke beim Toten Baum kehrtgemacht hatte und langsam und dröhnend den Hügel hochkam. Er hüpfte, winzig auf seinem chintzüberzogenen Sitz, und arbeitete ohne Unterlaß. Er fuhr an ihr vorbei. Erst entfernte sich sein Hinterkopf, dann sein Ohr, braun und flach wie eine Scheibe von einem Champignon, und er fuhr die schmale Seite des Feldes hinauf und verschwand hinter der Erhebung. Louis benutzte das Lenkrad eigentlich nicht zum Steuern, eher zum Festhalten, und mitten am Vormittag legte er sich sein Halstuch auf den Kopf. Arbeit, dachte sie, nutzt die Zeit so geheimnisvoll. Erst ist sie ungetan, dann getan, und Tage waren verloren, Felder abgeerntet, Sicherheit war greifbar, und alles in der Gegenwart. Plötzlich war es Mittag; sie hatte vergessen, ihren Apfel zu essen, und schließlich ihr Plätzchen doch Henry gegeben, der rief: »Mittagessen!«, sobald er sah, daß Vater in den Plymouth stieg.

Der Nachmittag war lang und kurz, zeitlos ermüdend. Margret fühlte sich normaler: Die Stoppeln ärgerten ihre Füße, der Lärm ärgerte ihre Ohren, die Grassamen ärgerten ihre Haut, aber es war doch gut, sich zu recken und zu harken und mit den Jungen herumzualbern. Sie merkte, wie sie nörgelte und Ausreden fand, um Pausen zu machen, und das erleichterte sie irgendwie. Es war nicht richtig gewesen, sich über die Arbeit zu erheben, ihre Bedeutung zu genießen, als wäre sie vergänglich. Eine Eule tauchte auf und ließ sich auf dem Telefonmast am unteren Rand des Feldes nieder. Ein Uhu, sagte John, und er war riesig. Die Schreie übertönten alles wie Posaunen, selbst das Dröhnen von Louis' Maschine, und der Uhu flog nicht weg, als sie den Hügel hinunterliefen und mit offenem Mund dastanden und starrten. In seiner ungeheuren Dunkelheit und mit seinen fingerlangen Klauen schien er zu groß und gegenwärtig, um nur ein einfacher Vogel zu sein – eher wie ein Feuerwehrauto oder ein hoher Gast, dachte Margret. Der Uhu breitete die Flügel aus, schien aber weder ängstlich noch bedrohlich zu sein. Er hockte fast eine Stunde da, dann flog er über sie hinweg zum Wald hin, riesig und stattlich im Licht und in der Hitze des Nachmittags.

Mutter fütterte die Pferde, während die Kinder bis in die angenehmsten, schattigen Stunden hinein arbeiteten. Als Vater kam und sie zum Abendessen holte, lagen die Jungen auf dem Kühler des Plymouth ausgestreckt und klagten über ihre Müdigkeit und ihre Blasen. Vater fuhr vorsichtig um Zuchtstuten und neugierige Jährlinge herum, und Margret schaute sich deren Beine genau an. Weidepferde, besonders ungeschickte und ausgelassene Jährlinge, hatten oft Schnitte vom Draht oder wiesen Zeichen von Lähmung auf. Sie gab Peter ihre Harke und sprang herunter, um die Tiere genauer zu untersuchen. Die Jährlinge drückten sich tolpatschig an sie, knabberten an ihrer Kleidung und ihrer Haut und kratzten mit den knochigen Seiten des Kopfes an ihrem Rükken, als sie sich über ihre Beine und Füße beugte. Sie wieherten, und Margret richtete sich auf und sagte: »Hört auf damit!«, obwohl sie natürlich keine Hunde oder Kinder waren und keine Ahnung hatten, was sie meinte. Nachdem sie ihnen die kleinen Schnittwunden bepinselt hatte, mit dem Enzianveilchen aus der Flasche, die sie mitgebracht hatte, folgten die Tiere ihr den Hügel hinauf. Die Zuchtstuten und Fohlen und Zweijährigen dachten, es sei etwas los, und zottelten hinterher, und als sie am Tor ankam, hatte sie eine Schar von gemächlich einhertrabenden Tieren hinter sich. Sie fing an zu weinen.

Am Morgen stellten sie fest, daß Happy Heart ein Fohlen geboren hatte, ein hübsches kastanienbraunes Stutenfohlen mit Beinen dünn wie Stricke und dem dichten gewellten Fell von Neugeborenen. Die Kinder liefen vor dem Frühstück hinaus und fanden Mutter, die ihm die Knie und Fußgelenke befühlte und es nach Anzeichen von Seh- und Hörstörungen untersuchte. Es schien keine zu geben. Die Stute war auch auf den Beinen, offenbar gesund, obwohl sie voll von geronnenem Blut und getrocknetem Schweiß war. Das Fohlen rollte die Augen bei dem Lärm, den sie machten, und hüpfte nach hinten in die hohe, dunkle Box. Bei ihrem Anblick warf die Stute den Kopf zurück, dann wandte sie sich dem Fohlen zu und fuhr ihm mit ihrer langen Zunge übers Gesicht. Mutter trat hinzu, so sachte wie möglich, hoffte auf ihr Vertrauen, und sie bekam es und führte das spitze kleine Maul an die Zitze. Es saugte, rollte aber zweifelnd die Augen in Richtung der Kinder. »Perfekt«, sagte Mutter, »und es wird groß werden. Ich möchte wetten. Wir nennen es Happy Holidays.«

Margret holte eine Mistgabel, glitt um das Fohlen herum wie unter Wasser und gabelte den Mist und die Reste der Nachgeburt auf, dann breitete sie frisches Stroh aus und häufte es in den Ekken und an den Wänden hoch. Manchmal stand sie minutenlang still in der Box und redete, gewöhnte ein Tier, das eines Tages riesig groß sein würde, an Menschen, machte sie ihm vertraut. Fohlen waren für sie nichts Neues; dieses war in der Tat das zweite in dieser Saison; aber ein bedrohliches Gefühl um die Bedeutung dieses Momentes stürzte sie wieder in die unerträgliche Aufregung des vorherigen Tages. »Du hast Startnummer zweiundvierzig«, schmeichelte sie. »Es gibt nichts an der Nummer zweiundvierzig, was von Bedeutung wäre, oder?« Das Fohlen zuckte mit dem Schweif und drückte sich an Happy Heart.

Der Tag war wieder ein heißer, perfekter Junitag, und die Kinder waren auf dem Feld und schwatzten, auch wenn Louis und das Tragen kurzer Hosen an Neuigkeitswert verloren hatten, stellten sie mit Vergnügen Vermutungen über das neue Fohlen an: wie groß es sein, wie es aussehen würde, wer es am Ende trainieren und reiten würde. Und außerdem machte es Spaß, auf das Abfohldatum der anderen trächtigen Stute, die einen Tag früher gedeckt worden war, Wetten abzuschließen.

Das Gras trocknete fast zwei Wochen lang auf den Wiesen, dann fuhr Vater den klapprigen John Deere heraus, und er holte sich Louis' Sohn Jack und die vier ältesten Ponyclubmitglieder, um die Ballen aufzuladen und die Scheune zu füllen, was eine viel härtere Arbeit war als das Harken, aber Margret mochte es dennoch. Louis zog wieder seine Kreise, diesmal mit der Ballenpresse, und die beiden Kinder-Mannschaften liefen hinterher und luden die Ballen auf die Wagen, die Vater und Jack zogen (Jack hatte einen ölverschmierten Farmall, Baujahr 2. Weltkrieg, mitgebracht). Die Arbeit erforderte konzentriertes Laufen und Heben, dann folgte die totale Entspannung, während sie in Heuduft getaucht zur Scheune fuhren. Danach Hitze und Schweiß und unsicherer Stand auf dem Heuboden, dann der Schock kühler Luftströme, wenn sie herunterkamen, immer dieser Schock, egal, wie heiß der Tag tatsächlich war.

John gab bei den Ponyclubmädchen damit an, daß Vater den Traktor für hundert Dollar ergattert hatte, und es rutschte ihm beinahe heraus, daß er ihn den ganzen Nachmittag gefahren hatte, aber er war klug genug zu schweigen. Während des ersten Vormittags erwartete er beinahe, daß Vater ihn wenigstens den Motor starten ließe, aber das Thema kam nicht auf, und als John darüber nachdachte, fand er, es wäre vielleicht nicht schlau zu zeigen, daß er mehr wußte, als er sollte. Wie dem auch sei, es war die Ballenpresse, die ihn wirklich interessierte. Es machte ihm Spaß, die Ponyclubmitglieder zu erschrecken, mit Geschichten über Hunde und kleine Kinder, die aufgesammelt und anschließend ordentlich zurückgeschickt wurden: in Päckchen gepreßt, in handliche Teile zerlegt und mit gelbem Band verschnürt. Dort war Louis, mit dem Rücken zu ihnen, den Fuß auf dem Gas, sein Gehör vom Lärm des Traktors blockiert, und da waren die rotierenden, alles erfassenden, nicht wählerischen Klingen. Die Mädchen erschauerten, auch Margret, die, solange sie denken konnte, beim Heumachen diese Geschichten gehört hatte. Der Erfolg seiner Erzählungen machte John ausgelassen, und dann foppte er die anderen noch mehr, indem er scheinbar ahnungslos einer sich nähernden Ballenpresse in den Weg trat. Einmal, als er zur Seite sprang, warf er seinen Strohhut in den Trichter. Als der am anderen Ende in Stücken herauskam, wurden einige der Kinder blaß, als erwarteten sie, Blut zu sehen. In dieser Stimmung schrien sie dann Jeepers an, der gern im Schatten unter den Heuwagen mittrottete und immer in Gefahr schien, unter die Räder zu kommen.

Wenn John die Aufgabe hatte, das Heu zu stapeln, dann baute er ganze Festungen auf seinem Wagen, die dem unebenen Boden widerstanden, als wären sie zementiert. Manchmal stand er hoch auf dem obersten Ballen, die Arme ausgebreitet, schwankend, und Margret bekam beinahe Angst. Sie war es nicht gewohnt, um John Angst zu haben wie um Peter (es gab alte Photos von Peter, auf denen er glückselig in die Gegend guckte, und sie daneben mit einem fast selbstlosen Blick, besorgt um seine Kleidung, seine Spielsachen, seine Ruhe. Obwohl er das Beste von Vater und Mutter in sich vereinte und sie eine Mischung war aus Großvater, Onkel Jerome und einem Freund der Mutter aus der Zeit der Schwangerschaft – der mit Margret so eng verwandt war wie ein Hase mit einer Hasenscharte –, neidete sie Peter nichts, weder die Lippen, die wie Ranken waren, noch den schimmernden Teint. Er war so wohlwollend und unschuldig und groß, daß ihr sein gutes Aussehen wie das Symptom einer Blutkrankheit erschien, und immer hatte sie bei seinen am wenigsten riskanten Handlungen gezittert). Aber John? Er war klein, laut, dunkel, eher eine Nervensäge als ein Sorgenkind, trotz seiner Wutanfälle und plötzlichen Eingebungen. Sie erwartete nie von ihm, daß er irgendwo hineinstolperte, nicht einmal im Spaß. Er landete schließlich jedesmal mit den anderen zwischen den Heuballen, und sie ermahnte ihn: »Du solltest die Ponyclubmitglieder nicht so ärgern.«

»Die mögen das doch.« Er puffte sie in die Seite. »Und du auch.«

»Ich nicht.« Aber sie mußte lächeln.

»Sag mal, was für ein Buch haben sie geschrieben …?«

»Über acht aufgedonnerte College-Mädchen. Jaja. Wie kommt es, daß du dieselbe alte Kamelle jedesmal erzählst, wenn wir in die Scheune fahren?«

John zuckte die Schultern. »Heh! Vater zahlt uns dieses Jahr sechzig Dollar. Ponyclubmitglieder kriegen fünfundzwanzig.«

»Wer hat dir das erzählt?«

»Henry.«

»Du solltest dir davon neue schwarze Stiefel kaufen. Mutter hat gesagt …«

»Ja, stimmt. Da kommt dieser Typ in eine Praxis und sagt zum Arzt: ›Hallo, Doktor, meine Mutter glaubt, sie wär' ein Pferd.‹«

»Deine Mutter denkt, du bist bekloppt, und die restliche Familie findet das auch.«

»Wer, ich?« John wollte diesen Überfluß, diese sechzig Dollar, ganz bestimmt nicht für neue schwarze Stiefel ausgeben, obwohl er noch nicht wußte, was er wollte. Er stellte sich eine Straße mit großen Schaufenstern vor, und das Licht wurde von ihnen reflektiert, so daß er nicht hineinsehen konnte, ohne ganz nahe heranzutreten. Er würde erst eine Seite der Straße inspizieren, dann die andere, sich dafür einen ganzen Morgen Zeit nehmen, und dann würde er wieder von vorn anfangen. Das Ding würde vielleicht hinter etwas anderem versteckt sein. Er würde stehenbleiben, um ein Werkzeug oder ein Spiel anzuschauen, und eine Hand aus dem Inneren des Ladens würde in die Auslage greifen, einige Dinge verschieben, und da würde es sein, das Ding, das er wollte, das Ding, das sich so gewiß in runden sechzig Dollar versteckte. Er stellte sich die Szene ganz deutlich vor, träumte sogar einmal davon, aber als die Hand hineingriff und das Ding erschien und er sich bückte, um genauer hinzusehen, wachte er auf und wußte immer noch nicht, was es war.

Die Selbstverständlichkeit, mit der neue Kleidung sich unter den Rest seiner Wäsche mischte, überzeugte ihn, daß es kein Kleidungsstück sein konnte. Er wünschte sich kein Buch, da die Farm ein Dschungel von unerforschten Büchern war, aber wenn es auch kein Buch war, hatte es doch Ähnlichkeit damit. Der farbenprächtige Einband eines Buches, das erschließbare Geheimnis seiner Seiten, die Vertrautheit eines sorgfältig ausgewählten Buches, das man immer wieder in die Hand nahm, alles das war genau wie das Ding, das er wollte. Er dachte an eine Ausrüstung für biologische Versuche – Gläser, Netze, Fallen, vielleicht sogar ein Teleskop –, um die Farm zu erforschen, wie er es einige Wochen zuvor geplant hatte, aber diese Dinge glitzerten in seinen Gedanken nicht so, wie das Ding es tat.

Schallplatten verwarf er sofort, wenn auch bedauernd, aber der ›Phonograph‹, wie Mutter ihn nannte, stand im Wohnzimmer, an der Wand befestigt, unbeweglich und öffentlich. Spielsachen waren auch nichts, denn er war fünfzehn, und allein das Wort ›Spielsachen‹ berührte ihn peinlich. Allerdings war etwas am Wesen von Spielsachen, das auch zum Wesen des Dings gehörte; zumindest erinnerte er sich bei bestimmtem Spielzeug (die Modelleisenbahn, die er mit Peter teilte, zum Beispiel, und den Holzgravurkasten) an eben diese Sicherheit, daß der Genuß unerschöpflich war, und nur Zeitmangel die wichtige Rolle des Spielzeugs in seinem Leben untergraben hatte. Ihrem tiefsten Wesen nach bedeuteten Spielsachen, etwas zu teilen, und er bangte darum, daß das Ding ihm allein gehörte, nur heimlich hervorgeholt und benutzt, stillschweigend. Sechzig Dollar! Es war wunderbar vielversprechend, daß nichts, was er sich je gewünscht, ganze sechzig Dollar gekostet hatte.

Als sie mit der nächsten Ladung hineinfuhren, hing John diesen Gedanken nach. »Weißt du, Margret, auch wenn Mutter noch so sehr darauf besteht, das Leben endet nicht einfach an der Asphaltstraße.«

»Mutter hat nie …«

»Ist dir eigentlich klar, was es alles für Sachen da draußen gibt?«

»Klar ist mir das klar.« Sie lächelte. »Ich meine, guck dir nur mal all das Zeug in deinem Zimmer an. Der Basketball, das chinesische Zeug, das du unbedingt haben mußtest. Denk mal an die Ameisenfarm …«

»Warum haben wir nicht Schlittschuhlaufen gelernt oder Skifahren? Dieser Typ aus New Jersey hat Mutter fünftausend Dollar für Foolish Heart geboten. Wir könnten ein Segelboot damit kaufen und auf dem See segeln.«

»Wer hat dir das erzählt?«

»Henry. Stell dir das vor bei heißem Wetter! Es gibt so eine Art Segelboot, das ganz aus Plastik oder so was ist, und wenn es umkippt, dann schubst man es einfach zurück und klettert wieder rein. Oder wir könnten wohin fahren. Wir sind noch nie irgendwo gewesen!«

»Mutter verkauft Foolish Heart, wenn sie es für das beste hält.«

»Nirgendwohin! Ich kann's nicht glauben! Die Murphys fahren alle zwei Jahre nach Hawaii, und Mr. Murphy verdient auch nicht mehr als Vater.«

»Wer sagt das?«

»Und weißt du noch was? Wir haben immer hier gelebt, und sie hat uns nie beigebracht, was es hier alles gibt. Wir könnten genausogut in einem Vorort in der Stadt leben, wenn man bedenkt, wie wenig wir über Tiere und Pflanzen und was weiß ich was wissen.«

»Es gibt schon so genug zu tun.«

»Stimmt! Mutter hat nicht die geringste Ahnung …«

»Ich hör' mir das nicht an.«

John schwieg eine Weile, dann sagte er: »Also, niemand reitet besonders viel auf Foolish Heart, und sie ist schon fast sechs Jahre alt.« Auf dem Heuboden brachte er sie zum Lachen, und ihr blieb fast das Herz stehen, weil er so tat, als fiele er drei Meter tief nach unten in den Maisbottich, und dann wisperte er: »Margret! Margret!«, als sie vor Schreck zögerte, über den Rand zu schauen.

4

Bald ritten sie wieder. Die Ferien voneinander schienen Peter und MacDougal nicht gutzutun, eher ihre gegenseitige Unverträglichkeit zu bestätigen. Das erste Turnier des Sommers rückte näher, und Kate wurde immer verbitterter, da ihr bester Reiter es nicht schaffte, mit ihrem besten Pferd auszukommen. Die beiden stachelten sie an durch Eleganz, dann wieder, wenn sie miteinander rangen, quälten sie sie. Eines Morgens stürzten die beiden tatsächlich mitten auf einem Parcours, als MacDougal bei einer Wendung stehenblieb und sich aufbäumte und Peter sie beide nach hinten riß. Selbst auf dem Boden zappelnd konnte MacDougal seinen Reiter nicht abwerfen, dessen lange Beine ihn umschlangen wie ein Lederriemen und dessen lange Finger sich noch immer mühten, die Zügel so sachte zu halten, als wären es Spinnweben.

Einen Moment lang hoffte Kate, sie würden sich gegenseitig umbringen, und die Sache wäre erledigt, aber als Mac wieder auf den Beinen war, mit flach angelegten Ohren und rollenden Augen, da bekam sie Angst, daß sie es wirklich tun würden. Die anderen Schüler hörten auf zu reden. Eigentlich wollte Kate ein paar Anweisungen rufen, aber sie wußte, daß es nichts zu sagen und nichts zu hören gab. Das Pferd schnaufte und wölbte den Hals, reckte sich, um das Gebiß zwischen die Zähne zu nehmen und wegzurennen. MacDougal bockte. Peter versetzte ihm einen Tritt und zwang ihn auf die rechte Hand und dann, den Kiefer zu heben nach oben und dann nach rechts. In dieser Stellung konnte er nicht mehr bocken. Er konnte jedoch die Beine einknicken, und das tat er auch. MacDougal ließ sich wieder fallen und mit einem lauten Pferdestöhnen den Kopf ins Gras sinken. Peter, ganz weiß, das linke Bein unter dem Sattel eingeklemmt, schloß die Augen. Er sah plötzlich so schön und ergeben aus, und Kate wußte, daß sie nicht rettend eingreifen konnte. Sie stand ganz still. Aus den Augenwinkeln sah sie, wie Teddy Gras rupfte. Das Telefon klingelte im Haus. Freeway, einsam im Stall, stieß gegen Eimer, und ein Windzug trug den Duft von Heu und Mist an ihr vorbei zum Wald. Peter seufzte, öffnete die Augen, zerrte das Bein unter dem Pferd hervor und stand auf. Er lockerte MacDougals Sattelgurt, und das Pferd hob den Kopf. Einen Moment später war der Sattel unten, und das Pferd wurde zum Stall geführt, so ruhig wie möglich. Kate wollte schreien. Statt dessen rief sie den anderen zu: »O. k. Arbeitstrab ohne Steigbügel! Fertigmachen zum Trab! Te-rab!«

Peter sprach niemals über das Problem, denn er teilte nicht den Glauben der Familie an Worte. Er sah täglich, daß seine Brüder und seine Schwester Einzelheiten mitbekamen und Zusammenhänge herstellten, die ihm entgingen, und sein Verdacht, daß er dumm sei, bestätigte sich. Gelegentlich, während der Reitstunden, hatte einer der anderen Ärger mit einem Pferd, und die Lösung drängte sich Peter ins Bewußtsein, aber es fiel ihm niemals ein, sie auszusprechen. Kein Zweifel, so dachte er, das Ergebnis der Selbstsucht, sein anderes, unausrottbares Laster. Er betete jeden Abend, er möge von Selbstsucht, Dummheit, Ungeschicklichkeit und Weiterwachsen befreit werden, und seine Gebete hatten keine sichtbare Wirkung. Obwohl er und MacDougal nicht gut miteinander auskamen, gehörte MacDougal zu dem bißchen in seinem Leben, das ihn nicht verwirrte. An ihren besten Tagen und selbst an ihren schlechtesten spürte er, daß er ein körperliches Verständnis des Pferdes erlangte, und das Pferd konnte ihn mit dem kleinsten Ausweichmanöver oder dem geringsten Widerstand nicht überraschen. Ebenso lernte er, die Anzeichen bevorstehender Kooperation zu erkennen und die Hochstimmung zu kontrollieren, die das hervorrief. MacDougal war verstockt und belohnte allzu großes Vertrauen mit schlechtem Verhalten, aber gelegentlich belohnte er Bescheidenheit auch mit unerwarteter Geschmeidigkeit. Peter verfügte jedoch nicht über die Worte, um Kate von seinem stillen Fortschritt zu berichten, der von MacDougals Wutanfällen vollständig überdeckt wurde.

»Peter«, sagte Kate beim Abendessen, nachdem Axel ihn dreimal um die Milch gebeten hatte, ohne eine Antwort zu bekommen, »ist abwesend, weil er fürchterliche Probleme mit MacDougal hat. Henry, reich deinem Vater die Milch.« Axel lächelte Henry dankbar an und versuchte, sein Glas unbekümmert zu füllen. Ein Interesse, mit Kate über die Reitfortschritte seiner Kinder zu diskutieren, war nicht vorhanden. »Peter«, fuhr Kate fort, und sie sah, daß Axel auf seinem Stuhl herumrutschte, und wollte ihn da festnageln, »macht, soweit ich sehen kann, keinen Fortschritt.«

Wirklich, sie hatte eine so schöne Stimme. Axel war wie gewöhnlich versucht, sich allem zu unterwerfen, was diese Stimme äußerte, der Rechtmäßigkeit jeder Behauptung, die diese Stimme vorbrachte. Er schaute Peter an, aber Peter schaute keinen von beiden an. Er schien nicht einmal seinen eigenen Namen gehört zu haben oder zu wissen, was gerade diskutiert wurde. Er zeigte jetzt, wie er es immer tat, eine geschmeidige Abwesenheit, die eine Eigenschaft von Genies oder von Idioten ist und die Axel immer bewundert hatte, aber es war eben diese Eigenschaft, die ihn daran hinderte, irgendeine besondere Ähnlichkeit zwischen ihnen zu spüren. »Peter, aufwachen. Deine Mutter redet mit dir.«

»Es hat keinen Zweck, mit ihm zu reden«, sagte Kate. Sie nahm ihr Messer mit einem Gesichtsausdruck, als hätte sie das Thema fallengelassen, als wäre sie gegen ihren Willen dazu verleitet worden, es überhaupt zur Sprache zu bringen.

»Bete für ihn«, sagte John.

»Wie bitte?«

»Bete für ihn.« Axel hielt sich die Serviette vor den Mund und verbarg ein Lächeln über Johns Ton, der zunächst spöttisch, dann ernsthaft war. Kate zog eine Augenbraue hoch, sagte aber nur: »Ich bete für euch alle.« Unentschieden.

»*Ich* glaube ...« Axel betonte das ich und wußte, sie nahm es mit Sicherheit übel, daß er überhaupt eine Meinung hatte.

Sie enttäuschte ihn nicht, und sie sprach sofort, wie um ihm zuvorzukommen. »Wenn ich seinen Zorn nicht mit eigenen Augen gesehen hätte, dann hätte ich es nicht geglaubt. MacDougal ist besonders empfindlich, und er kriegt das mit. Jeden Tag. Absolut keine Verbesserung. Aber ich möchte nicht darüber reden.«

»Darum hast du es auch angesprochen.«

Sarkasmus war an Kate jedoch verschwendet. Sie fuhr fort: »Es ist schwer zu sagen, wer hier wen reitet.«

»Frag ihn, nicht mich. Er bildet ganze Sätze, seit fast fünfzehn Jahren schon.«

»Ich habe ihn gefragt. Er weiß es nicht.«

Acht Worte, zehn Silben. Bestimmt, klar, melodisch. Axel wollte seufzen, aber gleichzeitig wußte er, was ›ihn fragen‹ bedeutet hätte. Er sagte: »Ich hab's genau im Ohr: Was'n los mit dir, Junge?« John schnaufte, Margret verschluckte sich an ihrem Käsesandwich, und Kate wurde rot. Volltreffer.

Es überraschte ihn immer, wenn er die Kinder verteidigte, denn sie hatten nichts von der Macht über ihn, die seine Frau hatte. Eine Art moralischer Selbstdisziplin brachte ihn dazu, ihr zu widersprechen, selbst wenn er sich nach dem Wohlgefühl der Übereinstimmung sehnte. Und es überraschte ihn immer, wenn sein Einfluß Wirkung zeigte; ein Erröten, eine Schwangerschaft, ein jedes schien unmöglich, und nichts überzeugte ihn davon, daß es noch einmal geschehen könnte

Genau in dem Moment steckte Peter seinen Ellbogen in die Butter. Er schrammte sie nur, drückte kaum eine Delle in das gelbe Rechteck, aber sein Überraschungsausruf reichte, um die Aufmerksamkeit auf ihn zu lenken und bei allen, außer Kate,

Gelächter hervorzurufen. Selbst Axel stotterte einen Moment. Peter wurde dunkelrot und wischte sich übersorgfältig die Butter vom Ärmel.

»Es wird bes ...«

»Wenn du wolltest, könntest du diese Wut beherrschen«, unterbrach Kate.

»Ich will ja.«

»Daddy«, sagte Margret, immer bereit, Peter aus der Schußlinie zu bringen, so daß es schon eine Gewohnheit für sie war, »möchtest du den Rest Bohnen?«

Und natürlich klappte es. »Margret«, sagte Kate und drehte abrupt den Kopf, »ich möchte, daß du den Schrank in der Diele aufräumst, bevor du ins Bett gehst, und jeder von den Jungs nimmt sich zwei Zaumzeuge vor, zusätzlich zu den Sätteln. Euer Vater und ich machen den Abwasch.« Axel lächelte. So schroff und strahlend, schien Kate ihm in ihrem Element zu sein, wenn sie Aufgaben verteilte.

Er stand am Abwaschbecken und ließ das heiße Wasser einlaufen. Er war sicher, das Gespräch eben war nur ein Vorspiel zu etwas lange Geplantem gewesen. Kate wirbelte scheinbar am äußeren Rand seines Blickfeldes herum, aber wenn er sich überrascht umsah, tat sie es natürlich nicht. Sie brachte nur einige Teller vom Tisch zur Theke. Jedenfalls hatte er sie angesehen, und sie nutzte das aus, um zu sprechen, ohne seinen Namen sagen zu müssen. Er sehnte sich nach dem Kontakt, aber als sie sagte: »Wir müssen miteinander reden«, da tat er so, als wären ihre Worte vom Rauschen des Wassers verschluckt worden. Er legte den Kopf auf die Seite. Sie trat auf ihn zu, roch nach Sonne und Heu und Pferdemedizin. »Axel«, (sie sagte es!) »wir müssen über die Kinder reden.« Er drehte das Wasser ab, und ihre Stimme klang jetzt zu laut für die Intimität, die sie wünschte. Wunderbarerweise errötete sie wieder, und Axel lächelte.

Sofort, in einem voreiligen Stimmungsumschwung, der typisch war für seine Gefühle ihr gegenüber, begann er sich zu schämen. In ihrer Ehe war er immer wieder der Versuchung erlegen, sie mit ihrer Ernsthaftigkeit aufzuziehen (manchmal staunte er über ihr Kichern, als sie ihn noch liebte, und wenn er sie neckte, war das ein frohes gemeinsames Ritual). Dann wieder haßte er den Sadismus, der sich in seinem Charakter zeigte. In letzter Zeit war dieses Necken so verhalten und ihre Aufmerksamkeit so ausschließlich auf etwas anderes gerichtet, daß sie es nicht bemerkte. Es war wie Jonglieren in einer kleinen Kammer. Seine Scham ließ ihn ohne Sarkasmus sprechen. »Sie kommen mir fleißig vor und gesund und ganz in Ordnung.«

»Das sind sie. Es ist alles in Ordnung mit ihnen.«

»Was gibt es dann über sie zu reden?«

»Na ja, was soll aus ihnen werden?«

Axel schrubbte energisch, tat so, als denke er über seine Antwort nach und als koste er nicht diesen Augenblick aus, den ersten in zehn Jahren, in dem Kate eine existentielle Angst ausgesprochen hatte. Er wollte, daß sie es näher ausführte, erstmals Zweifel ausdrückte (an sich selbst, an der Realität, an Gott oder der Kirche; der geringste jungmädchenhafte Verlust an Mut würde ihm genügen). Sie dachte nach. Sie fand den Deckel der Butterdose unter Henrys Stuhl und machte die Dose zu. Auch als sie sie in den vollen Kühlschrank zwängte, sagte er nichts und wartete. Er spürte, wie das Blut in seinen Handgelenken pochte, da, wo sie in das dampfende Wasser eintauchten. Sie sprach.

»Also«, sagte sie, »das ist Unsinn. Eigentlich meine ich, was wird aus Margret?«

Er war atemlos, erstaunlich enttäuscht. Während er seine Enttäuschung wahrnahm, bemerkte er auch, daß er auf eine große Wende gehofft haben mußte, eine Wende hin zu ihm, Zeichen für eine Wiedergeburt ihrer Ehe.

»Es wäre schrecklich, wenn sie da hineingeraten würde, weil ihr nichts Besseres einfällt. Sie war doch immer so interessiert an …«

»Sie ist zu sinnlich für ein Kloster. Ich bin sicher, sie geht zurück ins College.« Er klang schroff.

»Wie bitte?« Sie war jetzt würdevoll, stellte das abgetrocknete Geschirr mit beleidigter Vorsicht in den Küchenschrank.

»Sie ist zu sexy für ein Kloster. Sie kann übrigens auch hier in der Gegend aufs College gehen, und es gibt keinen Grund, warum sie nicht eine Weile zu Hause leben sollte, wenn sie das will.« Er tat so, als würde er über Margrets Ausbildung sprechen, wußte aber, welche Worte Kate in Wirklichkeit gehört hatte. Sie erstarrte, und das freute ihn, aber dann hatte er wieder einen Stimmungsumschwung.

Kate sagte: »Ich verstehe.«

»Katherine«, sagte er, ernsthaft, freundlich, »sie ist achtzehn. Sie weint die ganze Zeit. Sie braucht einen Freund.«

»Es wäre schrecklich, wenn sie da hineingeraten würde, weil ihr nichts Besseres einfällt.«

»Stell dir mal vor, wie nett es wäre, vier normale amerikanische Kinder zu haben. Margret (wir würden sie Peggy nennen) macht sich die Fingernägel, kaut Kaugummi und wartet auf ihren Freund, der sie abholt. Sein Name wäre Eddy. Peter hätte den Nachmittag damit verbracht, am Auto herumzubasteln …«

»In den letzten zehn Jahren hat kein Mensch mehr solche Kinder gehabt. Das ist heute alles viel gefährlicher. Alle haben sie Autos. Dieser Junge in Peters Klasse, der ums Leben gekommen ist …«

»Ich glaube, er war ein paar Klassen über Peter.«

»Was macht das für einen Unterschied. Ich bin froh, daß unsere sicher zu Hause sind.«

»Kate, ist dir klar, wie alt sie werden?«

»Natürlich.« Sie war ungeduldig geworden. »Es ist alles ganz anders als zu der Zeit, in der wir aufgewachsen sind. Ihre kleinen Freunde bekommen viel zuviel Spielraum, wenn du mich fragst. Alles mögliche könnte passieren.«

Axel antwortete nicht. Gab es eine Familie, deren Probleme einfach zu lösen waren? Er war ein Einzelkind gewesen. Seine alltäglichen Bedürfnisse waren nicht außergewöhnlich gewesen. Die Kate, in die er sich verliebt hatte, war besessen und war es immer noch, weswegen er sie damals und heute noch immer liebte. Sie hatten sich gelegentlich dazu beglückwünscht, daß sie im Gegensatz zu den meisten Eltern keine Probleme mit Drogen, Alkohol und ungewollten Schwangerschaften hatten, aber jetzt machte er sich Sorgen um seine ruhigen, so sehr an die Farm gebundenen Kinder. Er lachte manchmal über Kates Angst vor Autounfällen (sie war unmöglich als Beifahrerin), aber er hatte stillschweigend die Maßnahmen hingenommen, mit denen sie die Kinder von der Straße hielt; er nahm in der Tat alles stillschweigend hin. Was sollte aus ihnen werden?

»Sex, Sex, Sex«, sagte Kate. »Sex ist keine Lösung für Margrets Probleme.« Axel schüttelte den Kopf und versuchte sich zu erinnern, worauf das eine Antwort war. Kate fuhr fort: »Sie braucht irgendeine Arbeit, und du weißt das genausogut wie ich.«

»Ja, du hast recht.«

»Die Leute mögen glauben, daß man das Leben auf Sex reduzieren kann, aber das kann man nicht.«

»Ich weiß.«

»Es gibt noch viel, viel mehr.«

»Sie muß sich doch für irgendwas interessieren.«

»Gott allein weiß, was das ist.«

Unten in der Sattelkammer im Souterrain sang John: »Dunkel war's, der Mond schien helle, schneebedeckt die grüne Flur, als ein Auto blitzeschnelle langsam um die Ecke fuhr.« Er ging immer wieder zum Waschbecken, um einen Schluck Wasser zu nehmen oder seinen Schwamm auszuspülen. »Drinnen saßen stehend Leute, schweigend ins Gespräch vertieft, als ein totgeschoßner Hase auf der Sandbank Schlittschuh lief. Mein Gott, wie ich das hasse.«

»Ja«, sagte Peter, obwohl er es in Wirklichkeit gar nicht haßte. Das dunkle, alte Leder fühlte sich beinahe flüssig in seinen Händen an, was ihn befriedigte, und es lag etwas Beruhigendes in dem Geruch der Seife, dem getrockneten Pferdeschweiß, der Wolle und der Feuchtigkeit.

»Und auf einer roten Bank, die blau angestrichen war, saß ein blondgelockter Jüngling mit kohlrabenschwarzem Haar, neben ihm 'ne alte Schachtel, zählte kaum erst sechzehn Jahr, und sie aß ein Butterbrot, das mit Schmalz bestrichen war.«

»Ich hab' genug von dem Lied.«

»Laß mich nur noch zu Ende singen. Droben auf dem Apfelbaume, der sehr süße Birnen trug, hing des Frühlings letzte Pflaume und an Nüssen noch genug. Willst du ›Oh, Tomatoes‹ hören?«

»Immer wieder gut.«

»Henry kann den Refrain mitsingen. Ich hab' ihm alles beigebracht, was er kann. ›Der blinde Karlson‹ nennen sie ihn.« Henry hatte vergeblich versucht, kein Sattelzeug mehr putzen zu müssen, mit der Begründung, daß er nicht mehr reite, aber für Kate war die Frage viel einfacher als für ihn. Sattelzeug mußte geputzt werden, Henry hatte zwei freie Hände und wußte, wie man es machte. »Jeder kann Rechte ablehnen«, sagte sie zu ihm, »aber niemand kann sich weigern, seine Pflicht zu tun.«

»Heh«, sagte John.

»Heh was?« sagte Peter.

»Heh, du. Was glaubst du, worüber sie reden?«

»Du hast sie doch beim Abendessen gehört.«

»Ich hab' nicht gedacht, daß du sie gehört hast.«

»Hab' ich aber.«

John fing an zu summen, aber er sang nicht, während Peter sein erstes Zaumzeug ordentlich zusammenschnallte und ein anderes herunternahm. Jede Bewegung, die er machte, war anmutig und präzise. Er schien langsam, war es aber nicht, und er erledigte Aufgaben jedesmal schneller als John, der nur den Anschein von konzentrierter Schnelligkeit gab, oder Henry, der niemals hart arbeitete, außer wenn es sich lohnte.

»Heh«, sagte John.

»Was ist jetzt schon wieder?«

»Du wirst deine Kategorie in Barrington gewinnen, was?«

»Wie soll ich das wissen? Du hast sie ja beim Abendessen gehört.«

»Na ja, Mac ist das beste Pferd, und du bist der beste Reiter. Es ist nur eine Vorausscheidung, hm?«

»Reden wir nicht darüber, o. k.?«

»Er sieht jedenfalls wesentlich besser als ›Die Eisenbahn‹, das ist sicher. Und er furzt nicht die ganze Zeit.«

»Alle Pferde furzen.«

»Wenn Teddy anfängt zu furzen, dann reißt es ihm die Gelenke auseinander.«

»Wie niedlich.«

»Ich hoffe, du gewinnst.«

Da schaute Henry auf. Er war gerade dabei gewesen, die Quadratzentimeter Leder zu berechnen, die er an diesem Abend noch bearbeiten mußte. John war auf halbem Weg zum Waschbecken und beobachtete das Tropfenmuster, das sein Schwamm auf dem Boden hinterließ. Henry wünschte sich eher, daß John gewinnen würde. Er sagte: »Jemand aus Chicago wird gewinnen. Das tun sie immer.«

»Alle Mütter furzen«, sagte John und lachte laut.

»Phantastisch«, brummte Peter, und dann hörte man wieder nur Schwämme und Leder.

»Heh«, sagte John.

»Kann ich dir irgendwie behilflich sein?«

»Laß mich deinen Sattel machen vor Barrington.«

»Was?«

»Laß mich deinen Sattel saubermachen vor Barrington.«

»Nichts zu tun, was?«

»Doch, schon, aber laß mich deinen machen. Vielleicht bringt das Glück.«

Peter sah seinen Bruder fragend an, dann lächelte er und zuckte die Schultern. »Hab' nichts dagegen.«

»Ich mach' das Freitagabend.«

»Gut. Danke, Mann.«

»Allzeit bereit.« Er hielt inne. »Na ja, allzeit nicht.«

»Ja, klar.«

John nahm noch ein Zaumzeug herunter, und Henry fing an, sein erstes zusammenzuschnallen. Er hatte sein Auge auf eines der Trainingszaumzeuge geworfen, mit Gummizügeln, tausendfünfhundert Quadratzentimeter weniger, wenn man die Innen- und die Außenseite der Zügel berechnete.

»Heh«, sagte John.

»Was denn jetzt?«

»Hast du schon was von deinem Geld ausgegeben?«

»Ich habe Mutter achtzehn Dollar für die Teilnahmegebühren gegeben. Ich glaube, sie berechnet mir diese geflochtenen Zügel auch.«

»Wir haben Glück, daß sie uns nicht das Abendessen berechnet.«

»Wir haben Glück, daß sie uns fürs Heumachen bezahlt hat.«

»Es gibt Leute, die kriegen Taschengeld, weißt du.«

»Ja«, sagte Henry. »Larry Murphy kriegt fünf Dollar jede Woche, und er hat mir erzählt, daß sein Bruder Extrageld für Kleidung bekommt. Hundert Piepen jeden ersten im Monat.«

»Scheiße«, sagte John. »Laß sie nur mal versuchen, ihre klebrigen ...«

»Wie geht's der ›Alten Lokomotive‹?« warf Peter ein.

»O. k.« In seiner Hand hielt John das Backenstück von Teddys Zaumzeug, das vom Gebrauch fast schwarz war. Er fing an, es gegen seine Handfläche knallen zu lassen, erst das Riemen-, dann das Schnallenende. Peter schaute nicht hin, aber Henry sah, daß John Gefallen daran fand und mit dem Lederriemen fester zuschlug und ein paarmal zusammenzuckte. Als John aufblickte und sah, daß sein Bruder ihn beobachtete, zeigte er seine Hand vor. Die Handfläche war knallrot, leichte Prellungen und Blut an zwei kleinen Stellen. Als Henry erschrak, bellte John ein rauhes »ha ha«.

»Heh«, sagte der Fünfzehnjährige.

»Heh«, antwortete Peter.

»Wie ist das, auf dem da zu reiten?«

»Wie ist das, so viele Fragen zu stellen?«

»Das ist intelligent.«

»Hört, hört«, sagte Henry.

Henry sollte auch mitgehen, und tatsächlich machte ihm das nichts aus, obwohl er für Kate eine genervte Schau abzog. Das Barrington Turnier mochte er ziemlich gern, weil die Veranstalter aus Chicago waren und für die vier Tage auf dem Land eine Volksfeststimmung mitbrachten. Obwohl Henry die Zuckerwatte, die Eistüten und die dreißig Zentimeter langen Hotdogs nicht erwähnte, dachte er doch genüßlich daran, und die Vorfreude ließ ihn bereitwillig, wenn auch recht langsam, die ihm auferlegten Pflichten erfüllen. Obwohl John in der Show wie in der Vielseitigkeitsprüfung ritt, war er noch streitsüchtiger. Kate machte eine Phase durch, in der sie ständig etwas aufschrieb. Das sonst kahle Schwarze Brett an der Hintertür war bedeckt mit sauber ausgeführten Zeitplänen, Urteilen über die täglichen Reitleistungen und Ermahnungen. Dann stellte sie John eine Rechnung aus, die lautete: »John Robert Karlson, Teilnahmegebühren $ 22, Zahlung für neue schwarze Stiefel $ 28.« Gegen eine derart autoritäre Sachlichkeit gab es keine Widerrede und keine Verteidigung, nur Schweigen. Dieses Schweigen hielt John mit inbrünstiger Entschlossenheit durch, aber es half alles nichts, die kostbaren fünfzig Dollar wurden in seiner Vorstellung zu einem Bündel, ein Bündel, das nicht ihm gehörte. Er meinte in jedem Blick, den sie ihm zuwarf, die Selbstgefälligkeit des Eigentümers zu sehen, und er hätte sie am liebsten umgebracht.

Sie wollte, daß er bei dem Reitturnier gut abschnitt, und sie glaubte, daß er es vielleicht schaffen würde. »Du hast das Hindernis genommen, als wenn du einen Buckel hättest«, rief sie dann. »Paß auf, wo du hintrittst!« Sein Gesicht lief rot an, aber er wurde besser. Alles nach Plan. Über ihre eigene großartige Leistung als Trainerin war Kate bescheiden erfreut. »Wer gibt hier den Ton an? Sei einmal der Boß!« Ein Monolog von Anweisungen und Ermahnungen verfolgte ihn überallhin, und er tauchte jetzt wie Peter, ein Objekt der Lächerlichkeit, häufig am Schwarzen Brett auf. Eines Tages, als Teddy beim zweiten Versuch den Holzstoß verweigerte (ein Holzstoß, den er unzählige Male genommen hatte), zerbrach John eine Gerte auf seiner Kruppe. Teddy näherte sich dem Hindernis noch einmal und nahm es geschickt, beinahe elegant. Kate lächelte. Ein eher zufälliger Erfolg ihrer ›rauhen‹ Methoden war, daß John jetzt energisch genug mit seinem Pferd umging. Sie fühlte sich gerechtfertigt, siegreich. Sie schaute ihn voller Stolz an und wünschte sich seine Zustimmung, aber er war peinlich berührt, wie sie feststellte, und daher wandte er sich ab.

Der riesige blaue Transporter wurde hinter der Scheune hervorgeholt und in die Auffahrt gefahren. Für jedes Kind wurde ein Frackhemd in die Reinigung gebracht, und zwei weitere kamen in die Wäsche. Margret lüftete und bürstete die schwarzen Reitjakken und Samtkappen; die Jungen holten alle Krawatten hervor, die sie in ihre Jackentaschen gestopft hatten. Schwarze Gürtel wurden hervorgekramt, kühle Nylonsocken. Margret bekam die

Erlaubnis, mit dem Wagen in die Stadt zu fahren, und kaufte Haarnetze, Körperpuder, Sicherheitsnadeln, Metallputzmittel und eine neue Zahnbürste (für die Steigbügelriemen und -schnallen, nicht für die Zähne). Der große Lastwagen wurde ausgefegt, leicht mit Stroh gepolstert. Heu wurde in Netzen gebündelt, die Laufplanke wurde gelegt, und Herbie, Teddy und Mac verbrachten eine Stunde damit, das Ein- und Aussteigen zu üben. Nur Herbie, erstaunlich genug, scheute vor dem dunklen Innern des Fahrzeugs zurück, aber man konnte ahnen, was MacDougal versuchen würde, wenn die Zeit knapp und die Stimmung gereizt war.

Weitere Turnierausrüstung stapelten sie in der Nähe: glänzende runde Eimer, Striegel, die Zinken vollzählig, saubere Tücher, zusammenklappbare Hufkratzer, Reklamezettel mit Kates Namen, groß herausgestellt auf Vorder- und Rückseite. Sie fanden sogar drei Lederleinen, messingbeschlagen, und den Nasenschoner aus Schaffell für MacDougals Halfter, der drei Jahre zuvor verlorengegangen war.

Das war das Charakteristische von Reitturnieren: Hitze und bleierne Müdigkeit durch Schlafmangel und zuviel Arbeit und Staub, Übelkeit durch Aufregung und verpaßte Mahlzeiten, die erhöhte Aufmerksamkeit für einige Dinge (der Lastwagen, die Pferde, die Sattel, Mutter). Die Kinder konzentrierten sich so stark auf diese Dinge, daß sie jedes Gefühl der Freiwilligkeit verloren. Henry verlangte in letzter Minute, daß sie sein Fahrrad mitnahmen. Er wurde ignoriert. Margret weinte. Sie wurde ignoriert, obwohl sie seit fast zwei Wochen nicht geweint hatte. Peter fiel von MacDougal, und er wurde ignoriert, obwohl er den restlichen Nachmittag leicht humpelte. John drückte sich um die Zahlung der Teilnahmegebühren und der schwarzen Stiefel. Er wurde nicht ignoriert, obwohl er fröhlich lachte und sich verdrückte.

Die Stiefel, so stellte sich heraus, waren in Kates Schrank. John hatte die Erlaubnis erhalten, sie anzuprobieren und sie mit in sein Zimmer zu nehmen. Einige Zeit danach verschwanden sie, und Margret konnte sie nicht finden, als sie einen Tag vor der Abfahrt packen wollte. John saß mit gekreuzten Beinen unter der Eiche, fühlte sich ziemlich gut und reinigte Peters Sattel, doch als Margret die Stiefel suchte, war ihm alles klar. »O. k.«, sagte er.

»Also, ich brauch' sie jetzt.«

»Gut, alles klar.« Aber er rührte sich nicht.

»Also?«

»Pack einfach die alten ein.«

»Mach dich nicht lächerlich. Sie sind um Zentimeter zu kurz, letztes Jahr konntest du schon fast nicht mehr drin laufen.«

»O. k., o. k.!« Er kippte den Sattel auf den Knopf und legte den Schwamm und die Seife absichtlich nebeneinander.

»Mach schon! Ich hab' eine Menge zu tun!«

»Ja, schon gut.« Die Kinder durften nicht ohne Erlaubnis an Mutters Sachen, eine Anordnung, die John geschickt umging, indem er, während er die Treppe hinaufrannte, in Kates Hörweite bemerkte: »Ich hole sie eben aus Mutters Zimmer, und du kannst sie gleich einpacken.«

»Menschenskind«, sagte Margret.

»Junger Mann«, sagte Kate, als er mit der Schachtel unter dem Arm zurückkam. Er hatte hineingeschaut. Sie waren schlank, pechschwarz, glänzend, begehrenswert. »Moment«, sagte er und rannte zur Hintertür.

»John.«

»Ja.« Er wandte sich ihr zu, legte die Schachtel hin. Im nächsten Moment trat er einen Schritt zurück. Sie erhob nicht die Stimme und stellte sich nicht zwischen ihn und die Tür. Die Wirkung ihrer trockenen braunen Haut, ihres strahlenden Blicks und der klaren Stimme ließ seine Wünsche mit den ihren übereinstimmen, früher oder später. »Ich tu' sie in die Sattelzeugtruhe«, sagte er, »und dann werd' ich mal versuchen, das Geld aufzutreiben.«

»Du kannst es auf meiner Frisierkommode lassen.«

»Klar.« Selbst seine Wut war gebremst, bis sie zu ihrer Nachmittagsruhe im Wohnzimmer verschwand und er die Gittertür hinter sich zuknallte. »Na gut, halt es schon hoch«, sagte Peter zu Henry im Souterrain, »und geh aus dem Weg.« Der Ärger in seiner Stimme, obwohl leicht und zweifellos gerechtfertigt, heizte Johns Wut an. Er riß die Stiefelschachtel auf, zerrte am Deckel, als der ihm widerstand. Weiß: ein Stück zartes Seidenpapier verschleierte sie. Schwarz: Der Bogen des geformten Blattes verschmolz mit dem langen Schaft. Hier war die gerundete Wade, hier der flache innere Knöchel. Seine Hand berührte das Leder eines Stiefels. Obwohl er ganz mit Leder gefüttert war, fühlte er sich weich, empfindlich an. Auf einem bedruckten Papier stand: »Das sind Ihre neuen …« Er nahm sie heraus und legte sie in den Schotter und Staub der Zufahrt. Dann trampelte er darauf herum, bohrte seine Ferse hinein, bespuckte sie, hob sie wieder auf und schlug sie gegen die Stufen der Hintertreppe. Einmal sagte er das Wort »Fotze«. Seine Wut hätte sich nicht gelegt, wäre Peter nicht zur Kellertür und die Treppe heraufgekommen. Er war sanft, auf eine zerstreute, natürliche, erstaunliche Weise sanft. »Was machst du da?« sagte er.

»Ich, äh …« John ließ die Stiefel fallen. »Ich, äh, mach' meine neuen Stiefel kaputt.«

»Oh.«

»Sie ist eine Fotze.«

»Also …«

»Sei nicht so scheißfreundlich.«

Peter ging die Treppe wieder hinunter. Im Keller sagte er: »Hast du beide Seifenstücke eingepackt?«, dann: »Frag mich nicht, frag ihn.« Aber Henry tauchte nicht auf. Es war Margret, die später die Stiefel putzte, die frischen Kratzer überpolierte und sie einpackte. Beim Abendessen sagte Kate mit Nachdruck: »Danke, John, ich hab's bekommen.«

Zehn Dollar übrig. Ein Nichts.

Die Sonne war endlich untergegangen. Die Truhen mit dem Sattelzeug waren gepackt, die drei Pferde eingeflochten, die gebügelten Reitjacken und Hemden und Hosen steckten in Plastiküberzügen. Margret saß auf der Veranda, tief in Vaters altem Sessel, erschöpft, und wartete auf den richtigen Moment, nach oben ins Bett zu gehen. Ein kühler Wind hatte sich erhoben, der zumindest einen Regenschauer versprach; Margret schob die bloßen Arme hinter den Rücken und drückte sich noch tiefer in den Sessel. Ihre Augen waren geschlossen, und sie lauschte dem Klopfen und Rascheln der Äste auf dem Verandadach. Selten saß jetzt hier jemand, denn der Flieder und der Eschenahorn hatten sich dicht ringsum ausbreiten dürfen, und selbst in einem trockenen Sommer war es hier eher feucht, staubig und schwül. Margret war allein, und sie schätzte das wie ein Geschenk. Sie horchte auf Johns Badegeräusche, Henrys Abendimbiß, Mutters Befehle in letzter Minute, Jeepers Krallen auf dem Flurboden. Das Leben, das diese Geräusche bedeuteten, war so verlockend wie das flüchtige Bild eines Mannes, der an einem weißgedeckten Tisch im vorbeigleitenden Licht eines Speisewagens Wein einschenkt, aber ebenso fern. Margret fröstelte, schob ihre Hände noch weiter unter die Sesselpolster und sank noch tiefer in den Schlaf.

Die Gittertür hinter ihr knallte, und sie baute es in ihren Halbtraum ein als kleinen Buckel in der Straße, über den sie die Last des Schlafes leicht tragen konnte, aber dann sagte Axel: »Margret, solltest du nicht ins Bett gehen, mein Schatz?« und sie wachte auf.

»Ich fühl' mich ganz wohl, Daddy.«

Anstatt sich zurückzuziehen, kam er näher. »Brauchst du keinen Pullover? Ich hab' gar nicht gemerkt, wie kühl es geworden ist.«

»Ich fühl' mich ganz wohl, Daddy.«

Er setzte sich in den Schaukelstuhl, den mit der lockeren Kufe, und begann zu schaukeln. Quietsch, quietsch. Margret zog die Knie an, seufzte und stellte sich schlafend, aber er schaukelte weiter und begann wirklich zu reden: »Seid ihr alle so gut wie fertig für das Turnier?«

»Hm?« Sie tat so, als wachte sie auf.

»Ich habe gesagt, ich nehme an, ihr seid so gut wie fertig für das Turnier.«

»Gerade mal so.« Sie dachte bei sich, daß es ja immerhin seine Veranda war, und dann wachte sie endgültig auf, überrascht von diesen neuen Gedanken. Noch nie hatte sie ihren Vater nicht willkommen geheißen, war noch nie nicht erfreut über sein Auftauchen gewesen. Schuldbewußt rutschte sie mit ihrem Sessel zurück, damit er sie sehen konnte, wie es das Recht eines Vaters war. »Margret«, sagte er, »ich glaube, du bist in diesem letzten Jahr sehr viel erwachsener geworden. Du bist eine verläßliche junge Frau geworden. Und eine ziemlich hübsche.«

»Oh, Daddy, ich bin achtzehn«, sagte sie, dann errötete sie leicht über den mürrischen Ton in ihrer Stimme.

»Nein, wirklich. Ich bin sehr beeindruckt.«

»Und sehr voreingenommen. Viele Mädchen in der Schule waren viel reifer als ich.«

»Erfahren vielleicht, aber ...«

Irgendwie war es unerträglich. »Können wir nicht über etwas anderes sprechen?«

»Klar.« Axel schaukelte und quietschte. Margret fröstelte, dann rieb sie sich mit den Händen die Oberarme. In dem Lichtschein von der Tür konnte sie nur die Umrisse seiner Stirn, der Augenhöhlen, der Wange und des Kinns sehen, dann den weichen Kragen seines Hemds. Vor zwei Jahren hätte er in so einem Moment, das wußte sie, angefangen, auf seine Taschen zu klopfen und nach einem Päckchen Zigaretten zu suchen. Camel. Davor hatte er Pall Mall geraucht und davor Lucky Strike. »Lucky Strike«. Die Worte berührten sie seltsam. »Hol mir eine Stange Luckies. Bring ein Päckchen Luckies mit, wenn du gehst.« Der Vater, der diese Dinge gesagt hatte, schien plötzlich eine unvorstellbar historische Figur zu sein, und Margret fühlte sich bestätigt und unkindlich, indem sie diese Dinge erinnerte. Sie schaute hinunter auf ihre Beine, deren Gänsehaut in dem Licht schimmerte. Sie hatte vor dem Abendessen Shorts angezogen, aber bis zu diesem Augenblick hatte sie nicht gefroren. Ihre Schenkel sahen fremd aus, blaß und weich, wie eine Hühnerbrust, und sie wünschte, sie hätte lange Hosen an. Und Schuhe. Sie richtete sich auf und schlug die Beine unter.

»Glaubst du, daß du morgen gut abschneidest?« fragte Axel.

»O nein. Aber das macht nichts.«

»Margret.«

»Ja, Daddy?« Wie konnte sie ihm nur sagen, daß der sorgenvolle Klang seiner Stimme unerträglich war? Daß sie nicht wollte, daß man sie ansprach, als wäre sie ein Problem oder eine empfindliche Pflanze, daß sie genaugenommen überhaupt nicht angesprochen oder gelobt oder beachtet werden wollte?

»Margret, ich habe das Gefühl, du bist so passiv geworden, irgendwie. Ich weiß nicht, wie ich das erklären soll.«

»Ich fühl' mich ganz wohl, Daddy.«

»Wirklich?«

»Ich wünschte wirklich, du würdest aufhören, mich zu fragen. Ich fühl' mich wohl. Wirklich. Ehrlich.«

»Du warst ein sehr offenes kleines Mädchen, wie ich mich erinnere. Wir haben immer darüber gelacht, als du drei warst und Peter zwei, und er beim Abendessen etwas fallen gelassen hat, sein Brot, glaube ich. Jedenfalls hat er mit seiner Tasse gegen den Kinderstuhl geschlagen, und ich habe geredet, und deine Mutter hat etwas am Herd gemacht, und ganz plötzlich hast du gebrüllt: »Gebt ihm noch ein Stück Brot, verdammt noch mal! Er hat Hunger!«

»Ich kann mich an die Geschichte erinnern.«

»Und dann haben die Nonnen immer Bemerkungen gemacht, wie offen du warst in der Grundschule. Ein bißchen zu offen für ihren Geschmack, fürchte ich.«

»Ich glaube auch.«

»Es wird regnen.« Er sagte das so, als wolle er das Thema wechseln, und Margret errötete. »Ja«, war jedoch alles, was ihr einfiel. Sie war gründlich erstaunt über sich selbst. Sie hatte in letzter Zeit nicht viel mit Axel geredet, aber nur, dachte sie, weil er nicht da gewesen war. In ihrem ganzen Leben gab es niemanden, mit dem sie leichter reden konnte als mit ihrem Vater, der, zumindest mit ihr, ein sehr verspielter und umgänglicher Mann war. Sie schaute ihn schnell wieder an, sah wieder die weiche Wange und den offenen Kragen und errötete wieder. Sie war froh, daß er ihr Erröten in der Dunkelheit nicht sehen konnte, denn sie wußte, daß er es irgendwie als Vorwurf auffassen würde. Sie schaute sich auf der Veranda um. Es gab nicht viel hier – vier Sessel, die beiden, in denen sie saßen, ein Laubrechen, ein kleiner Stapel Zeitungen, der abgestorbene Stamm einer Geranie, der in einem Tontopf steckte. Draußen konnte man die Griffe von Henrys Fahrrad sehen, das am Drahtgitter lehnte. Nichts in dieser willkürlichen Ordnung der Dinge, das Margrets Verlegenheit oder Verwirrung hätte lindern können, und so schaute sie wieder auf ihre Knie. Sie sagte: »Der Regen wird wahrscheinlich guttun. Dieses Turnier kann so staubig werden.« Das Turnier war zweihundert Meilen entfernt. »Ich meine, wenn es dort regnet. Ich nehme an, es wird dort wahrscheinlich nicht regnen.«

»Vielleicht doch.« Axel schaukelte weiter. Auch er fand es ungewöhnlich schwer, Dinge zu finden, über die man reden konnte. Er dachte, wenn man ein Problemkind hatte, dann war das Problem, daß das Kind dachte, man wolle immer über das Problem reden, so daß jede Bemerkung über das Wetter zu einer Ausflucht wurde und jedes Lob die Einleitung zu einer Diskussion über die Leistungsfähigkeit des Kindes. Axel wußte nicht, wo Margrets Leistungsfähigkeit lag. Sie erschien ihm, wie sie ihm immer erschienen war – ein nettes, gesundes, lachendes Mädchen, das hübsch aussah, wenn es lachte, und das noch nicht ganz seine eigenen Züge entwickelt hatte. Er dachte, sie ist ein Spätzünder, und war nicht darauf aus, sie zu drängen. Sie war es, so dachte er, die seinen ganz normalen Begrüßungen mit der Bitte begegnete, daß er sich keine Sorgen machen solle, so daß er, ganz gegen seinen Willen, begonnen hatte, sich welche zu machen. Er grunzte, fast ärgerlich, und schaukelte ein bißchen schneller. Seine Kinder wurden erwachsen. Er hatte sich daran gewöhnt, daß sie sinnvoll beschäftigt und gut versorgt waren. »Noch ein Sommer«, sagte er zu sich. »Laß mich nur noch einen ruhigen Sommer haben, dann werde ich mir gern Sorgen machen.« Er schaute Margret an, die trotz der Jahre draußen mit den Pferden weiß und weich schien, und er dachte, was für eine Belastung es war, eine Jungfrau im Haus zu haben. Er war beschämt und sagte weise: »Schau mal, mein Liebling, es wird schon alles gut werden.«

Sie erschrak wieder und korrigierte ihn sorgfältig: »Es ist alles gut mit mir, Daddy.«

»Mein Fehler.«

Sie nahm ihn ernst. »Schon gut.« Ihr dunkles Haar, zu lang und unmodisch, fiel nach vorn, und sie schob es zurück. Es war merkwürdig, dachte er, da lebt man mit einem achtzehnjährigen Mädchen und mag es so sehr, doch mit achtzehn wäre er niemals mit diesem Mädchen ausgegangen, er hätte es nicht einmal bemerkt, so wie die Mädchen, mit denen man ein Rendezvous ausmachte, ohne sie zu kennen, und deren Freunde sie als ›nett‹ anpriesen oder als Mädchen mit ›Persönlichkeit‹. Davon hatte er sich immer ferngehalten. Das Leben mit Margret, genaugenommen das Leben mit seinen beiden älteren Kindern, verstärkte in ihm den Eindruck, daß er mit siebzehn oder achtzehn sehr oberflächlich gewesen war. Damals war sein Hauptgedanke gewesen, daß er nur das Beste verdiente, nur das Beste haben wollte und daß er ganz genau wußte, was das Beste war. Es bewegte ihn plötzlich, daß Margret und Peter, seine eigenen Kinder, bereits eine Tiefe erreicht hatten, die er vielleicht niemals erreichen würde. Als sie sagte: »Also, ich geh' jetzt ins Bett«, und unbeholfen aus ihrem Sessel aufstand und unbeholfen an ihm vorbei ins Haus ging, da wollte er ihr etwas über ihr Wesen mitteilen, darüber, wie er sie jeden Tag gesehen hatte, seit dem Tag ihrer Geburt, und doch war sie für ihn immer noch eine Überraschung; er wollte etwas über das menschliche Geheimnis sagen, daß nichts sich einfach addiert, wollte etwas sagen, nicht darüber, was er gelernt hatte, sondern was es zu lernen gab. Er konnte nicht. Er sagte: »Gute Nacht.«

5

John öffnete die Augen und schaute sich in seinem Zimmer um. Er hatte von Wasser geträumt und war aus dem Traum, wenn auch noch nicht ganz, so doch voller Energie aufgewacht. Er brauchte eine Sekunde oder zwei, um festzustellen, daß es regnete, zumindest schon seit einer Weile, stetig, doch nicht heftig. Er lächelte und reckte sich unter seiner Decke. Das Zimmer war kühl, das Trommeln des Regens gleichmäßig, und er fühlte sich plötzlich frei von Verpflichtungen, wie eingeschneit. Er reckte sich wieder, ausgiebig, berührte mit Händen und Füßen die vier Ecken des schützenden, geräumigen, gemütlichen Bettes. Er drehte sich auf die Seite und zog das kühle Kopfkissen unter seiner Wange zurecht. Er zog das Knie an, zupfte die Decke nur eben einen Zentimeter nach links, fühlte sich hinreißend behaglich, bereit, in einen köstlichen Schlummer zurückzufallen. Dann erinnerte er sich an den Sattel.

Er wachte sofort auf und bemühte sich, nicht in Panik zu geraten, versuchte statt dessen, den Ablauf aller seiner Tätigkeiten vor dem Abendessen in den kleinsten Einzelheiten durchzugehen.

Margret hatte ihn nach seinen Stiefeln geschickt. Er hatte mit Mutter gesprochen und war draußen in Wut geraten. Er war kurz zu dem Sattel zurückgekehrt, dann war er zur Toilette gegangen. Danach hatte er sein Stockmaß gesucht und das Silberputzmittel, das er für Peters Steigbügel nehmen wollte. Er hatte das Silberputzmittel nicht finden können.

An dieser Stelle tat er so, als könnte er sich nicht recht erinnern, was er als nächstes gemacht hatte, denn was er als nächstes gemacht hatte, war, die Pferde zu füttern, dann war er zum Essen hereingekommen, dann hatte er das Geld auf Mutters Frisierkommode gelegt, dann hatte er sich zum Abendessen gesetzt, dann hatte er Henry beim Abwasch geholfen, dann war es dunkel geworden, und dann hatte er zu Mutter gesagt, daß er mit allem fertig sei, und sie hatte gesagt, o. k., und daß er am besten ein Bad nehmen und ins Bett gehen solle, und er hatte das getan und sich erlaubt, einen Artikel im *National Geographic* zu lesen, bevor er das Licht ausgeschaltet hatte.

In seiner Liste von Tätigkeiten fand er nirgendwo etwas, das mit dem Verstauen des Sattels zu tun hatte, doch bestimmt hatte er ihn nicht draußen unter der Eiche liegen lassen? Niemand ließ je einen Sattel draußen liegen. Es war allen zur zweiten Natur geworden, Ledersachen immer abgedeckt aufzubewahren, besonders Wildleder.

Wildleder! Von allen Sätteln (und vor zwei Jahren hatte Mutter für jeden einen neuen Sattel gekauft, alles Stuebbensättel) war der von Peter der schönste. John hatte ein robustes, nicht sehr teures Exemplar gewählt, mit grauen, schaumstoffgepolsterten, samtweichen Wildlederflecken, und Margrets Sattel war seinem ähnlich gewesen, aber Peter hatte besondere Anpaßprobleme, und der einzige, den Mutter hatte finden können (in New York), war das Spitzenmodell, bei dem Sattelblätter und Sitzfläche vollständig gepolstert waren, mit, so kam es einem vor, ganzen Bahnen von diesem Zeug. Sie hatte ihm den ganzen Sommer eingetrichtert, er solle den Sattel ja nicht naß werden lassen. Sie hatte lautstark über den Preis gejammert, sich aber mit der Gewißheit getröstet, daß so ein Sattel ein Leben lang oder noch länger halten würde. John horchte auf den Regen, erschauerte und kroch tiefer in sein Bett. Sosehr er um den Sattel fürchtete, noch mehr haßte er den Gedanken, in der Kälte aufzustehen, in die Nässe hinauszugehen und ihn dort zu finden, durchgeweicht. Vielleicht voller Matsch. Möglicherweise lag er eben jetzt in einer Pfütze.

Und was würde er mit ihm machen, wenn er ihn fand? Wie könnte er damit fertig werden, mitten in der Nacht, so ganz allein? Wo könnte er ihn lassen? Was für einen Zettel könnte er dazulegen, um zu zeigen, daß er nachlässig gewesen war, sich erinnert hatte, sich die schlimmsten Vorwürfe machte? Ein Zettel wäre lächerlich, aber noch weniger konnte er den Gedanken ertragen, daß der Sattel stumm und ruiniert einfach auf dem Küchenboden lag, als kümmere es ihn gar nicht. Und Peter würde wissen, was passiert war, denn Peter wußte, daß er den Sattel für das Turnier reinigen wollte. Und Peter würde wütend sein. Und Peter würde gekränkt sein.

Er erinnerte sich daran, wie er Peter zugesetzt hatte, damit er ihn den Sattel reinigen ließ, und Peter würde bestimmt denken, er hätte die ganze Sache geplant.

»O Gott!« sagte John und hielt sich die Hand vor den Mund, aus Angst, man hätte ihn gehört.

Sofort warf er die Decke zurück und ging zitternd im Dunkeln zum Fenster. Die belaubten Äste der Eiche brauten sich schwarz da unten zusammen. Ehrlich, er konnte nichts weiter sehen als Schwärze und Pfützen, obwohl es ihm schien, als würde irgendwas durch das Geäst aufblitzen, genau da, wo der Sattel sein mußte. Er öffnete das Fenster und lehnte sich hinaus, aber der kalte Regen in seinem Haar, der ihm den Nacken herunterlief, lenkte seinen Blick ab. Er konnte nichts sehen.

Es schien unsäglich gemein, nicht hinunterzugehen und ihn hereinzuholen, und doch – er konnte es nicht. Unschuld, dachte er, wäre die weitaus beste Strategie, zumindest bis der schäbige Rest gefunden und ihm die Schuld gegeben wurde. Wenn es nur aufhören würde zu regnen. Er trat vom Fenster zurück, ohne es zu schließen, und bemühte sich, Unterbrechungen im strömenden Regen auszumachen, aber es gelang ihm nicht. Er stöhnte und stand bewegungslos da. Dann, plötzlich, ließ es nach. Die Intensität des Schauers nahm ab, es nieselte nur noch, dann hörte es völlig auf. John stand einen langen Augenblick still da, seine Zähne klapperten, dann schloß er langsam das Fenster. Eine Sekunde später war er wieder im Bett, im Warmen zumindest und offenbar entschlossen, nicht hinunterzugehen. Vielleicht drei Stunden noch bis zur Dämmerung, sie zogen sich köstlich in die Länge, und alles Weitere drohte erst danach, eine Zeitspanne, mit der er irgendwie klarkommen würde. Er kuschelte sich in sein Bett. Wo, dachte er, hatte er nur gelernt, so gründlich in Schwierigkeiten zu geraten? In Schwierigkeiten zu sein war für ihn scheinbar ein Dauerzustand geworden.

Sie luden die Pferde auf und fuhren vor zehn los. Peter brachte ganz beiläufig seinen Sattel aus der Sattelkammer herauf und legte ihn in die Truhe. John schaute immer wieder in seine Richtung, aber da war kein anklagender Blick. Bei dem ganzen Gerede und Hin und Her um die Vorbereitungen wurde der Sattel nicht erwähnt. John fühlte sich abwechselnd argwöhnisch und euphorisch. Teddy wurde von seiner Stimmung angesteckt und weigerte sich bis zum letzten Moment, auf den Lastwagen zu gehen. Es war ein schöner Tag.

Auf dem Turnier war es zwar heißer und sie hatten mehr zu tun als zu Hause, aber sie waren auch glücklicher. Immerhin hatten sie das Vergnügen, Aussteller zu sein. Man achtete sorgfältig auf seine Startnummer, ging routiniert mit dem Zaumzeug um, voller Besitzerstolz auf sein Pferd. Kleine Kinder mußten verscheucht, Mädchen in Shorts und Trägerhemdchen beeindruckt werden, nicht nur durch sportliches Können, sondern auch durch Arroganz und eine Spur Gereiztheit, entschuldbar durch die viele Arbeit, die man ständig zu tun hatte. Mit den anderen Ausstellern, die meisten hatte man seit dem vorigen Jahr nicht gesehen, tauschte man Gerüchte und Urteile über neue Pferde aus. John ließ wissen, daß er Teddy nur ritt, um seiner Mutter einen Gefallen zu tun, die das Pferd diesen Sommer verkaufen wollte. »Wir haben beschlossen, keine jungen Pferde mitzubringen«, erzählte er allen. Neben ihm stand Teddy und grunzte und schloß die Augen. Die Campbell-Mädchen, die immer noch kastanienbraune Ponys ritten, weil die vierzehnjährige Lisa nicht genug gewachsen war, sagten: »Oh«, und gingen weiter, um sich neben der Bahn Elly Jacobs graues Vollblut anzuschauen, einen Anwärter auf den Sieg in der Materialprüfung, wenn es je einen gegeben hatte. »Gelenkkapselentzündung«, sagte Kate. »Darum geht er ab und zu unsicher. Mindestens zweimal Blasen an den Beinen, möchte ich wetten. Wenn das Pferd im August im Rennen ist, dann ist das ein Geschenk Gottes.«

MacDougal zog jeden sachkundigen Reiter an und jeden Zuschauer mit Gespür für Bewegung. Als er die Laufplanke des blauen Lastwagens herunterpolterte, machte er deutlich, daß er angekommen war. Wie er seine Ohren hielt (steif aufrecht), und die Entfernung, die er zwischen sich und Peter legte, ließen erkennen, daß diese Bühne ihm Raum genug gab für jeden Auftritt, auf den er sich einzulassen gedachte, und daß die Wahl ganz allein bei ihm lag. »Bring ihn gleich weg«, sagte Kate. »Laß ihn nicht zu lange die Leute anstarren.« In seiner Box wieherte er ununterbrochen, wie ein Hengst. In der Box daneben wurde Herbie nervös, lärmte mit seinen Eimern und geriet ins Schwitzen. »Phantastisch«, sagte Kate. »Wochenlange Vorbereitung für nichts und wieder nichts.«

Aber sie freute sich, denn jeder konnte sehen, daß MacDougal wieder auf der Rennbahn war, mit fünfzehn immer noch kräftig, immer noch scheckiger als Pferde, die nicht einmal halb so alt waren wie er. Er verschaffte ihr den perfekten Einstieg in ihr Lieblingsthema, das richtige Alter für ein Pferd, um mit dem Training zu beginnen (fünf oder sechs, nicht drei oder vier). »Halten ewig durch«, konnte man sie sagen hören, als sie mit einem Freund aus Chicago davonschlenderte, und John dachte, das würde überhaupt das Beste an der ganzen Sache sein. Wer könnte in dieser Masse von Menschen schon wen im Auge behalten?

Margret erhoffte sich viel Spaß von diesem Turnier, zum ersten Mal seit mindestens acht Jahren, und vielleicht das erste Mal in ihrem ganzen Leben. Zum einen war sie jetzt zu alt, um in der

Juniorenklasse zu reiten, der vermutlich unangenehmsten mit der härtesten Konkurrenz. Zum anderen lagen Mutters Hoffnung und Aufmerksamkeit woanders; Margret spürte, daß Mutter sich Bestätigung auf mehreren Gebieten erwartete. Sie spürte aber auch, daß gerade die Menschenmassen, die Fahnen, die blankgestriegelten Pferde von Fremden, die Imbiß- und Schnickschnackbuden, das ständige Aufblitzen und Dröhnen der Autos, die Stimme des Turnierleiters, der alles für alle ankündigte, die Orgelmusik, die Pferde und Reiter und Babys und Hunde überall bestätigten, daß man überhaupt nichts vorhersehen konnte. Sie warf Herbie eine Fliegendecke über, befestigte einen der wertvollen Führzügel aus Leder an seinem Halfter, führte ihn in die Sonne und registrierte im Vorbeigehen, daß MacDougal sich nicht dazu herabgelassen hatte, sein Heu anzurühren. Sie streckte ihm die Zunge raus, dann kicherte sie. In letzter Zeit hatten sich ihre Beschützerinstinkte für Herbie verstärkt, Herbie, der immer seinen Teil beitrug und niemals Ärger machte, doch auf die Launen der anderen Pferde reagierte Herbie überempfindlich. Keiner von ihnen hatte vor dem nächsten Morgen zu reiten, und sie führte Herbie weg, um ein abgelegenes und noch grünes Plätzchen zu suchen.

Die einzige andere Person auf der Koppel, die man mit einem Seil neben dem Bach abgeteilt hatte, war ein blonder Junge in ihrem Alter, dem sie vor einem Jahr schon begegnet war. Er ließ sein Pferd grasen, ein hellbraunes Vollblut, nicht dasselbe, das er im Vorjahr geritten hatte. Er hatte ihr den Rücken zugewandt, und sie trat näher und sagte: »Oh, hallo.«

Der Junge fuhr zusammen und drehte sich sofort um, aber das Lächeln in seinem Gesicht verschwand, als er sie erkannte. Sie trat einen Schritt zurück. »Hallo«, sagte er in einem Ton, der jedes weitere Gespräch unmöglich machte. Einen Augenblick später führte er sein Pferd weg, hin zum Teich. Er war ein sehr hübscher Junge, der erst seit ein paar Jahren hier auftauchte, in erstklassig geschnittenen gelben Reithosen und einem schönen blaßblauen Hemd. Margret hatte ihn weder gemocht noch nicht gemocht. Sie hatte lediglich bemerkt, daß er sich mit einer Clique herumtrieb, aus einem Jagdclub nahe bei Chicago. Alle besaßen schöne teure Pferde und hatten Burschen, die sich darum kümmerten. Jetzt jedoch fühlte sie sich komisch. Zwar nicht gerade gekränkt, aber doch überrascht, als hätte sie etwas Beleidigendes entdeckt, an eine Wand geschrieben, an einem Ort, an dem sie noch nie gewesen war. Offenbar erwartete er jemanden und hatte angenommen, sie sei diese Person. Das erklärte jedoch nicht die entschiedene Art, mit der sein Lächeln verschwunden war, so als hätte er irgendwann, während sie gar nicht an ihn dachte, begonnen, sie nicht zu mögen. Unerbittlich und in spürbaren Schritten verwandelte sich ihre Überraschung in Gekränktsein. Er war immerhin sehr hübsch. Sein Pferd war jetzt unten am Teich und trug eine saubere rote Fliegendecke und rote Transportbandagen zur Schau. Der Junge, dessen Name Matthew war, wie sich Margret erinnerte, warf einen Blick über seine Schulter in ihre Richtung, dann entfernte er sich weiter. Margret hatte noch nie jemanden gesehen, dessen Aussehen allein so vollkommen war. Sie fühlte, wie ihr Gesicht heiß und rot anlief, dann zog sie Herbies Kopf von dem üppigen Gras weg und verließ die Koppel. Ein anderer Mann kam herein, der ein graues Vollblut führte, noch gesattelt, doch mit gelockertem Gurt. Dieser Mann war älter und merkwürdig altmodisch gekleidet, in weit geschnittenen Reithosen und schwarzen Stiefeln mit hohem braunen Schaft. Margret wartete ungeduldig, daß er sein Pferd durch das Tor führte, damit sie die Flucht antreten konnte. Er schien unverzeihlich langsam. Dann sah er sie warten. »Oh«, sagte er, »entschuldigen Sie«, und warf ihr ein so strahlendes, einnehmendes, kameradschaftliches Lächeln zu, daß sie ihrerseits sich entschuldigte und grinste. Als sie und Herbie zu den Ställen zurückkehrten, war ihr Frohsinn wiederhergestellt.

Am nächsten Morgen, als sie aufgesattelt hatte, herausgeputzt und aufgewärmt war für ihre erste Klasse (Springprüfung für leichte Hunter ohne Wassergraben), hatte sie das Gefühl, nicht so mit ihren Bewegungen übereinzustimmen wie früher. Es war ein guter Geländekurs mit einer Reihe von engen Wendungen (eine war ausgesprochen beängstigend) und phantasievollen Hindernissen; Herbie war überraschend kraftvoll, doch ihr Blick war anders eingestellt, auf Weitwinkel. Die kleine Sterling stand an der Bande mit einem gebrochenen Arm, ein Junge auf einem Falben von auffälliger Farbe war nach ihr an der Reihe und wärmte sich auf, der Turnierleiter trug andere Stiefel als gestern, auf der Tribüne lutschte Henry an einer Orange. Ihr Weg um die Hindernisse war nicht mehr der gewundene Tunnel von einst. Sie konzentrierte sich auf nur ein Hindernis, riesige Pfosten und Stangen, unregelmäßig gesetzt, bedeckt mit einem flatternden Tischtuch. Herbie sprang glatt darüber, war das nicht eine nette frische Brise, diese Hotdogs rochen toll, sie zügelte ihn zu einem Trab und ritt an dem Falben am Tor vorbei. Der Reiter, vermutlich in Johns Alter, starrte auf seine Stiefelspitzen. Sie und Herbie wurden vierte. Die Richterin, Mrs. Elliot-Frobisher, sagte, daß Herbie erstaunlich gewandt sei für so ein langgliedriges Tier, und Margret fiel es gerade noch rechtzeitig ein, sich bei ihr zu bedanken, so verzückt war sie vom Kaleidoskop der Bilder am Rande ihres Blickfeldes.

John schnitt in seinen Klassen nicht besser ab, Jugendspringprüfung für schwere Hunter, Stilspringprüfung für schwere Hunter, aber auch nicht schlechter (einmal dritter und einmal fünfter Platz). Mrs. Elliot-Frobisher war zumindest nicht wegen seines Stils gegen Teddy, und Margret hatte den Verdacht, daß sie ihn eigentlich mochte, denn er war altmodisch auf eine unbeholfene, gedrungene, englische Art. Nur bei einem Probesprung mußte John ihn über die Hindernisse peitschen, und am Ende des Tages schien die Beziehung zwischen Junge und Pferd fast positiv zu sein. Als Teddy vor den Campbell-Mädchen zweimal furzte (Margret fragte sich, ob sie nicht nur in Johns Nähe herumhingen, um eine Gelegenheit zu finden, mit Peter zu sprechen), lachte ihn John nur vergnügt an und strich die beiden Schleifen glatt, die von den Balken seiner Box herunterhingen.

Peter erregte Aufsehen in der Jugendspringklasse, allerdings weniger als ein kleines Mädchen, dessen Pferd aus der Bahn in das Trainingsfeld sprang, darüber hinwegraste, Reiter, Pferde und Trainer in alle Richtungen versprengte, dann aus diesem Feld auf den Parkplatz sprang und das kleine Mädchen, unverletzt, auf dem Dach eines blauen Ford zurückließ. MacDougal nahm alle Hindernisse, wie sich herausstellte, genehmigte sich aber auch einen Halt, für den er berühmt war, jeder Muskel angespannt, stolz, dickköpfig. Peters Reaktion war, Zügel und Steigbügel loszulassen und abzuwarten. Augenblicklich waren sie wieder in Bewegung, ausgeschlossen zwar wegen Unterbrechung der Gangart, aber sie hatten immerhin alle Hindernisse mehr als lässig genommen. Als Peter den Ring verließ, bekam er Beifall.

Henry war da, wann immer man ihn brauchte, und so hilfsbereit wie nur möglich, wobei stets eine Hand mit irgend etwas Eßbarem besetzt war. Spät am Nachmittag war Herbie im Stilspringen für leichte Hunter nicht unter den Siegern, und zwar wegen einer unerklärlichen Weigerung, den linken Zügel anzunehmen, aber in dem Moment war Margret durch die allgemeine Szenerie so abgelenkt, daß sie sich ihrer Teilnahme an der Kategorie kaum bewußt war. Dies war bis jetzt mit Sicherheit ihr liebstes Turnier.

Am nächsten Tag gewannen die Campbell-Mädchen das Paarreiten, und John fing jetzt an, sich nahe bei ihrem Stall herumzutreiben. Sie waren sich zweifellos ähnlich, obwohl sie keine Zwillinge waren. Lisa, das ältere Mädchen, das John besser gefiel, lehnte sich seit einem Jahr dagegen auf, weiterhin ein Dasein als Hälfte eines Paares zu führen, aber sosehr sie sich auch ein ausgewachsenes Pferd wünschte, am liebsten einen Schecken oder einen Palomino, konnte sie doch nicht bestreiten, daß man auf eine Erfolgssträhne, wie sie sie mit Beanie geteilt hatte, nicht so einfach verzichten sollte. Sie kompensierte das manchmal, indem sie vorgab, sechzehn zu sein (lächerlich bei ihrer Größe, einsfünfundvierzig) und anbot, ausgewählte Jungen auf die Lippen zu küssen. Von diesen Auserwählten hoffte John einer zu sein. Lisa stand bei ihrer Box und neckte ihn, und Beanie schaute zu.

»Würdest du dein Pferd so küssen?« Sie gab ihrem Pony einen leichten Kuß auf die Nase.

»Bei uns werden Pferde nicht so oft geküßt.«

»Und wie wär's damit?« Sie ging herum und küßte es aufs Hinterteil.

»Warum sollte man Pferde küssen?«

»Liebst du dein Pferd denn nicht?«

»Ein Pferd ist ein Pferd. Wir haben fünfzig von der Sorte.«

»Peter hat gesagt, zweiundvierzig«, bemerkte sie.

»Na ja ...«

»Mrs. Elliot-Frobisher hat meinem Vater erzählt, daß sie der Meinung ist, ihr hättet zu viele Pferde und könntet euch nicht um alle kümmern.«

»Meine Mutter ...«

»Ich küsse Lucky jeden Tag.« Sie plazierte eine Reihe von lauten Schmatzern auf die Längsseite des Ponys, dann klopfte sie ihm fest auf die Schulter. »Darum gewinnen wir auch.«

»Colonel Stanley sagt, wir gewinnen, weil wir uns gleichen wie ein Ei dem anderen.« Beanie zog sich die Kappe über die Augen und warf den Kopf wie Colonel Stanley zurück. »Zwei sehr kleine Eier, meine Liebe!« grölte sie.

»Ich küsse nur Mädchen«, sagte John. Dann wurde er rot.

»Wer's glaubt«, sagte Lisa.

»Willst du's sehen?«

»Vielleicht.« Sie küßte die Spitzen von Luckys Ohren. »Eines Tages.«

»Möchtest du ein Eis?«

»Klar, wenn's Limone gibt.«

»Vorhin gab's welches.«

»Ich auch.«

»Ich wette, er hat nicht genug Geld für drei. Außerdem hast du mir den ganzen Tag auf der Pelle gesessen.«

»Ich hab' eine Menge Geld«, sagte John. »Das geht schon in Ordnung.«

»Angeber!«

»Geht schon in Ordnung.« Aber dann hätte er sich erwürgen können, weil er alle Chancen aufs Alleinsein vermasselt hatte, auf Vertraulichkeit, auf welcher Ebene auch immer. Obwohl klein und noch nicht voll entwickelt, war Lisa Campbell hübsch und nicht unerfahren. Außerdem gab es in jedem Stall Ecken.

»Ich mag alles, außer Orange«, sagte Beanie. »Ich bin dieses Jahr in eine neue Schule gekommen.«

»Ach was.«

»Hör mal, wenn du dich schon wie 'ne Klette benehmen willst, dann halt wenigstens die Klappe.«

»Geht schon in Ordnung.« Er fragte sich, ob ein Kuß es wert war, sich wie ein Idiot anzuhören.

»Also, das wird jetzt nicht gefressen«, sagte Lisa zu Lucky und strich die blaue Schleife glatt, die vom Balken seiner Box herunterhing. »Lucky frißt alles, was ihn nicht zuerst frißt«, bemerkte sie zu John, der lächelte, wie sie es von ihm erwartete. Auf dem Weg zum Eisstand versuchte er, nah bei ihr zu bleiben, denn es schien ihm, daß jeder Vorübergehende sie trennen und ihn mit Beanie allein lassen konnte. Sie schenkte jedem ihre Aufmerksamkeit: zu eifrig, fand John, obwohl er in seinem Ärger zugeben mußte, daß es nur höflich war, sich zu bedanken, wenn die Leute sie für ihren Auftritt lobten, und wenn es Freunde ihrer Eltern waren, dann gehörte es sich, stehenzubleiben und auf Fragen zu antworten. Erwachsene, so hatte er herausgefunden, wollten immer über dieses und jenes reden. Ein Mann hielt ihn an und fragte, ob Kate ein wirklich großes dreijähriges Halbblut gebrauchen könnte, und er mußte zuhören und antworten und Vermutungen darüber anstellen, wo Kate sich wohl gerade aufhielt, und das alles, obwohl Lisa und Beanie einen immer größeren Vorsprung gewannen.

»Wo bist du denn abgeblieben?« sagte Lisa, als er sie am Eisstand fand.

»Jack Dean hat einen großen Hengst für meine Mutter.«

»Von dem würden wir keine Pferde kaufen. Daddy sagt, man kann nie wissen, wo sie herkommen.«

»Aber meine Mutter ist clever genug, um ein Pferd zu kaufen, egal, von wem, und sie würde sich nie die Finger verbrennen.«

»Das sagen sie alle.«

»Bei ihr stimmt's aber.«

»Willst du den Typen nicht bezahlen?«

Da fiel ihm die Fünfdollarnote aus der Tasche, und er mußte herumhasten, um sie zu erwischen, ehe sie wegfliegen konnte. Ein Teil des Kleingelds, das er zurückbekam, war klebrig, dann mußte er ein Stück rennen, um Lisa einzuholen, die an den Verkaufsbuden entlangschlenderte und sich Schokoriegel und Popcornkugeln anschaute.

»Heh«, sagte er, »warum hast du nicht gewartet?«, aber sie antwortete nicht, weil sie beide die Antwort kannten. Sie zuckte die Schultern.

»Sie spinnt«, sagte Beanie. »Rate mal, was sie einem Typen erzählt hat, wie alt sie ist? Sechzehn! Also, sie zahlt nicht mal den vollen Preis im Kino, wenn man sie nicht kennt.«

»Klatschtante.«

»Ist doch egal. Mir jedenfalls.« Selbst als er das sagte, zuckte sie wieder die Schultern. »Also hör mal«, sagte sie, »wir müssen uns fertigmachen für die nächste Klasse. Danke für das Eis.« Ihre nächste Klasse war erst in anderthalb Stunden.

»Oh«, sagte John.

»Also dann«, fuhr sie fort, nun höflich zu ihm, wie sie es zu den Erwachsenen gewesen war, »komm später mal vorbei, wenn wir durch sind. Vielleicht ...« Sie zeigte in Beanies Richtung, dann lächelte sie, ihr erstes richtiges Lächeln an diesem Tag. Sein schwindendes Interesse erwachte neu. Anders als fast jedes andere Mädchen, das er kannte, trug sie keine Zahnspangen und brauchte auch keine. Sie hatte Zähne wie ein Filmstar, entzükkend grün gefärbt von dem Eis, das er ihr spendiert hatte. »O. k.«, sagte er. »O. k.!« Sie lächelte wieder.

Aber Kate hatte andere Pläne mit ihnen. Zuerst einmal mußten sie vor sieben Uhr früh aufgezäumt haben und an der Dressurbahn sein, und es gab wieder Sattel zu seifen und Schnallen zu polieren. Ein frühes Abendessen war angesagt, und sie wollte sie alle im Bett haben, Licht aus und Ruhe, um neun.

»Neun Uhr«, nörgelte Henry.

»Du auch. Du rennst mir nicht mehr herum, wenn alle anderen im Bett sind. Du kannst ruhig mit den anderen aufstehen und dich ein bißchen nützlich machen.«

»Ich finde, er hat sich wirklich die ganze Zeit nützlich gemacht, seit wir hier sind«, sagte Margret.

»Und warum auch nicht? Jetzt zieht euch um, und wir suchen uns ein nettes Plätzchen zum Essen.«

In Wirklichkeit war sie ziemlich stolz auf die Kinder. Sie hatten sich fair und manierlich aufgeführt und waren in Sichtweite geblieben, anscheinend jedenfalls, wann immer sie nach ihnen schaute. Für die Vielseitigkeitsprüfung am nächsten Tag waren sie hergekommen, aber sie hatten auch in den anderen Kategorien beachtlich abgeschnitten. MacDougal hatte sogar in der Dressur eine Schleife bekommen, genaugenommen ein Unsinn, da mitzumachen, aber eine gute Übung für beide, ihn und Peter, um ruhig zu bleiben. Bedrohliche Mätzchen, bislang abgewendet, ließen das Paar auffallen und stellten Peters Gespür für das Reiten wirkungsvoll zur Schau. Ein Mitglied des Teams, so erfuhr Kate, hatte ihn ›einen wirklich wunderbaren Reiter mit ausgezeichneten Händen‹ genannt, und wenn bei dem ganzen Turnier sonst weiter nichts herauskam, das mochte am Ende genügen.

Als sie die Kinder zum Abendessen ausführte, waren sie ruhig und hielten ihre Ellbogen vom Tisch weg, nur Henry bestand darauf, ein Vierhundertfünfzig-Gramm-Steak zu bestellen, und aß es dann auch auf. Ein Mann, an einem Tisch in ihrer Nähe, kein schlecht aussehender Bursche, hatte Margret lange angeschaut, obwohl Margret eher ein bißchen nachlässig gekleidet war, in ihrer jungenhaften Bluse, bis an den Hals zugeknöpft, und die Ärmel heruntergerollt. Als sie die Blicke des Mannes bemerkte, wurde sie rot, wie es sich schickte. Außerdem war Margret Mrs. Elliot-Frobisher in der Eingangshalle des Restaurants begegnet und hatte sehr freundlich mit ihr geredet. Mrs. Elliot-Frobisher hatte Kate Komplimente gemacht und festgestellt, was für gute Reiter ihre Kinder würden, und sie hatte auch erwähnt, wie sehr sie sich freue, MacDougal wiederzusehen. »Immer wieder ein herrlich unberechenbares Tier«, sagte sie. »Hätte ins Team gehört, wenn jemand in der Lage gewesen wäre, ihn zu reiten. Natürlich sind immer alle davon ausgegangen, daß er ein Pferd für eine Frau ist ...« Dann lächelte sie Peter anerkennend zu. Sehr befriedigend, obwohl Peter nicht die Geistesgegenwart besaß, ein einziges hörbares Danke herauszubringen.

Während der Vielseitigkeitsprüfung regnete es, nicht viel, aber genug, so daß der Boden zuerst glitschig, dann matschig wurde. Peter war unglücklicherweise einer der ersten, und obwohl der Ritt mit einem normalen Pferd eher eine Schande gewesen wäre, wurden sie wenigstens nicht disqualifiziert, da MacDougal weder hielt noch bockte, noch von der Bahn abwich (nicht mal der niedrige Lattenzaun, der ihre Bahn begrenzte, wurde beschädigt). John und Margret hatten etwas bessere Durchgänge und nahmen den fünften und vierten Platz ein, als der Dressurteil beendet war, und dann kam die Sonne durch, gegen zehn. John war mit den Bögen seiner Volten besonders zufrieden, obwohl sein ausgesessener Trab auf dem Bewertungsbogen des Richters als ›schleppend‹ und sein Leichttraben als ›träge und unkonzentriert‹ bezeichnet wurde. »Wartet nur, bis wir beim Geländeritt einschlagen«, murmelte er, gerade laut genug, daß Lisa Campbell es hören konnte, als sie sich in der Nähe herumtrieb und er so tat, als sei er eingehend mit dem Knoten seiner Krawatte beschäftigt.

»Oh, hallo.« Er hatte nicht vorgehabt, sie anzurempeln. »Tut mir leid.«

»Das sollte es auch.«

»Ich hab' dich nicht gesehn.«

»Nicht deswegen.«

»Weswegen denn?«

»*Ich* war beim Stall gestern abend ...«

»Meine Mutter ...«

»Deine Mutter!«, sie sagte das mit einer Babystimme. »Sie ist nicht Gott, weißt du.«

»Wir mußten zum Abendessen ausgehen.«

»Aber sicher.« Sie machte ein spöttisches Gesicht, dann schlenderte sie davon. Er folgte ihr nicht.

Um elf waren alle Reiter draußen, in Tennisschuhen, um den Geländekurs abzugehen. Die ersten vier Hindernisse, die auch als letzte dienten, waren seitlich in ein natürliches, großes Amphitheater gesetzt, direkt unter der Hauptbahn. Nur eines von ihnen hatte einen kurzen Anritt, und das war ein Pfosten mit Stangen und geknoteten Seilen, die herunterhingen und mit Sicherheit bei jedem Windstoß hochfliegen würden. Die anderen drei waren konventioneller – ein Oxer und zwei Hühnerställe –, aber jedes von ihnen verlangte eine Entscheidung: zwischen einem ungewöhnlichen Annäherungswinkel und einem unsicheren welligen Grund, der sich bestimmt nach den ersten drei

Kandidaten in Matsch verwandeln würde. Der erste Sprung im Wald war ein Rail mit einem Graben, in dem Entenattrappen in einem sechzig Zentimeter tiefen Wasser schwammen. Danach kamen zwei Holzstöße, ein Lattenzaun mit einem ansteigenden Anritt, eine dreifache Kombination durch einen flachen Bach (um die wasserscheuen Pferde auszusortieren), eine niedrige Stange, sogleich danach ein steiler Abhang, dann eine scharfe Biegung und eine weitere, höhere Stange, was bedeutete, daß die Reiter ihr Tempo halten und die Augen aufhalten mußten, wenn sie den Abhang hinunterritten.

Das Ende des Waldstückes kam plötzlich, mit einer scharfen Kehre auf ein offenes Feld, wo die Sprünge, ein Helsinki, eine Hecke und eine Irische Böschung, offenbar willkürlich angeordnet waren. Der Reiter konnte nicht verlangsamen, mußte aber auf die roten und weißen Flaggen und die korrekte Linie achtgeben, wie sie vor ihm auftauchte. Das erste Hindernis, das man sah, war nicht das erste, das man nehmen mußte. Dann kam noch ein kurzes Waldstück mit einem Tor und einem weiteren Graben mit Stange. Das letzte Hindernis aus dem Wald heraus war ein Picknicktisch, von zwei großen Holzrädern flankiert. »In Blowing Rock«, sagte Kate, »mußten wir über einen Küchentisch, auf dem Stühle mit den Beinen nach oben standen. Das Ganze war einsfünfundvierzig hoch und einszwanzig breit, und unter uns nichts als Luft.« Die Kinder überlief ein Schauer.

Peter aß in MacDougals Box zu Mittag. Das Pferd war zurückhaltend und leicht erregbar, und Peter fühlte sich zum ersten Mal, soweit er sich erinnern konnte, in Gefahr. Er war teuflischere Strecken als diese geritten: Letztes Jahr, mit Herbie, hatte es eine abfallende, dreifache Rein-Raus-Kombination aus undurchdringlichen Steinmauern gegeben. Ein Pferd war in das dritte Hindernis gerast, nachdem es beim zweiten aus dem Rhythmus geraten war, hatte sich dabei überschlagen und die Schulter gebrochen, doch der Reiter war freigeschleudert worden und unverletzt geblieben. Eine andere Strecke, vor zwei Jahren, war auch auf abfallende Anritte spezialisiert gewesen. Bei mehr als zwei Dritteln der Hindernisse konnten Pferd und Reiter den Boden auf der anderen Seite erst sehen, wenn sie sich in der Luft befanden. In Wirklichkeit war das Risiko nicht so groß, wie man annahm, doch mindestens fünf Reiter hatten aufgegeben, da sie es nicht ertragen konnten, in einen offenen Raum geschleudert zu werden.

Diese Strecken hatten ihn jedoch erregt. Galoppieren und Springen, Achtgeben bei hohem Tempo machten ihn aufmerksam und behende, was gewöhnlich nur mit Mühe zu erreichen war. Auf einer Geländestrecke blickten seine Augen wie lidlos, sein Nacken war gestreckt, sein Kinn so leicht wie ein schwebendes Blütenblatt. Er fühlte sich buchstäblich verwegen. Die Planer dieses Beinahe-Fußgänger-Parcours hatten mit albernen Sprüngen wettmachen müssen, wo es ihnen an interessantem Terrain fehlte. Doch er mochte sich MacDougal gar nicht auf interessantem Terrain vorstellen. Er mochte sich MacDougal überhaupt nicht irgendwo außerhalb seiner Box vorstellen und sich als dafür verantwortlich. Als könnte er Gedanken lesen, schaute MacDougal von seinem Heu auf und lenkte Peters Aufmerksamkeit auf sich. Peter seufzte.

»Na?« sagte Henry, der in der Tür erschien.

»Nichts.«

»Noch einen Hotdog?«

»Nein, danke.«

»Nervös?«

»Irgendwie. Weiß aber nicht, warum. Das ist keine besonders schlimme Strecke.«

»Wirf dein Herz rüber, und spring ihm nach.«

»Wirf den Kopf rüber, und die Hacken kommen nach.«

»MacDougal außer Rand und Band!«

»Keine angenehme Vorstellung.«

»Du wolltest ihn ja unbedingt reiten. Zu Ostern hast du gebettelt …«

»Heh, halt die Klappe und hol mir eine Mähnenbürste.«

»Jawohl, Chef.«

Jetzt kamen die Vorbereitungen, in die man sich fallenlassen konnte, wie in ein Bett von Aktivitäten. Zuerst sank man in das Kissen der Sauberkeit und Eile und Wichtigtuerei, in die Beratung mit Mutter über Zeit, Taktik und dumme Fehler (»Also kreuze nicht deine eigene Linie«, sagte sie dann, »und vergiß diesmal nicht die roten Flaggen auf der rechten Seite und die weißen auf der linken«, obwohl er diese Regel in den letzten fünf Jahren nicht ein einziges Mal vergessen hatte), dann kam das Erwachen in der Bewegung. Man würde vorwärtsgaloppieren, Hindernisse würden drohend auftauchen und verschwinden, ohne Möglichkeit, freiwillig abzubrechen. Vor langer Zeit hatte ihn eine Tante, zusammen mit Margret und zwei Cousinen, in einen Vergnügungspark mitgenommen, der mit der höchsten Achterbahn im Osten warb. Er hatte wie alle anderen den Ausflug herbeigesehnt, mit der Ungeduld eines Neunjährigen hatte er dafür plädiert, daß man den Fallschirm, den Octopus, die Raupe und den Sputnik auslassen und zur Hauptattraktion kommen sollte. Er hatte gegen die Wünsche der Mädchen Plätze in der allerersten Reihe gefordert, und sie hatten seiner scheinbaren Unbekümmertheit leicht nachgegeben. Ein tätowierter Mann schloß sie ein, trat zurück, löste den Hebel. Der schiere Horror der Fahrt, das erstaunlich Unglaubliche seiner eigenen Anwesenheit in dem wildgewordenen Wagen ließen ihn immer noch ab und zu erzittern. Er hatte fast sofort angefangen zu schreien, ohne Unterbrechung. »Halt! Halt! Halt! Halt!« Er hatte geschrien und geschrien, war beinahe aus dem Wagen gesprungen, so sehr sehnte er sich danach, daß es aufhörte. Später hatte man ihn, während die anderen Kinder Erfrischungen bekamen, zum Kombi seiner Tante zurückgebracht. Er hatte sich, sogar im Rückblick, seiner mädchenhaften Reaktion nie geschämt. Sie schien ihm immer noch die einzig mögliche. Dieser Geländeritt mit MacDougal weckte in ihm die gleichen Gefühle.

Mutter tauchte mit der unpersönlichen Miene des tätowierten Mannes über der Boxentür auf. »Also du bist der letzte in der Vorausscheidung«, sagte sie, »und es könnte etwas matschig sein. Was machst du hier? Du müßtest jetzt schon aufgesattelt haben. Margret ist bereits oben. Wo sind deine Stiefel? Hoffentlich hast du wenigstens was gegessen?«

Bam, bam, bam. Es war interessant zu beobachten, wie die Fragen, noch während sie kamen, seine Vorsätze prägten und ihn in der Box hin und her trieben. Hier war der Sattel, dort das Zaumzeug, hier das Pferd. »Es gibt nichts, wovor er Angst hat«, fuhr sie fort, »obwohl du ihn dahin bringen könntest, wenn du ihn den Tischsprung zu lange anschauen läßt. Ganz bestimmt ist ihm ein rasches Tempo lieber, aber die Frau vor dir kann wie eine Schnecke sein, wenn sie nicht ganz präsent ist. Ich schwöre, sie hat solche Scheuklappen, daß sie glaubt, diese Stute mit dem Hirschnacken sei für das Nationalteam geeignet. Jedenfalls, paß auf, er wird dich ganz einfach aus dem Sattel ziehen, wenn er einen Blick von ihr erwischt und glaubt, daß es ein Rennen ist, also denk daran und kreuze deine Linie nicht, besonders auf dem verrückten Stück, das sie zwischen vierzehn und siebzehn angelegt haben. Sei einmal der Boß, und paß um Himmels willen auf!«

»Jawohl, Ma'am«, wiederholte er, »jawohl, Ma'am«, flitzte in der Box herum, machte Schnallen zu, behandelte MacDougal energisch und zuversichtlich, letztlich doch froh, zu nicken und zuzustimmen, das Geschöpf ihrer Stimme und ihrer Selbstsicherheit zu sein. Außerhalb der Box gab es andere Ablenkungen – Hals-und-Beinbruch-Rufe, nochmaliges Binden der Krawatte, Überprüfen von Sattelzeug und Strecke, Abreiten (fünf Runden Schritt, drei Trab, drei Trab in die Gegenrichtung, Vorsicht, aufpassen, wohin man reitet, MacDougal, ausgelassen, bockend und ausschlagend, schönes Pferd, Probesprung nicht nötig). Und natürlich trat das Schlimmste ein. MacDougal gehörte ihm nicht, reagierte nicht auf den Druck seiner Hände, seines Sitzes, den Takt seiner Unterschenkel. MacDougal war ganz Auge und Ohr. Er widmete sich voll und ganz den Pferden und Kindern und anderen Ablenkungen um ihn herum und nahm Peter nur als einen Störfaktor wahr bei seiner Erforschung der Umgebung und in der Bestätigung seiner Vorherrschaft über alle anderen Hengste. Es gab nur eine einzige Reiterin, die Peter beneidete, ein großes Mädchen auf einem braunen Anglo-Araber, wahrscheinlich Stufe eins, soweit er sich erinnern konnte. Sie hing in ihrem Sattel, nach Henrys Art, unter dem einzigen Baum. Sie aß einen Apfel, und die Augen ihres Pferdes waren so gut wie geschlossen. Aber dann war er am Start und auf dem Parcours.

Der erwartete Satz nach vorn blieb aus. MacDougal trabte los,

Ohren gespitzt, Hals gestreckt, seine ganze Haltung heischte Bewunderung. »Also los«, sagte Peter, obwohl er zögerte, seine Gerte zu gebrauchen. MacDougal trabte vorwärts, tat ängstlich, unerfahren. »Kantern, du Trottel«, murmelte Peter. MacDougal fiel in ein langsames Kantern, eher ein Schlendern, genaugenommen. Das brachte sie zum ersten Hindernis. Der Wind hatte sich gelegt, die Seile hingen herunter. MacDougal schnellte über den Zaun, und Peter ließ sich tiefer in den Sattel sinken. Sie näherten sich dem Hühnerstall ebenso leichtsinnig, MacDougals Körper schief, seine Schritte geziert, aber drei Längen davor überlegte er es sich anders. Peter wußte, warum, es war reine Gefühlssache. Alles an dem Pferd und an ihm schien zu fallen und länger zu werden, als fiele es in eine Furche. Es war nicht so, daß MacDougal ihm nachgab, eher hob er ihn auf – nahm seine Hände, füllte den Raum zwischen seinen Beinen, richtete seinen eigenen Schwerpunkt nach Peters Schwerpunkt aus. Seine Schritte vor dem Hühnerstall waren raumgreifend, freiwillig; der Sprung selbst war hoch, aber schnell, wie mühelos. Fast sofort waren sie über den Oxer, näherten sich dem zweiten Hühnerstall, abgeflacht und mit Blumentöpfen wie mit Zinnen versehen. Irgendwo in seinen Gedanken summte es halt, halt, halt, aber darüber legte sich wachsende Neugier. Da waren die Enten, das rote Hemd des Sprungrichters blitzte auf, und sie waren auf dem Weg durch den Wald. Sie galoppierten und galoppierten.

Es war nicht so, daß Peter die Anweisungen seiner Mutter mißachtete, tatsächlich kam es ihm zunehmend so vor, als achtete er auf alles und jedes. Zwischen den Bäumen hindurch sah er etwas gelb und kastanienbraun aufleuchten, und er wußte, ohne nachzudenken, daß die Frau vor ihm eine anständige Zeit machte, aber daß er leicht einhalten sollte. Das tat er. Der Abhang kam, Pferd und Reiter lehnten sich zurück, ohne langsamer zu werden, und der Abhang war hinter ihnen. Plötzlich, auf dem offenen Feld, ließ er MacDougal wieder kantern, erkundete die Anordnung der Hindernisse und die Stellung der Flaggen, dann galoppierte er weiter, machte keine Fehler. Achtsam sein bedeutete jedoch nichts, war wie angeboren. Die Achterbahnangst blieb. Sicher, er hatte die Kontrolle verloren, obwohl die Haltung seiner Beine und seines Sitzes, das Gefühl der Zügel in seinen Händen deutliche Zeichen dieser Kontrolle waren. Und Mac benahm sich gefügiger als je zuvor. Links hier, rechts hier, verlangsamen, großer Sprung. Niemand hatte die Kontrolle, nur der Kurs selbst, die Zeit selbst, vielleicht. Sie waren über den Tischsprung, ohne es zu merken. Niemand hatte die Kontrolle, und es war schön, perfekt. Hühnerstall, Oxer, Hühnerstall. Seile, diesmal im Windzug hin und her schwingend. Da waren die Flaggen. Und jetzt war es vorbei. Peter stieg ab, nahm den Sattel herunter, und MacDougal wälzte sich im Gras. Peter wollte etwas Riesiges umarmen: das Pferd, das Land selbst, alles, was man nicht umarmen konnte.

Auf keinen Fall Kate, die sich lächelnd näherte. Plötzlich machte es ihn verlegen, daß er es gut gemacht hatte. Er tat so, als sei sein erwiderndes Lächeln nur ein Blinzeln in der Sonne. Aber ihre Haltung war vorbildlich. »Anständige Zeit«, sagte sie. »Du hattest keine Verweigerungen, oder? Jetzt erzähl mir mal ganz genau, wie du die Hindernisse im Feld geritten bist.« Er tat es. »Nie deine Linie gekreuzt?«

»Nie.«

»Ausgezeichnet. Damit müßtest du auf jeden Fall erster im Geländeritt sein, obwohl, nach diesem Morgen macht das keinen großen Unterschied. John ist bei den Entenattrappen ausgeschieden. Er ist runtergefallen. Lach ihn nicht aus. Er sieht aus, als wäre er in einen Straßenkampf geraten. Margret hatte eine Verweigerung beim letzten Sprung. Heftiger Windstoß. Ich habe es kommen sehen, noch bevor sie überhaupt den Sprung gesehen hat. Herbie wußte, was los war, aber deine Schwester nicht. Nimm das Pferd und wasch es anständig ab vor dem Parcoursspringen. Du könntest auch noch mal ein bißchen einflechten. *Und verlier nicht die Zeit aus dem Auge!* Du wirst sicher als erster oder zweiter antreten, und du wirst gut abschneiden, wenn du dir den Kurs so gemerkt hast, wie ich's dir gesagt habe.«

»Jawohl, Ma'am. Jawohl, Ma'am.«

»Also los.«

»Es war toll.«

»Ja, also, das möchte ich meinen. Mach schon.«

John hatte eine klaffende Wunde in der Wange und eine Prellung unter dem Auge, die gerade anschwoll. »Na?« sagte er.

»Fein. Glatt.«

»Klasse.« Er versuchte, begeistert zu sein. »Teddy ...«

»Mutter hat mir erzählt.«

»Margret war nicht schlecht.«

»Ja.« Peter schleppte den Eimer mit warmem Wasser zu MacDougal, der am Zaun festgebunden war, und er begann, dem Pferd Schwämme voll Wasser über dem Widerrist auszudrücken. MacDougal grunzte und schloß die Augen. »Mmmmm«, sagte Peter. »Hm? was?«

»Ich hab' gesagt, wie war's?«

»Ich weiß nicht. Glatt. Ziemlich schnell, glaub' ich.«

»Ja, aber *wie* war's?«

»Ich weiß nicht. Kann ich nicht sagen. Es hat Spaß gemacht. Außerdem hast du's doch selbst gemacht.«

»Auf Teddy!«

»Also du brauchst nicht zu brüllen.«

»*Ich wollte ja nur wissen, wie's war! Ich meine,* du durftest das Pferd reiten. Das war immer so, und jeder weiß, daß es das beste Pferd weit und breit ist, und ich wollte nur wissen, wie's war?«

»Na ja, es ist, wie es ist. Was soll ich sagen?«

»*Jesus Maria!*«

John verstummte, während Peter das überschüssige Wasser aus MacDougals Fell schabte und ihn dann losmachte, ohne seinen jüngeren Bruder anzuschauen. »Ich ...«, begann er, dann zuckte er die Schultern und führte das Pferd weg.

»Du bist verrückt«, rief John ihm nach. Peter zuckte wieder die Schultern, dann war er aus dem Blickfeld verschwunden.

Teddy hatte, was das Parcoursspringen betraf, entschieden, nicht mitzumachen. John hatte nicht fest genug entschieden, daß er es mußte, also ging Teddy in seiner Aufwärmrunde am falschen Zügel, stieß die oberste Stange von dem ersten Hindernis, verweigerte das zweite, nahm das dritte, versuchte, beim vierten vom Kurs abzuweichen, dann verweigerte er es zweimal. Er nahm das fünfte und sechste durchaus ruhig, dann stieß er die obere Stange vom achten, bockte zweimal vor dem neunten, nahm es aber, dann verweigerte er den letzten Sprung einmal, bevor er darüberflog. »Hol dich der Teufel!« schrie John, immer noch auf der Bahn, unter Mrs. Elliot-Frobishers Augen. Ihre Zeit war ebenso miserabel wie alle anderen Aspekte ihres Auftritts, und es gab nicht einmal höflichen Applaus, als sie die Bahn verließen. Margret mußte eine Verweigerung hinnehmen, verlor aber keine Zeitpunkte. Mutter sprach nicht mit John, als er auf dem Abreitplatz auftauchte, aber er wußte, daß sie es später tun würde. »Das ist deine Schuld!« rief er.

Und dann stellte sich heraus, daß Peter gewonnen hatte, trotz der dürftigen Dressurrunde. Unter den Reitern der Eingangsstufen hatten nur er und Margret die Hindernisse auf dem offenen Feld in der Mitte des Geländeritts ganz verstanden, und nur sie beide waren nicht vom Kurs abgewichen. Ein schlecht gesetztes Paar Flaggen war von allen anderen Reitern ganz umgangen worden, was reihenweise Disqualifizierungen zur Folge hatte. Kate konnte es nicht glauben. »Wie gescheit von euch!« sagte sie, jedoch nur einmal. Sie sagte auch: »Das Pferd hätte auf Stufe zwei oder drei reiten können, weißt du.« Aber sie lächelte. Für Peter war das peinlich genug.

Margret bemerkte den Mann wieder, den Mann mit dem einnehmenden Lächeln, als sie sich darauf vorbereiteten, das Turniergelände zu verlassen. Mutter konnte wie gewöhnlich nicht aufhören zu reden, Informationen zu sammeln und Ratschläge zu geben, bis alle ihre engen Freunde abgefahren waren. Während die Kinder das Zaumzeug und die Pferde aufluden, die Boxen saubermachten, die sie benutzt hatten, und jedes Teilchen der Ausrüstung gefunden war, das verschwunden schien, verabschiedete Mutter winkend mindestens ein halbes Dutzend Leute, an die sie sich während des Turniers gehängt hatte. Mit ihrem ständigen freundlichen Lächeln und ihrem ›Gott schütze Sie!‹ und den Tips für den besten Heimweg hatte sie sich zur Gastgeberin und Eigentümerin des gesamten Unternehmens gemacht. Fast jeder kannte sie. Als sie endlich die Pferde die Rampe hinaufführten und sie in ihren kleinen Boxen festmachten, herrschte tiefe Dämmerung.

Margret schöpfte Wasser aus den Wascheimern, als er hinter sie trat, das graue Vollblut an der Leine. Sie richtete sich auf, wischte sich die Hände an den Jeans ab, und sah, daß er es war und daß er sie anschaute wie in dem Restaurant, als wollte er etwas sagen. Seine Schritte wurden sogar langsamer. Er war ein sehr nett aussehender Mann; Margret geriet plötzlich in Panik und schaute geschäftig weg, als hätte sie ihn nicht bemerkt. Seine Schritte beschleunigten sich, und er ging weiter. Als sie aus dem Tor fuhren, kamen sie an seinem Wagen vorbei. Er hatte ein Kennzeichen aus Virginia.

John und Henry schliefen auf dem Rücksitz ein. Peters dunkle Gestalt am Lenkrad des Lastwagens konnte man im Rückspiegel erkennen. Kate fuhr schweigend, und Margret starrte durch die Windschutzscheibe. Sie fühlte sich vollkommen behaglich, und gedankenverloren beschwor sie das Gesicht des Mannes herauf, versuchte, wenn auch nicht zu sehr, sich klarzuwerden, woran es sie erinnerte. Es war das einzige Gesicht, außer den Gesichtern in ihrer Familie, das sie je interessiert hatte. Ihr Bekanntenkreis war nicht groß, und sie war zu scheu, um oft Fremde anzuschauen, so daß sie nicht wußte, warum dieses eine Gesicht sich so ganz und gar von all den anderen unterschied. Es war vermutlich nicht hübsch, aber wer konnte das sagen? Plötzlich fühlte sie sich sehr unerfahren, unerfahren und mehr noch. Sie dachte an den Ausdruck ›von gestern‹ und lächelte, so sehr schien er zu ihr zu passen. Sie brach das Schweigen. »Ich glaube, ich werde mein nächstes Pferd ›Von Gestern‹ nennen.« Kate antwortete nicht, und sie folgten weiter ihren Scheinwerfern, manchmal zwischen Bäumen, manchmal einfach in die Nacht hinein. Es schien sehr spät, aber als Margret auf die Uhr am Armaturenbrett schaute, war es erst zehn nach neun.

Sie dachte sich eine Geschichte über den Mann mit dem Lächeln aus. Sie stellte ihn sich reich und pferdevernarrt, aber auch freundlich und sozial gesinnt vor, die Art von Mensch, die armen Leuten gegenüber nicht nur wohltätig war. Er mochte mit geistesgestörten Kindern arbeiten oder die Interessen der Gehörlosen im Kongreß vertreten oder unentgeltlich Leute, die nicht zahlen konnten, vor Gericht verteidigen. Sie setzte ihn ins Kuratorium der Stiftung für saubere Luft. Sie gab ihm eine frühe glückliche Ehe, doch leider eine kinderlose, dann ließ sie seine Frau sterben. Witwer, dachte sie, sind viel interessanter als eingefleischte Junggesellen.

Kate bat sie zu fahren. Nachdem sie die nächste Ausfahrt genommen und getankt hatten, nachdem die Jungen aufgewacht waren und wissen wollten, wie weit es noch war, und dann eine Cola getrunken und die Plätze gewechselt hatten, so daß sie jetzt vorne mit Peter saß, und Mutter und Henry im Lastwagen waren, als sie schließlich wieder auf den Highway fuhr, immer noch von diesen Scheinwerfern gezogen, da entschwanden ihre Phantasien, oder besser, die schlichte Freude daran. Sie konnte sich immer noch das Gesicht des Mannes vorstellen, aber irgendwie war es mit der Behaglichkeit ihrer Gedanken vorbei. Sie erinnerte sich, wie sie als Kind gern, die Nase in die Ecke gedrückt, auf dem Sofa gelegen und sich vorgestellt hatte, daß sie in einen dunklen kleinen Raum schaute, den nur sie sehen konnte. Wenn sie wegschaute, dann war die Intimität verloren, und sie war nur noch ein Kind auf dem Sofa im Wohnzimmer. Jetzt, als sie so fuhr, waren die Scheinwerfer keine Tunnel mehr und wurden wieder zu einem Lichtstrahl, und sie sagte zu Peter: »Ich bin diesmal wirklich froh, wenn wir zu Hause sind.« Er nickte schläfrig, müde vom Fahren.

»Aber es war schön, wirklich«, sagte Kate. Sie öffnete die Tür des Kühlschranks, den Axel völlig ausgeleert und saubergemacht hatte. »Sehr schön«, murmelte sie, nicht aber »danke«. Zweifellos verlor sie keinen Gedanken an den Verursacher der Reinigung. Eine Kindheit mit Dienstboten. »Sie haben alle irgendwas gewonnen. Sie waren vorzeigbar, besonders Peter, das muß ich zugeben. Offen gestanden hätte ich nie damit gerechnet.« Sie biß elegant in eine große Tomate, und Saft tropfte ihr mit vollendeter Anmut das Kinn herunter. »Aline Elliot-Frobisher war voll des Lobes. Sie hat diesen aufgesetzten britischen Akzent abgelegt, aber ich muß sagen, diese handgemachten Wiesentreter sind fast zuviel des Guten, Gott verzeih ihr.« An der Decke oben rummste es zweimal. »Ach, ich bin so müde. Wie spät ist es überhaupt?

Machst du das?« Axel ging zur Treppe, rief nach Ruhe, und als er zurückkam, machte sie sich gerade an eine Gurke. »Nicht ein Bissen Gemüse während des ganzen Turniers. Henry ist ein absoluter Fleischfresser, weißt du.«

»Hast du sie zum Abendessen ausgeführt?«

»Ich hab' mit Mastercard bezahlt. Es war die einzige Möglichkeit, den Hotdogs und der Zuckerwatte zu entkommen. Mmmm.« Er konnte sehen, daß die Gemüse kühl, knackig und erfrischend waren. Er wollte es ihr fast nachmachen. Das Gespräch verstummte, während sie ihrer Karotte eine lange und anerkennende Untersuchung zuteil werden ließ. Was für ein Geschenk für ihn, dieses freundschaftliche Geplauder. Sie gähnte und entspannte sich und rieb sich die Augen mit den Fingerknöcheln, nahm große Schlucke aus einem Glas Milch, wohltuende Milch. Es war nach eins. Der große Lastwagen, vor weniger als zwei Stunden geparkt, hatte sich schon wie ein Haus in der Schottereinfahrt breitgemacht, und in seiner spätabendlichen Maßlosigkeit stellte Axel sich vor, wie die Kinder schwer in ihren Betten lagen und alles dauerhaft wurde. Er hatte sie vermißt. Er hatte Kate vermißt. Er wollte von ihrer Karotte abbeißen, gab ihr ein Zeichen, und sie reichte sie ihm automatisch, weder überrascht noch mißtrauisch. Sie war wohl sehr müde, offensichtlich war sie so erfüllt von dem Turnier, daß sie selbst Jeepers davon erzählt hätte oder einem der Pferde. Trotzdem ... Er gab ihr die Karotte zurück. Sie biß genau da ab, wo er gerade abgebissen hatte. Es war so intim, daß er wegschauen mußte. »Mmmm«, sagte sie, so wie sie es früher gesagt hatte, wenn er sie küßte, »gibt es noch Brot?«

»Möchtest du gern Toast?«

»O nein, danke.« Letztlich war sie für seine Freundlichkeit so blind wie immer. Er machte das Päckchen trotzdem auf und legte es vor sie hin. Ungebeten holte er die Butter. »Trocken ist o. k.«, sagte sie. Jede Äußerung brachte ihn in Versuchung, die vereinbarten Grenzen zu überschreiten, jede Äußerung ließ, im Rückblick, die sieben oder acht Jahre heißer, aber ferner Bewunderung, mit denen er zufrieden gewesen war, noch mehr verblassen. Sie legte die Füße auf den Stuhl ihm gegenüber. Die gerundeten Zehen machten ihn sentimental. Sie riß das Mittelstück aus einer Scheibe Roggenbrot, rollte es zwischen den Handflächen, aß es, dann knickte sie die Kruste zusammen und aß sie auch. Es war eine Vorstellung, die er schon früher gesehen hatte, aber nie so wie jetzt, mit diesem Gefühl von unmittelbarer Perfektion, als fügten sich zwanzig schiefe Jahre plötzlich zusammen.

»Aber sie haben keine guten Manieren«, sagte sie. »Ich meine, sie rülpsen nicht bei Tisch und scheinen öfter danke zu sagen als ihre Freunde, aber es ist mir vorher noch nie aufgefallen, wie eingebildet sie sind. Überhaupt nicht entgegenkommend. Als Mrs. E.-F. zu Peter gesagt hat, wie gut er auf MacDougal war, habe ich gedacht, er würde sich glatt die Knöpfe vom Hemd fummeln. Katholische Schulen sollten …« Vor ihr stand der letzte Karton mit Erdbeeren. Sie beugte sich vor, schnupperte genießerisch und lächelte. Axel stöhnte auf. »Wie bitte?« sagte sie, aber sie war nicht sehr aufmerksam. Axel wurde sich bewußt, daß er in Vorahnung der nächsten Augenblicke schwitzte. Diese zufällige Begegnung in der Küche, diese schläfrige Abweichung von ihrer gewohnheitsmäßigen Trennung mochte genügen. Er verlangte ja nicht, daß diese Augenblicke im Bett endeten. Er würde bescheidener sein und auf Freundschaft hoffen. Unvernünftigerweise, nur um etwas zu sagen, sagte er: »Ich habe den Mädchen vom Ponyclub zehn Dollar pro Tag gezahlt.«

»Das sind neunzig Dollar.« Ihr Ton war verärgert.

Seine Hoffnung erlosch sogleich und verwandelte sich in den weiten klaren Blick der Enttäuschung. »Und das ist billig. Sie haben alle Boxen saubergemacht, alles gefüttert und sämtliche Pferde, außer den Jährlingen, mit Fliegenshampoo gewaschen. Sie waren um sechs hier und sind manchmal erst nach sechs am Abend gegangen. Charlotte und Ellen haben ein paar von den jungen Pferden geritten, und Charlotte hat eine Anfängerstunde gegeben.« Als er die Mädchen bezahlte, wußte er, daß die Summe nur angemessen und nicht großzügig war, aber jetzt, in diesem Augenblick, als die ganze Geschichte seiner Ehe vor ihm lag, fragte er sich, was es ihm eingebracht hatte, im Recht zu sein.

»Die Erfahrung ist gut für sie, wenn sie ihre B-Noten erreichen wollen.«

»Sie haben hart gearbeitet.«

»Man muß um der Sache selbst willen hart arbeiten und nicht wegen Geld.«

Er versuchte, sarkastisch zu sein. »Schnöder Mammon?«

»Na und?« Als wäre das letzte Wort gesprochen, stand sie auf, um die Reste ihres Abendessens wegzuwerfen, das Brot wegzuräumen, die Krümel vom Tisch zu wischen.

»Katherine, du solltest dich schämen, hehre Prinzipien vorzuschieben, um diese Mädchen zu beschwindeln.« Sobald er es gesagt hatte, sobald sie ihn mit den Augen eines gekränkten Sportsmannes ansah, wußte er, daß die Kluft zwischen ihnen tiefer war denn je.

»Niemand«, sagte sie offenbar ruhig, »niemand ist fairer als ich. Niemand an diesem Tisch hat je ... Als ich z. B. entdeckt habe, daß die Gesamtpunktzahl damals bei dem 64er Turnier falsch addiert war, da bin ich direkt zu den Richtern gegangen, und zwar ohne zu zögern, ohne auch nur ans Zögern zu denken, obwohl ich wußte, daß ich dann verlieren würde. Es ist unerträglich, verteidigen zu müssen ...«

»Geld ist was anderes. Geld ...«

»Jedes Mitglied vom Ponyclub und jeder Reiter, der bei uns Stunden nimmt, bekommt etwas für sein Geld.«

»Und wird mit soviel unbezahlter Arbeit wie nur möglich geschröpft.«

»Beschwindeln! Schröpfen!« Die Worte waren ein rotes Tuch für sie, und er war erstaunt, daß er sie benutzte. Sie holte tief Luft und richtete sich auf. »Sie verstehen, daß wir ...«

»Wir könnten es uns leisten, wenn ...« Er hielt inne. Wie war er in diese Themen gestolpert, die die Jahre ihrer Ehe durchzogen? »Dieser Ort ist ein Sinnbild der Verschwendung. Ich habe heute den Kühlschrank saubergemacht, also weiß ich es. Laß mich mal von dem verdorbenen Essen erzählen, das da drin war. Hast du Angst davor? Ist das der Grund, warum du schlappen Salat und Tomaten mit ein oder zwei weichen Stellen oder übriggebliebenes Fleisch nicht einmal anrührst?«

»Ich will nicht darüber reden.«

»Die Leute glauben, du hältst das Geld mit eiserner Hand zusammen, dabei rinnt es dir nur so durch die Finger.«

»Warum greifst du mich an? Ich bin müde, ich hatte ein hektisches Wochenende.«

»Ich weiß nicht.«

Sie fragte nicht, warum er es nicht wußte. Sie war erschüttert und erschöpft, und er bemerkte, daß ihre Hand ein bißchen zitterte, als sie den Erdbeerkarton in den Abfall warf. Er hatte dennoch recht. Die Verschwendung war überall: verschwendete Pferde, die auf ihren Weiden alt wurden, verschwendete Kleidung, im Ausverkauf gekauft, zu klein und nie gebraucht, verschwendetes Essen, verschwendete Werkzeuge, Bücher, Medikamente, die verschwendeten Talente seiner Kinder.

Er hatte zuvor nicht daran gedacht, aber natürlich stimmte es. Niemand hatte die Kinder je gefragt, ob sie Pferde überhaupt mochten. »O Gott«, sagte Axel. Es gab nichts mehr zu sagen oder zu denken. Weiter in diese Frage einzudringen, in irgendeine dieser Fragen, war in diesem Moment unmöglich, vermutlich überhaupt nicht möglich. Er versuchte, etwas Einfaches zu denken. War es denn nicht gut, seine Frau wieder zu begehren? War es nicht einfach gut, ganz und gar gut, ein zweites Erwachen ihrer Ehe zu wünschen? Er hoffte es, denn in letzter Zeit war das alles gewesen, was er wollte.

6

*Obwohl John nicht viele seiner Sommer*nächte im Wald verbracht hatte, geschah doch kurz nach dem Turnier, was er gehofft hatte. Er wurde hellwach im Mondschein, dachte an den Bach unten bei der Stutenweide oder hatte gerade davon geträumt. In seinem Traum waren auch die Stuten gewesen – stumm, friedlich, bewegten sie sich in Gruppen über das silbrige Gras. Gewöhnlich war es selbst in heißen Nächten schwer, aus dem Bett zu kommen. In der Sonne, bei der Arbeit, gelangweilt, schwitzend, konnte er sich gar nicht vorstellen, daß die Dunkelheit ihn nicht hochbringen und die Treppe hinuntertreiben würde, doch im Augenblick des Erwachens schien ihm der Schlaf erfüllt und die Außenwelt leer; keine Erinnerung an vergangenen Zauber oder die Vorfreude am Tage, nichts kam dagegen an: sich umdrehen, ausstrecken, nachgeben. Heute nacht jedoch hatte er keine Wahl gehabt und war nach unten gegangen und nach draußen, und er war hier, auf der Schotterzufahrt, mit seinen Schuhen in der Hand. Der Geruch von heißem Staub war verschwunden, ersetzt durch den Duft von geschnittenem Gras. Halb in die Zufahrt gekippt, lag der Rasenmäher, mit dem Henry vor dem Abendessen das Rasenstück um das Haus herum gemäht hatte. Das Mondlicht war unheimlich strahlend, formte feste geometrische Figuren aus den Gebäuden.

Seit dem Turnier fühlte John sich bösartig und träge, völlig verwandelt von den Worten und Handlungen, die während dieser Veranstaltung von ihm ausgegangen waren. Die Leute hatten ihn gemieden – Lisa Campbell, sein Bruder Peter, seine eigene Mutter, die auf eine Entschuldigung und ein Versprechen wartete, daß er einen reuigen Brief an Mrs. Elliot-Frobisher schreiben würde, »die meine Freundin ist und eine wichtige Richterin, wie du weißt«. In diesem Augenblick jedoch kamen ihm das Turnier und die Tage seither entrückt und weit weg vor, unglaublich verrückt. Natürlich würde er den Brief schreiben, natürlich würde er Peter ansprechen und Entschuldigungen vorbringen und sich selbst mangelnder Fairneß bezichtigen, obwohl das Verlieren allein seinen Ausbruch wohl nicht ausgelöst hatte. Natürlich liebte er Peter. Hier draußen konnte er das sagen, aber (er hob die Arme und wirbelte herum) was bedeutete das schon da draußen?

Was für eine Nacht!

Er stieg ins Auto, drehte den Schlüssel im Zündschloß, ließ die Bremse los und begann zu rollen, knirschend, die Zufahrt hinunter. Sein Atem zitterte vor Überraschung darüber, was er getan hatte, und als er erst einmal fuhr (der Tacho zeigte nicht mehr als fünf Meilen die Stunde an, aber er fuhr jedenfalls), traute er sich nicht, in den Rückspiegel zu schauen, aus Angst, er würde alle möglichen Lichter im Haus angehen sehen, erst oben, dann unten. Der Tachozeiger kroch auf zehn hoch, wo ein kleiner roter Strich war. Das konnte bedeuten, daß er den Gang wechseln mußte, und er trat die Kupplung durch und legte den zweiten ein. Sein Atem beruhigte sich. Oben auf dem Hügel hielt er an, legte wieder den ersten Gang ein, dann packte er das Lenkrad und rollte hinunter zur Brücke. Er hätte am liebsten die Augen zugemacht, aber die Brücke flog vorbei, ein Geländer an jeder Seite, und er mußte ein bißchen aufs Gas treten, um den steileren Hang hochzukommen. Er fuhr auf dem Asphaltbelag und fühlte sich, als sei er fünf Meilen gefahren. Immerhin, in aller Bescheidenheit meinte er sagen zu können, daß seine ersten Versuche hinter dem Steuer erfolgreich, sogar begabt waren.

Der Asphalt! Er steuerte vorsichtig nach links, überfuhr die Mittellinie, aber es gelang ihm, sich vom Graben wegzuhalten, und dann fuhr er wieder. Mutters Schlüsselanhänger aus Bernstein pendelte und klimperte, bis er sicher im dritten Gang war (er schwor sich, nicht den vierten zu benutzen, wenigstens nicht heute nacht) und über den Makadambelag glitt.

Das war es also. Bei Jacob Miller war Licht im Schweinestall. Bei den Hortons warf ein Scheinwerfer einen riesigen Lichtkreis um das Hauptgebäude. Das riesige Weinspalier der Zeithamels leuchtete im Mondlicht, und dann kam ein langes Stück mit Mais- und Bohnenfeldern, ein niedriges schwarzes Waldstück und die winzige Kirche, in die sie sonntags gingen, mit dem Parkplatz so groß wie eine Briefmarke und dem Lattenzaun. Er fuhr! Er fuhr! Er hatte ein bißchen Angst vor den Abflußgräben zu beiden Seiten der Straße, und so hielt er sich fest an die Mittellinie aus gelben Strichen, aber nichtsdestoweniger fuhr er!

Die Straße fiel ab und stieg an und war kurvenreich. Die Nadel auf dem Tacho näherte sich fünfunddreißig, und obwohl er das Gefühl hatte, daß er die Bremse zumindest berühren sollte (um sicherzugehen, daß sie funktionierte), konnte er es nicht ertragen, das zu tun, und dann arbeitete er sich an die Stadt heran. Vor Welleks Lebensmittelladen hielt er bei einem plötzlich auftauchenden Stopschild, und es quietschte lauter, und er stieß sich den Kopf stärker an der Sonnenblende, als ihm lieb war. Der Motor starb ab. Er hatte die Kupplung vergessen. Er trat sie voll durch, drehte den Schlüssel um und war wieder bereit. Hupend schoß ein anderes Auto an ihm vorbei, als er begann, auf die Kreuzung zu kriechen. Er trat wieder voll auf die Bremse. Der

Motor starb wieder ab. Er holte tief Luft, entschloß sich, nicht in die Stadt zu fahren, und bog in Welleks Parkplatz ein. Aber das Auto wieder mit dem Kühler zur Straße zu bringen, war schwieriger als erwartet. Erst hatte er kleine Probleme mit dem Rückwärtsgang, dann würgte er den Motor zweimal ab. Schließlich stieg er aus und ging nach vorn, um festzustellen, ob er es wieder auf die Straße schaffen konnte, ohne den Laternenpfahl anzukratzen. In dem Moment bemerkte er, daß er die Scheinwerfer nicht eingeschaltet hatte.

Endlich, wunderbarerweise, zeigten Reifen, Stoßstangen, Scheinwerfer und Lenkrad in die richtige Richtung; er trat aufs Gaspedal und glitt langsam auf die Straße, hielt wieder am Stopschild, sehr vorsichtig (Kupplung, dann Bremse, Gas, dann Kupplung), und war sofort wieder auf dem Land und fuhr in seinem liebsten dritten Gang.

Es war wie Schlittschuhlaufen oder Segeln oder Fliegen. Wie mitgenommen er von den unerwarteten Schwierigkeiten einiger Manöver auch sein mochte, er wollte doch nie mehr aufhören, wollte an der Farm vorbeiflitzen in die nächtliche Welt aus dunklen Häusern und Mondlicht. Alles, so schien es, war da draußen, und wie lächerlich würde es sein, einfach in die Zufahrt einzubiegen und wieder ins Bett zu gehen. Außerdem (seine Handflächen schwitzten auf dem Lenkrad) konnte man, bevor man zu Hause war, nicht wissen, ob Mutter und Vater und Margret und Peter und Henry aufgereiht vor dem Haus standen, um ihn zu empfangen und zu beschämen. Aber er konnte ja nicht wirklich mit dem Datsun verschwinden. (»Er ist einfach verschwunden!« frohlockte eine Stimme in ihm. »In Luft aufgelöst, nie mehr gesehen, konnte nicht gefunden werden!«) Außerdem gab es da noch eine andere Stadt, nicht so weit entfernt, die Straße immer weiter in diese Richtung, mit ihren Stopschildern und Ampeln, dem Linksabbiegen und den anderen Fahrern.

Kurz vor seiner eigenen Einfahrt trat er die Kupplung und kam rollend zum Stillstand, schluckte ein paarmal schwer, bog ein. Die rechte Ecke der Stoßstange streifte den Torpfosten. Er hielt wieder, arbeitete sich zentimeterweise vorwärts, hielt wieder, plötzlich eingeschüchtert von dem steilen Abhang, der vor ihm lag. Er trat auf die Kupplung, begann zu rollen, geriet in Panik, stieg auf die Bremse. Der Datsun rutschte leicht auf dem Schotter, sein Heck glitt nach links, kam aber letztlich doch zum Stehen. John schwitzte. Er startete wieder, diesmal vermied er die Kupplung und drückte leicht auf die Bremse. Da war die Brücke. Er widerstand der Versuchung, die Augen zuzumachen, und war drüber. Am nächsten Abhang rollte der Wagen aus und starb ab, bevor er etwas tun konnte. Er trat auf die Kupplung und startete wieder. Der Motor stotterte, starb ab, stotterte, fing sich und drohte wieder abzusterben, sobald er den Hügel hinauffuhr, aber er fuhr sehr langsam und gab viel Gas, und so schaffte er es.

Oben auf dem Hügel hielt er an und stieg aus dem Wagen. Obwohl er zitterte und tief Luft holten mußte, war er unsäglich glücklich. Egal, was ihn zu Hause erwartete, er beschloß, daß dieser Augenblick es wert war.

Dann mußte er ziemlich erstaunt feststellen, daß solch einem Augenblick andere folgen konnten, daß er sich im Haus wiederfinden konnte, im dunklen und schlafenden Haus, und daß ein solcher Augenblick so rasch und vollständig hinter ihm liegen konnte.

Durch die Latten der großen Mittelbox konnte er die Umrisse von Queenie sehen, der trächtigen Zuchtstute, die Vater am Tag ihrer Rückkehr vom Turnier hereingebracht hatte. Als John von seiner Fahrt zum Haus zurückkam, hatte ihn ein Geräusch, ein merkwürdiges, abgerissenes Wiehern, zum Stall gelockt. Queenie war überfällig, aber Mutter war nicht allzu besorgt gewesen; Queenie war die erfahrenste Zuchtstute auf dem Hof. MacDougal und Herbie standen hellwach in der Nähe und scharrten herum. Herbie wieherte; als John näherkam, konnte er eine andere Gestalt nahe bei Queenie sehen, obwohl es dunkel in dem dunklen Stroh war. Offenbar war das Fohlen geboren, und Queenie war dabei, es abzulecken. Es war wohl wirklich am besten, sie mit ihm allein zu lassen. Nur machte Queenie keine Anstalten, sich dem Fohlen zu nähern.

Eine genauere Untersuchung erforderte Licht, und die Aussicht auf Licht stieß ihn ab. Er war nicht neugierig. Die blassen Sterne, der Mondschein, die Begeisterung, die er noch unter der Haut spürte, ließen Queenie beinah unwirklich erscheinen, sicherlich in keiner Weise mit ihm verbunden. Ein Fohlen war ein Fohlen. Einige lebten, einige nicht, wie alles andere. Diesem hier ging es wahrscheinlich gut. Er wandte sich ab und trat wieder in die Nachtluft hinaus, die so zart war, so verheißungsvoll und einladend. Ein leichter Wind kam auf und schlug einen zerrissenen Futterbeutel gegen die Stalltür und brachte eine Duftwolke von Millers Schweinen mit. Alles war kristallklar. Zweifellos konnte man ins Wohnzimmer gehen und das Radio anstellen und Atlanta reinbekommen oder Austin, Texas, oder sogar Spokane, Washington. Johnnie Murphy, dessen Vater Techniker war und der mit dem Superradio seines Alten herumspielen konnte, hatte erzählt, daß er einmal einen Baptistensender aus Spokane reingekriegt hätte. In einer Nacht wie dieser war jede Entfernung in jede Richtung möglich. Er fand es schrecklich, reinzugehen und auf all das zu verzichten.

In drei Jahren würde er im College sein. Egal, wie sehr seine Mutter ihn haßte, das konnte sie ihm nicht wegnehmen. Und in einem Jahr würde er seinen Führerschein haben. Ganz egal, was, ganz egal, *was*, er war sicher, er würde etwas bekommen, das er wollte. Kate war sich zum Beispiel sicher, daß sie sterben und die Farm in andere Hände übergehen würde, zusammen mit den Pferden, dem *Catholic Digest*, all dem nutzlosen Drum und Dran. Er war sich letzten Endes sicher, daß er in Ruhe gelassen würde, daß es ihm bestimmt war, tun zu können, was er wollte, glücklich zu sein. Sie würden alle sterben oder verschwinden, und er würde sprachlos sein und zufrieden.

Da kamen weitere Geräusche aus dem Stall. Ohne nachzudenken, stand er auf, um nachzuschauen, und ohne nachzudenken, machte er das Licht an, dann machte er es aus. Queenie war aufgestanden. Während sich seine Augen auf die Dunkelheit einstellten, quietschte das Fohlen. Es war dumm hinzuschauen, dumm, über das, was zwischen den Tieren da vorging, auch nur nachzudenken. Seine Gewißheit, sein Glück war seltener als das hier und verdiente, gehegt zu werden. Übrigens lebte das Fohlen ja, gab Geräusche von sich, gut. Er ging wieder nach draußen, diesmal entfernte er sich vom Stall, von MacDougals Geklapper und jedem weiteren Quietschen.

Aber er war gelähmt. Sein Gespür für den Himmel, die Sterne, die verheißungsvolle Zukunft war verschwunden. Obwohl ihm alle Pferde auf der Welt weniger bedeuteten als der alte Traktor oder der Motor des Datsun, obwohl er nicht einmal an ihrem Geldwert interessiert war wie Henry, er war getroffen. Es war ebenso unmöglich, zum Haus zurückzugehen wie zum Stall und das Licht anzumachen. »Scheiße!« flüsterte er und trat gegen den Baum, in dessen Nähe er stand. »Scheiße, Scheiße, Scheiße.« Jetzt war nichts mehr zu retten. Kate war überall, selbst da, wo ihr Name nicht draufgestempelt, -geklebt oder -genäht war. In der Körperhaltung eines jeden Pferdes, in allen Bretterfugen, in dem grünen Fleck um jeden Baum steckte die Notwendigkeit, ihre Hilfe anzurufen. In dem, was er über Stuten und Fohlen wußte, auch in dem, was er nicht wußte, lag die Gewißheit – wenn er sie aufweckte, daß sie wissen würde, wie man die Situation bewältigen könnte. Und darüber hinaus war da, so alt wie er selbst, die eingefleischte Gewohnheit, genau das zu tun. Ein Fohlen war ein Fohlen, und als er in den Stall zurückging und es durch die Latten anschaute, sagte er: »Nicht sterben. Nur nicht sterben.« Queenie hatte sich weit von dem Fohlen entfernt, in die hintere Ecke der Box. Der Mond war tief genug gesunken, so daß er jetzt durch das Fenster der Box schien, aber was konnte man schon bei Mondlicht sehen? Da schien es ihm besser, zu wissen als nicht zu wissen, also zog er mühsam die Boxentür auf und machte das Licht an.

Die Hinterbeine des Jungen waren gestreckt und arg deformiert. Die Bockhufe waren merkwürdig nach hinten gebogen. Die Vorderbeine waren noch in der Fruchtblasenhaut gefangen, obwohl die Stute offenbar den Kopf und den Hals freigeleckt hatte. Die Rippen konnte man zählen, sie weiteten sich, während er zuschaute, und das Fohlen gab noch einen seiner jämmerlichen Quietscher von sich. Es schien sehr groß zu sein, vermutlich weil es ausgestreckt oder weil der Geburtstermin überschritten war. In der Nähe seines Kopfes lagen die Nachgeburt und ein

Haufen Mist. In dem Moment bemerkte er, wie schmutzig die Box war, als wäre sie seit Tagen nicht gesäubert worden. Das ganze Stroh dreckig und feucht, plattgetreten, schwarz. Wessen Schuld? Seine? Er konnte sich nicht erinnern, aber die Antwort würde schwarz auf weiß auf dem Brett in der Küche notiert sein.

Das Fohlen quietschte wieder, Herbie wieherte, und John machte das Licht aus, übergoß sich mit plötzlicher Dunkelheit. Er hatte große Angst. Das gräßliche und feindselige Fohlen wurde sehr groß, schien den ganzen Boden der Box zu bedekken, auf die ängstlich zurückweichende Stute überzugreifen, mit seinen schrecklichen Hinterhufen an MacDougals Box zu klopfen und mit seinen verknäuelten Vorderknien an die Trennwand zu Herbie. Alles stank nach Blut und Mist. Die Rippen hatten sich geweitet, wurden immer weiter. Und zogen sich zusammen. Sein Atem ging gewaltig, umschloß den Atem aller anderen Pferde, Johns eigenen Atem, ließ sie alle im Gleichklang atmen. Er schluckte, dann schluckte er noch einmal. Endlich öffnete er die Stalltür, so leise, wie er sie zuvor geschlossen hatte, und stand einsam in der mondbeschienenen Einfahrt.

Jetzt war der richtige Zeitpunkt, ins Haus zu rennen und nach Kate zu rufen, aber wie bei Peters Sattel – er konnte es nicht. Der Gedanke, daß sein nächtlicher Ausflug entdeckt und er befragt werden würde, war unerträglich, und ebenfalls unerträglich war der Gedanke, die Stille um ihn herum zu durchbrechen. Er wußte, das Fohlen war nicht zu retten. Seine Hinterfüße waren zu deformiert, als daß Rettung sich gelohnt hätte, aber etwas sagte ihm, daß er diesen Wirbel machen sollte, die Familie aufwecken, tun, was das Richtige zu sein schien. Trotzdem konnte er es nicht. Nichts mehr zu retten. Ganz verstohlen, dabei mußte er ständig schlucken und sich zwingen zu atmen, kroch er zurück ins Haus, die Treppe hoch und in sein Bett. Jeepers klopfte mit dem Schwanz. Der Hund machte sich eine Kuhle am Fußende, was er eigentlich nicht durfte, aber John achtete nicht darauf. Er atmete und atmete und schlief ein und träumte, daß das Fohlen ihm die Treppe hinauf gefolgt war. Er wachte auf und dachte, er hätte etwas in der Zufahrt gesehen, dann lag er auf dem Rücken, die Augen weit geöffnet, bis zum Morgen.

Er hörte die anderen nacheinander aufstehen. Erst Vater, der nach unten ging und den Kaffee aufsetzte, dann Margret, dann Mutter, die die Hintertür zuschlug, als sie hinausging. Im Bad wusch Margret sich das Gesicht und putzte die Zähne, stolperte in ihren Sandalen über irgend etwas, fand das Gleichgewicht wieder. »O. k.!« rief sie. »Es ist soweit! Nicht vergessen, heute ist Mais dran, kein Saftfutter. Peter, bring die Wallache rein!« Die Hintertür schlug wieder zu, endlich. Schritte unten zur Treppe, dann ein gedämpftes: »Margret!« John stöhnte und stellte die Füße auf den Boden.

Margret fühlte sich seit dem Turnier abwesend. Sie spürte eine Art summende Heiterkeit. Seit Tagen hatte sie nicht geweint, seit Wochen. Margret, die Heulsuse, war ein unbekanntes Wesen, das ihr ziemlich mißfiel. In diesen Tagen waren es die kleinsten Einzelheiten, die sie anzogen. Falls es Traurigkeit oder Unzufriedenheit in ihr gab, dann lenkte alles sie davon ab. Wieso war es nicht immer so gewesen?

Manchmal, vielleicht einmal am Tag, dachte sie über den lächelnden Mann nach und phantasierte ein bißchen, daß sie ihn später in der Saison wiedersehen würde. So eine Vorstellung war noch verlockender, weil er vermutlich vor Tagen direkt nach Virginia zurückgefahren war, und so durfte sie alle kommenden Turniere des Sommers mit ihm bevölkern und mußte keine Peinlichkeiten fürchten. Es war ihr früher schon zweimal so ergangen, einmal in der High School wegen eines Jungen, der eine Stufe über ihr war, und einmal im College wegen eines Studenten in ihrem Geologiekurs. Solche selbst ausgedachten Liebesgeschichten waren unterhaltsam und verschwanden barmherzig, und sie hinterließen eine Zuneigung für diese Männer, die ihr das Gefühl der Selbstlosigkeit und Tugend gaben. Sie wünschte sich nur, daß sie irgendwie den Namen des Mannes erfahren hätte.

Und sie bemerkte, daß sie eine gute Tochter geworden war. Ihre Augen öffneten sich, bevor der Wecker klingelte, und ihr Blick glitt über die Wände ihres ordentlichen Zimmers. Die Bilder hingen gerade; rosarote Vorhänge, die früher in Margrets

Kindheit im Wohnzimmer gehangen hatten, fielen frisch auf staubfreie Fensterbretter. Jede Schublade, jede Tür war dicht geschlossen; jedes Kleidungsstück aufgehängt oder in den Waschbeutel gesteckt. Der Boden war, nach all diesen Jahren, frei von Stiefeln, Schuhen, Gläsern, Büchern, aufgeschlagen, mit den Seiten nach unten und am Rücken gebrochen. Vorm Fenster stand eine Pflanze, nur eine Buntlippe, im Garten ausgegraben, aber sie wuchs tatsächlich. Unter ihr, unter ihrer Matratze und auf dem Sprungfederrahmen, hinter dem Volant der Tagesdecke, war tatsächlich gar nichts. Nichts unter dem Bett, das erste Mal, solange sie sich zurückerinnern konnte. Als sie, genau im richtigen Moment, die Füße in einen Sonnenfleck auf den Boden setzte, mußte sie nicht nur nichts aus dem Weg schubsen, sie konnte ihre Schuhe sehen, ordentlich nebeneinander bei der Kommode, und ihre Bluse, auch am zweiten Tag ausgesprochen vorzeigbar, hing glattgestrichen über der Rückenlehne des Schreibtischstuhls. Als sie aufstand, kam sie sich vor wie eine sehr reine Lilie, endlich dem Dreck der Kindheit entstiegen, die irgendwann während des Turniers zu Ende gegangen war.

Vollkommenheit war knapp in Reichweite: Nur noch das Gesicht waschen und die Zähne putzen, frische Unterwäsche und Kleidung anziehen. Sicher, sie stolperte im Bad, als sie vollkommen ruhig sein wollte, aber es war ein winziger Fehler, der nur ein wenig den vollkommenen Morgen störte. In der Küche gab es heute sogar das vollkommene Frühstück: ein Viertel von einer Cantaloupe-Melone, Vollkornweizenbrot, Frischkäse und Milch, erst gestern in der Molkerei gekauft. »O. k.!« rief sie. »Es ist soweit!« Als sie sicher war, daß alle sie hören konnten, ging sie zurück in ihr Zimmer, um sich anzuziehen und ihr Bett zu machen.

»Margret!« sagte Mutter vom Fuß der Treppe. Ihre Stimme klang seltsam, weder befehlend noch ermahnend, beinahe irgendwie verschwörerisch. Margret bekam Angst und zögerte mit dem Anziehen. »Margret!« Diesmal klang es lauter, normaler, aufgebrachter. »Ja! Komm' schon!« rief sie, machte den Reißverschluß ihrer Hose zu und griff nach ihren Halbschuhen.

Das Fohlen lag blutig und regungslos im Schmutz, halb bedeckt von der Fruchtblase, sein sichtbares Auge geöffnet und trübe. In der Ecke der Box nahe beim Fenster lag die Stute, ebenso still, ebenso blutig. Kate öffnete die Tür, aber die Stute bewegte sich nicht, und Margret zog die Augenbrauen hoch. »Alle beide«, sagte Kate, »aber Queenie ist noch warm. Schau mal hier.« Sie hob den verkrusteten Schweif des Tieres hoch. Die vaginale Öffnung war geweitet, schrecklich zerrissen, schwarz von getrocknetem Blut.

»Zu groß«, sagte Kate. »Drei Wochen über die Zeit, und da sieht man, warum.« Sie zeigte auf die bizarren Hinterbeine des Fohlens.

»Ich kann nicht ver…«, sagte Margret, und zum ersten Mal zeigte Kate Ärger.

»Hör zu«, fuhr sie Margret an, »manchmal, wenn es nicht normal ist, dann gebären sie zu früh, und manchmal tragen sie es länger, so als wenn es noch normal werden könnte.«

»Oh.«

»Ich hätte es wissen müssen.«

»Na ja, du …«

»Sei still. Wer ist diesen Monat für die Ställe verantwortlich?«

»Ich.«

»Wer hätte diese Box saubermachen sollen?«

»Ich weiß nicht. Es steht auf der Liste. Ich schau' gleich nach, wenn du willst.«

»Zu spät.«

»Oh.«

»Es ist eine Schande.«

»Ich weiß, ich …«

»Entschuldige dich nicht. Denk nur mal ganz genau darüber nach, o. k.?«

»Ja, ich …«

»Mach das lieber sauber hier. Und bring die beiden weg. Sie sind so schon unruhig genug.«

»Mach' ich, ich …«

»Na los, dann mach schon.«

Wie üblich war es unmöglich, Mutter gegenüber Mitgefühl zu zeigen. Queenie war eine von Mutters ersten und liebsten Zuchtstuten gewesen, der Beweis für ihre Behauptung, daß es auch außerhalb der Jockey-Clubs beachtliche Talente gab. Margret fand ein Halfter und einen Führzügel und brachte Mac zum Zaun des Abreitplatzes. Als sie zurückging, um Herbie zu holen, bäumte Mac sich auf und zerriß den Zügel, und als sie zurückkam, trabte er fröhlich auf der Bahn herum und riß Blätter vom Apfelbaum in der Mitte und fraß das Gras unter dem Zaun. Sie gelangte vor ihm ans geöffnete Tor zum Trainingsplatz, aber er war stur und wollte nicht kommen, obwohl noch kein Tier gefüttert worden war und sie ihn mit Mais lockte. Schließlich brüllte sie: »Peter! Peter!«

»Ja, was?« Er rief aus dem Küchenfenster.

»Kannst du rauskommen und mir mit deinem Pferd helfen?«

»Was ist er denn überhaupt draußen und nicht in seiner Box?«

»Ich *zeig's dir*!« Beim Anblick der Stute und des Fohlens (das schon geschrumpft war, irgendwie, schon knochig, sogar ledrig, nur sechs oder acht Stunden nach einer Geburt, vor deren Vorstellung sie beide erschauerten) wurde Peter schweigsam und hilfsbereit.

Bald waren alle draußen, und es stellte sich heraus, daß John und Henry gemeinsam für das Wohl der Stute zuständig waren. Diese Aufgabe war zwischen sie gefallen wie zwischen zwei Stühle. Beschuldigungen wurden im Haus erhoben, aber gründlich unterdrückt, zuerst von Kate, die sagte, sie seien belanglos, dann von Axel, der sagte, sie seien kindisch. Der Anblick von soviel Blut und Schmutz und Schmerz machte alle langsam und stumm, so daß sie mit ihren Arbeiten erst begannen, als der erste Wagen ankam. Vater sagte, daß sie die Tiere vergraben müßten, und er hatte gerade den Traktor herausgefahren. Margret dachte nicht gern an die Schülerinnen und ihre Mütter, an ihre Oohs und Achs zu dem Vorfall, vielleicht nahm ihr Respekt vor Mutter ab, als ob nicht auch anderswo, in den teuersten und bestausgestatteten Gestüten, Fohlen und sogar Stuten verendeten. Aber es war vergebens. Jedesmal, wenn sie aus dem Stall trat, kam wieder ein Wagen an. »Was ist los? Was ist los?«, und die Geschichte wurde noch einmal erzählt, wieder und wieder, und jeder mußte einmal hinschauen.

Die Vormittagsstunde begann weit nach neun, und John nahm nicht daran teil. Er und Henry sollten Vater beim Vergraben der Stute und des Fohlens helfen. John wagte nicht zu fragen, warum Mutter nicht einfach eine Firma für Tierverwertung bestellte. Er und Henry sprachen nicht miteinander. Als Vater das Fohlen auf den Armen heraustrug, traten sie umständlich beiseite, und als sie sich gegenseitig helfen mußten, Seile an die Vorderbeine der Stute zu binden, brachten sie die Knoten völlig durcheinander. Vater brüllte sie an, daß sie aus dem Weg gehen sollten, und verknotete die Seile selbst. Irgendwie war das das Schlimmste, denn Vater brüllte nie.

John stand steif an die Boxentür gelehnt und versuchte, nichts zu denken. Vater prüfte die Knoten, indem er ein paarmal fest daran zog, strich die Plane glatt, die er vor der Tür ausgebreitet hatte (die Jungen sollten die Ecken fest nach unten halten, wenn die Stute aus der Box gezogen wurde, und sie dann nach oben falten und über dem Kadaver zusammenbinden), und kletterte auf den Traktor. John versuchte zu denken, daß es ja schließlich nur ein Pferd war, eines von vielen, einer von Mutters Hydraköpfen. Der Traktor stotterte, starb ab, startete, und John konnte ihn auf dem Schotter hören, bevor er ihn sah. Die Seile spannten sich. Henry kniete sich hin, Vaters Zorn beschämte ihn, und er machte sich bereit. Die Seile spannten sich stärker, knarrten leicht, aber nichts bewegte sich. Queenie, bemühte sich John zu denken, war ohnehin alt, fast achtzehn, wirklich zu alt für eine Zuchtstute, und dann streckten sich die Vorderbeine des Tieres und der Hals; die Nase zuckte und berührte die Knie. Es gab ein saugendes Geräusch, glattes Gleiten im Dreck, und die Stute bewegte sich. Aber dann verfing sich etwas in der Tür – es war ein Huf –, und Vater trat aufs Gaspedal und schaute nicht hin, Fesselgelenk und Knie bogen sich, und der Kopf schien sich mit aller Kraft der Plane entgegenzustrecken, hob sich vom Boden. Die Jungen schauderten, dann schrie Henry, und John lief vor, um Vater zu sagen, er solle anhalten. Sie richteten den Huf und das Bein und hielten die Plane nach unten, wo sie sich wellte, und dann begann John zu weinen, obwohl er sich sagte, das war doch nur ein blödes Pferd. Er mußte einfach an die Stute in der mondbeschienenen Nacht denken, die still dastand, den Blick auf ihn gerichtet.

Bald weinte auch Henry, wahrscheinlich weil John es tat, und die Stute lag auf der Plane. Vater hielt inne, und dann nahm er die Ecken der Plane hoch, fädelte Ballenschnur durch die Ösen und band sie zusammen. Wo der Stoff vorn auseinanderklaffte, konnte man die rosa Rundung des Stutenmauls sehen, und der blutige weiße Schweif schleifte in der Einfahrt hinterher, denn seine Muskeln waren schon zu steif, sie ließen sich nicht mehr diskret oben auf dem Bündel falten. Sie schnieften und folgten dem langsam sich bewegenden Paket, bückten sich und räumten Stöcke und große Steine aus dem Weg und hoben den Kopf des Tieres über die Betonkante des Waschplatzes, schlossen die oberen Teile einiger Boxentüren vor den mißtrauischen Pferden.

Die Plane mußte gerissen sein, denn Fellstückchen, dann rotes Fleisch, schmierten eine Spur auf den rauhen Beton. Das Pferd war schwer, der Boden uneben, die Plane dünn. John bekam Angst, wie in der Nacht, stellte sich vor, daß die Unterseite der Stute eine klaffende Höhle war, rot, mit Organen gefüllt, glitschig, vielleicht ganz tief drinnen noch warm, als sinke der Tod von außen hinein und das Herz habe gerade erst aufgehört zu schlagen und das Hirn kenne ihn noch. Vater hielt wieder an, und John rannte nach vorn und öffnete die beiden Flügel des Tores zur hinteren Weide.

Irgend etwas verfing sich offenbar an den beiden metallenen Torstoppern, die Plane oder etwas Schlimmeres. Das Bündel wollte sich nicht rühren. Vater zog die Handbremse, und dann mußten sie noch mehr Seile holen und sie in Schlingen unter das Pferd schieben. Henry band ein Ende an einen Balken des Wallachstalls, Vater prüfte den Knoten, dann schoben er und die beiden Jungen (»Es ist zu spät zum Weinen«, sagte er, »hört also auf damit.«) das andere Ende durch die oberen Balken des Maisspeichers. John durfte auf den Traktor steigen und den Gang einlegen. (»Nicht dran reißen, und vergiß nicht, wo die Bremse ist. Wenn du ihn abwürgst, dann macht das diesmal nichts.«) John würgte ihn nicht ab, obwohl er vorsichtig war und so tat, als habe er keine Ahnung. Vater und Henry zogen fest am Seil, die Hinterhand hob sich ein bißchen, dann ein bißchen mehr. Vater rief ein atemloses »O. k.!«, und John ließ die Kupplung kommen. Kaum hatte sich der Traktor bewegt, rief Vater wieder »O. k!«, und er trat die Kupplung wieder voll durch. Axel und Henry lehnten sich gegen den Kornspeicher, wischten sich die roten Gesichter an ihren Hemden ab. Einen Augenblick später zog Vater die Stute aufs Feld. Auf dem Gras glitt sie leichter. Die Torstopper glitzerten feucht; John machte das Tor zu und rannte, um sie einzuholen.

Am Ende der Weide war eine Senke, dort hatte ein Schuppen gestanden; man konnte leicht den Halt verlieren, das Gras war sauer, und die Wallache, die sich auf der Weide herumtrieben, würden wahrscheinlich nicht in die Nähe kommen. Vater band die Stute los und ging zurück, um den zweirädrigen Wagen mit den Schaufeln und dem Fohlen zu holen. Es war heiß. Fliegen verschwanden vorn in der Öffnung der Plane und suchten die Feuchtigkeit in den Augen der Stute, den Schleim, der noch in den Nüstern war. Andere ließen sich auf dem blutbesudelten Schweif nieder. Die Jungen zogen sich zurück, obwohl es bergauf ging und in die Sonne hinein. Es gab nichts zu sagen. Ihre Gesichter waren angestrengt und starr, aber sie hatten aufgehört zu weinen.

»Als wir vom Turnier zurückgekommen sind, hast du gesagt, daß du alle Boxen im Stall eine Woche lang saubermachst«, bemerkte Henry, eher aus Verpflichtung gegenüber der abwesenden Autorität als aus echtem Bedürfnis nach Rechtfertigung.

»Hab' ich nicht.«

»Du hast das zu Margret gesagt.«

»Und sie hat gesagt, wir könnten beide die Box von der Stute machen, und das hat sie auch auf den Arbeitsplan geschrieben.«

»Du hast aber gesagt, du machst das.«

Es war langweilig weiterzumachen, und Henry empfand ohnehin keine Feindseligkeit. Das tat er fast nie, besonders nicht John gegenüber, den er ziemlich mochte, weil er Mutters Selbstzufriedenheit unablässig störte. »Glaubst du, Mutter kriegt Geld von der Versicherung?«

»Wie soll ich das wissen.«

Aber schließlich war es sogar dafür zu heiß.

John schniefte gründlich und wischte sich die Augen. Er wischte sich die Augen noch einmal. »Das ist nur ein Pferd«, bemerkte Henry. »Du hast Pferde nicht mal besonders gern.«

»Was du schon weißt.«

»Mehr als du denkst.« Das war nur ein Bluff. Henry dachte, daß er wirklich nicht viel wußte, aber es war nicht richtig, das zuzugeben. Schließlich bemerkte er: »Gestern nacht war im Stall Licht an.«

»Was?«

»Gestern nacht war im Stall Licht an. Erst ging es an, und dann ging es aus.«

»Blödsinn.«

»Ich hab's gesehn.«

»Dein Zimmer ist noch nicht mal auf dieser Seite des Hauses.«

»Ich war im Badezimmer.«

»Blödsinn.« John schaute ganz genau auf das Gras zwischen seinen Füßen, als suche er nach vierblättrigen Kleeblättern, nur es gab keinen Klee weit und breit.

»Hab' ich doch«, gab Henry zurück, unbekümmerter als er sich fühlte, denn er war halbwach gewesen, und vielleicht war es gar nicht letzte Nacht gewesen. Obwohl es ihm so vorkam wie letzte Nacht, wenn er darüber nachdachte. John war wie Mutter – sehr bestimmt und überzeugend allein durch den Tonfall.

»Scheiße, was ist los mit dir?«

»Nichts, ich …«

»Du bist immer am Rumschnüffeln und suchst nach irgendwas und siehst irgendwas. Warum bist du die ganze Zeit so neugierig? Du glaubst, du weißt alles, und du weißt einen Scheißdreck.« Er schien tatsächlich sauer zu sein.

»Ich hab' gesehn …«

»Du hast gesehn. O.k., schau dir das hier an!« Die Faust war nicht perfekt, weil John nicht an Kämpfe gewöhnt war. Er hatte seit zehn Jahren niemanden mehr geschlagen, seit seinen frühen Rivalitäten mit Peter. Er gab Henry einen Schlag auf die Wange, hart genug, um Spuren seiner Knöchel über dem Knochen zu hinterlassen. Der Jüngere, überrascht, rief aus: »Heh!«

und tauchte nach Johns Magen. Sie schubsten sich und rollten herum, als Vater mit dem dröhnenden Traktor wieder auftauchte.

Er ließ sie schaufeln. Die ovalen Flecken auf Henrys Wange, drei, wurden rot, dann lila, und schwollen leicht an. Vater sagte jedoch nichts, außer: »Wenn ihr soviel Energie habt, dann schafft ihr das hier vor dem Mittagessen.« Er hatte auch Wasser mitgebracht. Sie konnten es hinten im Wagen sehen, bei dem Fohlen, aber sie fragten nicht danach, und er bot es ihnen nicht an.

7 *Nach dem Vierten Juli sah die Farm nüchterner aus: Blüten waren* nun kleine harte Früchte auf den Apfel- und Birnbäumen, die gefiederten Samen des Löwenzahns waren fortgeflogen, Kamille und Klee waren getrocknet und ohne Duft. Alles um die Kinder herum hatte das strenge Grün und Weiß des Mittsommers angenommen. Wie gewöhnlich standen sie auf dem Dach der Scheune und beobachteten das Feuerwerk in den Nachbarstädten, aber Kate ließ sie diesmal binnen fünfzehn Minuten herunterkommen, weil sie seit dem Tod des Fohlens der Ansicht war, daß sie nicht soviel Spaß haben sollten. Sie hatte ihre Anmeldungen für das zweite Turnier der Saison alle rückgängig gemacht. Dieses Turnier fand hundert Meilen weiter nördlich statt (früher oft ein kühler und erfrischender Urlaub von der täglich intensiver werdenden Sommerhitze). Sie sprach von Rechten und Pflichten, und die Kinder legten ihr Schwimmzeug zurück in ihre Kommoden. Sie fanden sich damit ab, auf Turnier Nummer drei warten zu müssen.

Henry strampelte erfolgreich die abgelegene Seite des Hügels hoch, und dann hatte er sogar noch die Kraft, die Straße hinunterzuradeln und aus dem Tor hinaus. Aus dem Tor, auf den Asphalt, und der Asphalt breitete sich unter ihm aus wie eine Offenbarung. Er war glatt! Henry lachte, weil er vorher nie daran gedacht hatte. Sein ganzes Leben hatte er gehört: »Bleib von der Asphaltstraße weg, nicht auf das Pflaster!« Das ganze Geflecht aus schlanken Knochen und fadengleichen Sehnen und empfindlichen Muskeln, das die vier Beine eines Pferdes bildete, wurde durch Asphalt gefährdet. Es gab nichts, was Asphalt einem Gelenk nicht antun konnte. Aber schließlich war er hier auf Rädern, berührte kaum die Pedale, kümmerte sich nicht um Furchen, denn es gab keine, die Schwingungen seines Oberkörpers machten aus der Straße eine Slalomstrecke, er fuhr trotz der Ballonreifen schnell!

Als er zu der kleinen Betonbrücke kam, die über den Bach führte und die Nordgrenze des Grundstücks markierte, hielt er an und stellte die Füße auf die Erde. Ein Auto näherte sich. Er zerrte sein Fahrrad von der Brücke in die Wiese. Das Auto hupte ihn trotzdem an. Er winkte. Als das Auto weg war, hatte er noch immer Angst vor der Brücke, wollte aber auch nicht umkehren. Jenseits der Brücke, die Straße entlang natürlich und hinter zahlreichen, aber belanglosen Kurven (Entfernung war bedeutungslos, wenn man erst einmal von Mutters Grundstück herunter war) lag die Stadt. Zwischen allen Städten gab es noch mehr Asphaltstraßen. Geschwindigkeit war also überall möglich, wo auch immer.

Er legte das Fahrrad hin, setzte sich auf die Wiese, horchte, wie der Bach über die Felsen und Betonblöcke unter der Brücke plätscherte, kaute Sauerampfer, aber er fuhr nicht hinüber. Zwei Autos näherten sich aus entgegengesetzten Richtungen. Sie wurden langsamer. Eines hielt an, das andere fuhr hinüber, dann fuhr das erste herüber. Wie wußten sie denn, welches anhalten und welches zuerst fahren sollte? Das war eine Frage, über die er nie nachgedacht hatte, wenn er mit Mutter oder Vater gefahren war, aber jetzt schien solches Wissen alles zu symbolisieren, was man auf der anderen Seite der Brücke lernen konnte. Er würde Geld und Essen brauchen, und er hatte keins von beidem bei sich. Er fuhr zurück, weg von der Brücke, überlegte, wie er an beides kommen könnte, und den steileren Hügel hinunter hielt er das allererste Mal die Füße von den Pedalen weg. Er schoß zwischen den Betonpfeilern am Fuße der Senke hindurch, Tränen in den

Augen, klingelnde Ohren. Einmal schwankte er, aber das lenkte ihn nicht ab. Alles war perfekt.

Kate war bedrückt und wütend über den Schmutz, in dem das Fohlen verendet war. Nach all den Jahren des Trainings und der Sorgfalt fühlte sie sich enttäuscht von den Kindern, weil sie sie im Stich gelassen hatten, so wie bezahlte Helfer es nicht getan hätten. Sie meinte diese Enttäuschung auszudrücken, indem sie kaum mit ihnen sprach, und wenn, dann nur, um sie zu kritisieren oder Anweisungen zu geben, aber ihre eigentliche Aufmerksamkeit lag woanders. Sie galt Axel, der auf zarte und unverantwortliche Weise mit ihr flirtete.

Das alles hatte vor zehn Jahren aufgehört und war beiseite geschoben worden. Das Ende war gekommen, nicht ohne Kummer ihrerseits, nach einem langen Kampf um seine Seele. Sie hatte diese Seele geliebt und seine guten Eigenschaften, die vornehme Haltung, den blonden Haarschopf, alles, was dazugehörte. Niemand hatte sie je so zum Lachen gebracht wie Axel, sie geneckt, amüsiert, ihr und sich selbst Streiche gespielt, mit ihr ein verborgenes, sehr vertrauliches Leben erdacht, als wären sie eher heimliche Geliebte als rechtmäßige Eltern von erst einem Kind, dann zwei, drei, vier Kindern. Geburt der Kinder und Tod der Eltern, die finanziellen Verpflichtungen der Farm, schreckliche Unfälle, die regelmäßig Freunden zustießen, den Pferden von Freunden, den Kindern von Freunden, sogar ihnen selbst, all das hatte Traurigkeit bedeutet, aber niemals Düsterkeit, Sorge im Überfluß zwar, niemals aber zwingende Angst. Ihr Übertritt hatte eine große Ernsthaftigkeit in ihre Ehe gebracht.

Als die Seele eines ihrer Anliegen geworden war, da wurde klar, daß es Kate nicht nur darum ging, die Kinder jeden Sonntag zur Messe mitzunehmen und sie in katholische Schulen einzuschreiben (die möglicherweise ohnehin besser waren). Es wurde klar, daß Kate eine leidenschaftliche Unduldsamkeit entwickelte, wenn es um Axels zukünftigen Ausschluß von himmlischen Wonnen ging. »Du *wirst* in die Hölle kommen«, sagte sie, »du *wirst*. Das ist eine simple Tatsache.« Und er lachte. Die Leichtigkeit, die Gedankenlosigkeit dieses Lachens war ein Echo des

Lachens, das seit dem ersten Tag ihrer Beziehung ununterbrochen aus ihr hervorgesprudelt war. Es war flach, unwissend. Es ließ sie an die anderen Vertraulichkeiten denken, die sie geteilt hatten – nicht gerade an ihre ehelichen Pflichten, sondern an deren Verstohlenheit und Heftigkeit, und sie schauderte zurück. Diese Phase ihres Lebens schien ihr jetzt als ein Irrweg, so als würde alles nur dann in Ordnung sein, wenn es ihnen langweilig miteinander geworden wäre. Er reizte sie weiter. Einmal sagte er: »Du bist wirklich die puritanischste Katholikin, die ich je gesehen habe. Die Kirche *vergibt*, weißt du noch?« Doch sie dachte, er sei herablassend, und zog sich zurück. Entschieden wie immer gab sie den Kampf auf, den Ehemann, die Möglichkeit einer normalen Ehe, und jetzt flirtete er mit ihr.

Er kam früh zum Abendessen herein, während sie noch den Käse für das überbackene Sandwich rührte, und er sagte: »Ich bin die Straße runtergegangen und war in einem Drugstore.« Er ging ins Bad. »Wie bitte?« sagte Kate, aber er wiederholte sich nicht.

Beim Abendessen sprach er mit Peter und erwähnte »deine liebe Mutter«. Peter zuckte zusammen und schaute sie an. Die anderen Kinder rutschten auf ihren Stühlen hin und her, aber er klang nicht spöttisch. Er lobte sie für das Essen, obwohl jeder wußte, sie eingeschlossen, daß es gräßlich war. Andererseits bot er nicht an, das Geschirr abzuwaschen, und er zog sich nach dem Abendessen zurück, als klar war, daß sie im Wohnzimmer allein sein wollte.

Andere Ereignisse lenkten sie ab. Der Tierarzt mußte wegen irgendeiner Augenentzündung unter den Jährlingen kommen. Henry trat auf eine Biene, und seine Lippen und Augenlider schwollen beängstigend an, so daß man ihn zum Arzt bringen mußte. Er bekam Spritzen und mußte den Nachmittag im Bett bleiben. Es war heiß, und er verlangte ständig nach Wasser. Er bekam Fieber. Es sank. Sie machte Fertigpudding mit Karamelgeschmack, aber er beklagte sich über die Haut obendrauf. Sie fragte ihn, warum er die Schuhe überhaupt ausgezogen hätte. Er sagte, er sei nicht hungrig. Sie fragte ihn, warum er so nervtötend sei, und er fragte sie, warum sie es sei. Als Axel an dem Abend nach Hause kam, war sie schon im Bett. Sie ertappte sich dabei, daß sie durch die Wand seinen abendlichen Ritualen lauschte.

Dann vergaß sie alles, bis sie anfing, Dinge zu finden. Es waren keine liebenswerten und auch keine sentimentalen Dinge. Erst war es sein Schuh auf dem Boden ihres Schlafzimmers, dann ein Exemplar von *Economist* oben auf dem Stapel ihrer Pferdezeitschriften im Wohnzimmer. Zwei Tage nachdem Henry sich erholt hatte, ging sie in die Garderobe im Flur, um ihren Regenmantel zu holen, und fand seinen Schal in der Tasche. Man konnte kaum von Angeboten, noch weniger von Geschenken sprechen. Statt dessen waren es Einbrüche in ihr Territorium, Ausdruck irgendeiner Neigung, die noch unklar war. An dem Abend rief er an, um zu sagen, daß er spät von der Arbeit zurückkommen würde. »Und?« fragte sie Margret.

»Nichts. Das war alles, was er gesagt hat.«

»Aber er kommt immer spät von der Arbeit zurück.«

»Stimmt.«

Schließlich gab es eine Reihe von Geschenken. Sie hatte eine Liste von »absolut notwendigen Dingen« ans Schwarze Brett geheftet: Socken, zwei Büstenhalter, rostfarbenes Garn, Sattelseife, Meßlöffel, Heftzwecken. Die Liste verschwand an dem Tag, als der Tierarzt kam, um nach den Jährlingen zu sehen, und dann, am Abend, fand sie auf dem Boden ihres Wandschranks sechs Paar Socken (weiß, Marke Bonnie Doon), zwei Bali-BHs (mit Spitze), zwei Rollen Nähgarn, Glycerinsattelseife, fünf Meßlöffel aus rostfreiem Stahl und zwei Päckchen Heftzwecken. Nichts, das sah sie, war im Sonderangebot gekauft, aber was konnte sie dazu sagen? Die BHs zogen erst ihren Blick an, dann die zaghafte Berührung mit den Fingerspitzen. Alle ihre BHs waren aus weißer Baumwolle. Auch die von Margret waren aus weißer Baumwolle. Von der Sorte wie diese beiden hatte sie keinen einzigen gesehen, seit sie die Dessous ihrer Mutter vor Jahren aussortiert hatte. Sie ließ sie in die Schublade für ihre Unterwäsche fallen und wühlte mit den Händen darin herum. Sie ließen sich nicht untermengen.

Am nächsten Tag lagen ein Dutzend Eier im Kühlschrank und ein neuer Beutel Karotten im Gemüsefach. Der Anfang der Einkaufsliste für die Woche lautete: »Eier, Karotten«. Er schaute sie weder häufiger an als gewöhnlich, noch lächelte oder sprach er, aber er wartete auf ein Zeichen. Zuerst brachte sie es nicht über sich, eins zu geben. Dann fand sie noch einen Schuh in ihrem Schlafzimmer, diesmal unter dem Bett. Auf die Einkaufsliste schrieb sie: »Gänseleberpastete mit Trüffeln«. Nicht lange danach erschien auf dem Küchentisch eine kleine, dreieckige Dose, edel bordeauxrot. Sie lächelte trotz ihres Ärgers.

Sie hatte wirklich keine Zeit für so etwas. Zunächst einmal wußte er, daß es in anderthalb Wochen wieder ein Turnier gab, und dann, kaum zwei Wochen später, mußten sie für ihr eigenes Turnier bereit sein, eine Angelegenheit von zwei Tagen mit einer wohldurchdachten Vielseitigkeitsprüfung, die für einen dritten Tag geplant war. Der bekannte Richter Talbot Light sollte kommen. Viele von den Ponyclubmitgliedern ritten jetzt jeden Tag, so daß der Unterricht am Vormittag oft drei Stunden dauerte (Axel mußte doch klar sein, wenn er einen Augenblick nachdachte, was für eine Nerverei es war, diese Kinder bis halb acht in den Sattel zu kriegen, eigentlich sollten sie schon vor sieben alle aufgesessen sein), und die älteren Kinder dressierten zwei oder drei Pferde neben ihrem eigenen. Zäune mußten gestrichen, die Stuten und Fohlen mit äußerster Sorgfalt beobachtet, die Zweijährigen sehr bald zugeritten werden. Es war natürlich herrlich gewesen, als sie keine Kinder hatten, nur etwa zehn Pferde, und nicht wirklich etwas zu tun, aber du liebe Güte, wie viele Stunden hatte ein Tag? Wenn er etwas wollte, dann konnte er getrost damit herausrücken und darum bitten und mußte kein Geheimnis daraus machen. Wenn sie darüber nachdachte, war sie ziemlich verärgert. Und wem gehörte der Socken, der zwischen ihrer Unterwäsche steckte? Offenbar mußte sie mit ihm reden. Aber letzten Endes schreckte sie davor zurück.

John spürte, daß der Beweis für seinen schlechten Charakter lükkenlos war, aber obwohl ihm das angst machte, bedrückte es ihn irgendwie nicht. Am Morgen wachte er auf, freute sich über die Sechs-Uhr-Brise und die Blätter in den Baumkronen vor dem stahlblauen Himmel, und tagsüber kicherte er über alles: Mutter, die Karottenstreifen mit einer Gabel aß, die breite Lenkstange von Henrys Fahrrad, Jeepers verstohlenes Schnappen nach den jungen Gänsen; sogar Teddys offenkundige Wut über die ganze Ausstaffierung fand er ziemlich lustig. Er war wirklich schlecht; er war all das geworden, wovor er immer gewarnt worden war – gefühllos, hinterlistig, egoistisch, gedankenlos, verstohlen, grausam –, und obwohl der Gedanke an eines dieser Wörter ihn nach Luft schnappen ließ, wenn es ihm plötzlich einfiel, war es doch zumindest eine Entlastung, sich dessen bewußt zu sein. Was seine Zukunft bringen würde, schien leichter vorhersagbar und daher leichter zu handhaben. Es gelang ihm auch, Teddy effektiver zu führen.

Seine Volten waren kreisrund, im Uhrzeigersinn und umgekehrt; seine Ecken waren dagegen so ausgeritten wie sie nur sein konnten. Beim Wechsel durch die ganze Bahn machte Teddy in der Mitte einige Schritte, dann nahm er die andere Hand an, je nachdem, welche John verlangte. Sein starker Trab, obwohl nicht gerade forsch zu nennen, war gekonnt. Sein versammelter Trab war am besten: Teddys eigenes Erstaunen über die Mühe, die er sich gab, wirkte wie guter Stil, untypische Leichtigkeit. Und er widmete sich wieder dem Springen. Ziegelmauern, Oxer, dreifache Kombinationen, mit grellen Zielscheiben bemalt, gestreifte Stangen, feste Stangen, gekreuzte Stangen – Teddy stürmte in seinem üblichen Stil über alles hinweg, zog die Beine an und mühte sich nicht mehr ab als nötig. »Ein perfekter Hunter«, sagte Mutter, sich selbst lobend. Er vergab seiner Mutter. Es schien, daß jemand wie er jedem vergeben müßte.

Das Teddy-Problem hatte er selbst gelöst, kurz nach dem Tod des Fohlens, indem er fünfzehn Jahre Reittraining in den Wind schrieb. Wenn er etwas wollte, versetzte er Teddy einen schwungvollen Knuff, am besten da, wo es am meisten weh tat. Keine Scheu, kein Bemühen um Feingefühl oder Angst, das Tier durch Rohheit zu verletzen. TRAB JETZT! Zack! HALT JETZT! Ruck! Es war brutal, befriedigend und wirksam. Obwohl er es liebend gern bei dem abgesagten Turnier ausprobiert hätte, war er ansonsten gelassen, mit dem Gleichmut der absoluten Selbsterkenntnis.

Sie begannen mit ihrer wöchentlichen Runde auf dem Gelände. Einer nach dem anderen galoppierten die Reiter von Hindernis zu Hindernis, Mutter hob die Hand an die Augenbrauen, beobachtete, soviel sie nur konnte, oben von der Irischen Böschung aus. Den anderen war angst und bange; einmal in der Woche wurden sie losgelassen, nichts, was chaotisches Galoppieren verhinderte, nur der Stacheldraht und die elektrischen Zäune, nichts, das zwischen ihnen und den Bäumen lag (so eng zusammen, mit niedrigen Ästen und rauher Borke). Und die Bachufer, Abhänge und Abgründe. Der immer mögliche Sturz und der Verlust der Zügel, dann des Pferdes. Ein Pferd geht durch, verfängt sich in seinen Zügeln, stürzt und bricht sich etwas endgültig. Das könnte diesen Pferden glatt auch passieren. Aber John war übermütig. Er nahm die Strecke schnell, leichtsinniger als es von Mutters entferntem Aussichtspunkt den Anschein hatte. Beim geringsten Zögern seines Pferdes hielt er es zurück und peitschte es über die Hindernisse. Teddy kam schnaufend nach Haus, und Mutter war erstaunt darüber, daß er so spät im Sommer in so schlechter Form war. »Aber Kampf«, sagte sie, »bedeutet, deine Kraft gegen dich selbst wenden, und es funktioniert nie. Teddy ist nur ein Beispiel dafür.« John kicherte. Sie fuhr fort: »Wenn du wirklich reiten kannst, wenn du den stummen Partner verstehen und ihn zu einem Verbündeten machen kannst, dann hast du wirklich etwas sehr Wichtiges im Leben verstanden. Und ich meine mit verstehen nicht einfach deinen Kopf, denn der Kopf an sich ist ziemlich kraftlos, sondern mit deinem Herzen und Körper verstehen.«

»Du hast recht, Mutter.« Kate schenkte ihm ein Lächeln voll unbewußter Selbstgefälligkeit, und er fühlte sich völlig außerhalb ihrer Macht, schon verloren, endlich verloren.

Zu Mittag machte er die ihm zugewiesenen Boxen sauber, aß das verordnete Mittagessen aus Getreideflocken und Milch, und später ritt er wieder oder seifte Sattel ab oder wusch das Geschirr vom Mittagessen. Es gab soviel Arbeit, daß er unendlich viel Zeit hatte, sich an die neue Situation zu gewöhnen.

Jeden Abend vor dem Essen arbeiteten er und Peter mit den Zweijährigen. Margret und Henry übernahmen die zusätzlichen

Aufgaben, während die beiden Brüder das hintere Feld nach den fünf Fohlen absuchten.

»Heh«, sagte John.

»Ich bin hier.«

»Ich seh' sie.« In einem tiefschattigen Platanenwäldchen an der entferntesten Ecke des Feldes standen drei der schönen Kastanienbraunen und beäugten sie skeptisch, als dächten sie über das Futter, das John bei sich hatte, nach, aber auch über merkwürdige Grobheiten in letzter Zeit, zu denen Metallstangen über der Zunge und etwas Enges um die Rippen gehörten. John klapperte mit dem Futtereimer. »Heh«, sagte er. »Ja?«

»Hast du ... Da sind die anderen beiden.«

»Laß uns erst Holly drannehmen, dann Boots. Die anderen laufen ihnen bestimmt hinterher.«

»O. k.« Er pfiff, dann schlug er mit dem Führzügel rhythmisch lockend gegen den Eimer. »Heh.«

»*Was* willst du?« Die Gewohnheit, bei den Pferden still zu sein, war ihm in Fleisch und Blut übergegangen.

»Nichts. Du gehst da vorne hin und manövrierst sie sachte in meine Richtung.«

Der Plan funktionierte. Saftfutter war ein wirksames Lockmittel, und die Fohlen waren nicht allzu mißtrauisch, da man sich seit ihrer Geburt häufig und behutsam um sie gekümmert hatte. John ließ die Zügel über Boots gleiten, dann fütterte er ihn mit einer Handvoll Körnern und Melasse. Er mochte den schnuppernden Atem des Tieres, die langen, jungen Barthaare, die eifrige Zunge. Peter tat das gleiche mit Holly. Die anderen würden ihr Futter am Tor bekommen.

»Heh«, sagte John, als sie zu den Ställen zurückstapften.

»Heh was? Du hörst dich an wie eine Platte mit Kratzer.«

»Hast du schon mal jemand geküßt?«

»Du meinst Mädchen?« Peter war siebzehn. Mädchen zu küssen gehörte bislang nicht in den Bereich seiner Aktivitäten, nicht einmal seiner Gedanken, obwohl er nichts dagegen hatte, eine günstige, sichere und erwünschte Gelegenheit wahrzunehmen. Er sagte: »So ungefähr.«

»Was soll das heißen?«

»Louise Brown hat mich manchmal geküßt, wenn wir zusammen im Stall waren.«

»Ja?« John war beeindruckt. Louise Browns Aufenthalt auf der Farm als Stallmädchen lag vier Jahre zurück. »Die war aber ziemlich alt.«

»Ja, neunzehn.«

»Sie hat dich geküßt, hm?«

»Ganz schön oft.« Wenn er darüber nachdachte, fand Peter, daß man viermal ›ganz schön oft‹ nennen konnte.

»Und wie war das?«

»Weiß nicht. Wie ein Kuß eben.«

»Also weißt du!«

»Ich weiß es nicht!« Sie waren fast am Tor.

»Also hat sie dir die Zunge in den Mund gesteckt?«

»Weiß nicht mehr.«

»Hast du'n Steifen gekriegt?«

»Glaub' schon.«

»Menschenskind!«

»Menschenskind selber! Das ist lange her! Mach das verdammte Tor auf!« In jeder anderen Situation hätte er vielleicht ›das blöde Tor‹ oder einfach ›das Tor‹ gesagt, wenn auch mit einem genervten Tonfall. Selbst jetzt, während er fluchte, hielt er automatisch nach Kate Ausschau. John machte das Tor auf, leitete die Zweijährigen ohne Zügel, während Peter Holly durchs Tor führte und ihn festband, dann Boots. Das Gespräch wurde wieder aufgenommen, nachdem die drei Fohlen ohne Zügel in die Boxen gebracht waren und Peter Holly, dessen Augen vor Mißtrauen weiß und weit aufgerissen waren, vorsichtig einen leichten Sattel übergelegt hatte. »Los, auf!« brüllte Peter das Pferd an, das sich anlehnte, aber er brüllte nicht furchteinflößend, sondern beinahe schmeichelnd. Holly streckte die Nüstern vor und knirschte mit den Zähnen. John hielt den Führzügel. Er sagte: »Seitdem noch jemand?«

»Weiß nicht.«

»Das mußt du doch wissen!«

»Vielleicht auf einer Party oder so.«

»Ist dir das ganz egal?«

»Weiß ich nicht.«

Das konnte sich John nicht vorstellen. Er war erst fünfzehn, und es begann, ihm ganz und gar nicht egal zu sein. »Niemandem ist das egal«, sagte er. »Selbst den Zweijährigen ist das nicht egal, verdammt noch mal.« Kate war überzeugt davon, daß es richtig war, die Fohlen erst spät zu kastrieren, der Größe und Lebenskraft wegen. Peter zog sachte den Gurt fester, ein Riemen, ein Loch nach dem anderen. Holly schlug aus, schnell, mutig. »Hör auf damit!« sagte Peter bestimmt, aber es gab keine Schläge. »Laß ihn Schritt gehen«, befahl er.

»Aye, aye, Käpt'n!« Das Fohlen wich aus und krümmte den Rükken; der Sattel war noch ungewohnt, und es drehte immer wieder den Kopf, um ihn zu sehen. Nach drei Runden in der Koppel war es jedoch ruhig, beinahe gelangweilt. John fischte ein Stück Apfel aus seiner Tasche und steckte es dem Pferd zwischen die Lippen. Sie machten drei weitere Runden in die entgegengesetzte Richtung. Peter kam hinzu und stellte den Gurt zwei Löcher enger. Ängstlichkeit, aber kein Widerstand. John suchte noch ein Apfelstück. »Ein schönes Fohlen, glaub' ich«, bemerkte Peter.

»Bißchen schmächtig am Hals.«

»Das kann noch voller werden.«

»Auf dem Turnier hab' ich versucht, Lisa Campbell zu küssen.«

»Kein Erfolg?«

»Hätte klappen können, aber wir mußten ja mit Mutter zum Abendessen rausgehen. Ich war mit ihr bei den Ställen verabredet.«

»Jaja, mit ihr und Beanie und allen anderen Jungs auf dem Turnier.«

»Glaub' ich nicht.«

»Na, dann viel Glück.«

»Sie ist nicht so übel.«

»Na ja, sie ist jedenfalls nicht so leicht zu haben.«

Nachdem sie Boots aufgezäumt hatten, sagte John: »Kannst du dich wirklich nicht erinnern, wie es war? Ich wette, sie hat's nicht mal gemacht.«

»Na ja, sie hat. Mann, ich war so alt wie Henry, was hab' ich schon gewußt? Also, es war ganz nett.«

Es dauerte zwei Stunden, die Zweijährigen einzureiten. Als sie fertig waren, war es Zeit fürs Abendessen. John sagte: »Ich glaub', wir sind zurückgeblieben.« Peter antwortete nicht. »Wirklich«, fuhr John fort, »manche Typen werden einfach flachgelegt, weißt du?«

Peter sagte noch immer nichts.

»John Murphy zum Beispiel und Bill Scavullo.«

Peter wandte sich dem Haus zu.

»Du bist noch zurückgebliebener als ich. Das ist ihre Schuld, weißt du. Die ganze Familie könnte normal sein, wenn sie nicht wäre.« Dann wunderte er sich darüber, wie wütend er klang, weil er gar nicht wütend war, zumindest nicht auf Peter. Er war nur neugierig, nur neugierig. Es war erstaunlich, wie ein Mensch in seiner Situation in Wutanfälle hineinstolpern konnte.

Einen Moment bevor sie erwachte, wußte Margret, daß sie träumte, und ihr Traumselbst sagte zu ihrem wachen Selbst: »Das ist wichtig.« Die Worte waren klar, deutlich gesprochen von einer ziemlich lehrerhaften Stimme, doch die Stimme war ihre eigene. Der Wecker klingelte. Es war vier Uhr früh, noch dunkel, und nicht ungewöhnlich, daß Margret im Bewußtsein dessen erwachte, was zu tun war. Erst ein paar Stunden später, während des verschlafenen fünfundvierzigminütigen Ausflugs zu den Lyons Country Fairgrounds, erinnerte sie sich an die Stimme oder an irgend etwas aus dem Traum, das sie hervorgerufen hatte. Sie erinnerte sich nur an ein einziges Traumbild, ein anvisierter Sprung mit weiteren Hindernissen dahinter (vielleicht eine dreifache Kombination?), und an das Gefühl, wie sie darauf zustürzte, obwohl seltsam, sehr seltsam, ohne Angst, ohne das übliche gemischte Gefühl aus Scham, Vorahnung und Erleichterung, das den Sturz eines Pferdes begleitete, auch im Traum.

Sie war, das stimmte, merkwürdig beunruhigt von diesem Turnier, als wären in der letzten Woche ihre Reitkenntnisse in sich zusammengefallen und als gäbe es nichts, nur bewußtes Überlegen und Erinnern, das sie vor Gefahr schützte. Mutters alte Verletzungen schienen auffällig – immer war der Arm sichtbar; ein bißchen in Margrets Richtung gedreht oder von einem Sonnenstrahl erhellt oder eine Bewegung oder Handlung verhindernd. Natürlich dachte man bei Mutter nicht an das, was man ›behindert‹ nennen könnte, aber genaugenommen war sie es vielleicht.

Als sie erst einmal ihre Boxen gefunden hatten, gab es bei den Vorbereitungen mehr als das übliche Durcheinander, denn Peters Klasse begann um neun, und es war schon jetzt acht Uhr fünfzehn; MacDougal war im Wagen so in Schweiß geraten, daß er im Schritt geführt, dann noch einmal ganz abgebürstet werden mußte, bevor man ihn überhaupt satteln konnte. Und Peter hatte seine Socken vergessen, so daß er und John sich ein einziges Paar teilen mußten, und am Nachmittag mußten sie zweimal in derselben Klasse reiten. Mutter war ernsthaft verärgert. Trotzdem war Margrets Gehör übernatürlich geschärft, und was immer sie hörte, es waren Nachrichten über Verletzungen und schwere Stürze seit dem Turnier in Chicago. »Gebrochenes Schlüsselbein«, sagte jemand im Vorbeigehen, als sie über Macs linken Hinterfuß gebeugt war und Leinsamenöl daraufpinselte. »Mußte auf der Stelle eingeschläfert werden«, klang es von der nächsten Boxengruppe herüber. »Hat sich das Genick gebrochen.« Als sie aufstand und über die Balken spähte, erkannte sie die Klatschmäuler nicht. Aber das machte den Satz nicht weniger zu einem Omen. Als sie Peter endlich oben und auf dem Abreitplatz hatten, kam Henry vom Hotdogstand mit der Neuigkeit herübergelaufen, daß Beanie Campbells Pferd sie an einen Baum gedrängt und ihr das Handgelenk gebrochen hatte. »Ach so?« sagten alle, meist gleichgültig. Margret tätschelte Peters Stiefel. »Sei vorsichtig«, sagte sie. Er war spöttisch, aber nicht höhnisch. Er nickte.

Es ging den ganzen Tag so weiter. Überall humpelten die erwachsenen Reiter und waren steif durch alte Unfälle, und die jungen Reiter fingen nach irgendwelchen Pannen im Frühsommer entweder gerade erst wieder an oder sie saßen am Rand und hatten sich für Wochen und Monate mit Gipsverbänden und Schlingen und lästigen Krücken abgefunden. Ihren eigenen Verletzungen gegenüber vertrat Mutter, wann immer das Thema auf den Tisch kam, folgende Haltung: Man konnte nicht zwanzig, dreißig, vierzig Jahre irgendeinen Sport treiben, ohne irgendeinen Schaden zu nehmen, oder? Dann lächelte sie immer, wollte beruhigen und versichern, daß die Prinzipien, die sie lehrte, in erster Linie der Sicherheit dienten. Hier war Margret, hier waren Peter und John und Henry, und sie ritten ihr ganzes Leben und waren unversehrt, alle miteinander. Jetzt, als sie Herbie für ihre erste Klasse bereitmachte, die Dressurprüfung für schwere Hunter, schien Margret dieses Glück so schwach wie ein Gummiband, das sich dehnt und dehnt. Herbie war jedoch so kräftig, so offensichtlich da, daß der drohende Unfall von ihr weg, auf einen ihrer Brüder zuzugleiten schien. Weiter unten knallte eine Boxentür im Wind wie ein Schuß, eine Explosion, ein Autounfall. Margret fuhr auf und stellte sich Peter vor, wie er stürzte, überrollt wurde, zertrampelt, zersplittert. Niemand kannte den Abgrund an Bösartigkeit in MacDougals Herz wirklich.

An derlei Dinge dachte sie gewöhnlich nicht.

Der Mann, den Margret nicht sogleich erkannte, stand im Weg, als sie Herbies Boxentür aufstieß. Seine Reitkleidung, wie sie dann mit Schrecken und Erröten feststellte, war maßgeschneidert, mit altmodischen weitgeschnittenen Reithosen und hohen Stiefelschäften. »Entschuldigung«, krächzte sie.

»Hm?« Er wurde nur langsam aufmerksam und schien sie überhaupt nicht zu erkennen. Sie fand ihre Haltung wieder.

»Ich habe gesagt ›Entschuldigung‹.«

»Pardon.« Aber er ging nicht aus dem Weg. Sie errötete wieder, wie hatte sie so oft an jemanden denken können, dem sie vollkommen unbekannt war. Sie sagte ziemlich gereizt: »Kann ich Ihnen irgendwie behilflich sein?« Er schaute Teddy neugierig an, der zu dösen schien. Sie dachte, gehen Sie weg. »Möchten Sie irgendwas?«

»Was? Nein. Oh, nein. Ich dachte, ich hätte meine Pferde aus dem Blick verloren, aber ich seh' sie da drüben. Falscher Gang. Verzeihen Sie.« Er lächelte dieses Lächeln, das vollkommene Unschuld bezeugte und als Antwort ein Lächeln verlangte. Wie Mutters Lächeln oder Peters. Wie bei Mutter und Peter fügte sich Margret auch jetzt, und wie immer fühlte sie sich danach besser. Man sollte, dachte sie, damit rechnen, daß man vergessen wird.

Nach ihrer Dressurprüfung, die ein Mißerfolg war, weil sie sich zu unsicher fühlte, um sich nach vorn zu drängen und die Aufmerksamkeit des Richters zu gewinnen, begegnete sie dem Mann auf dem Abreitplatz. Er saß auf seinem schönen dunkelgrauen Vollblut, das ein Glasauge hatte, wie sie bemerkte, und er war jetzt viel aufmerksamer.

»Gelb«, behauptete er, als sie vorbeiging.

»Wie bitte?«

»Ich habe gesagt, ›gelb‹. Dieses Pferd sollte gelbe Bänder haben statt rote, und Sie sollten eine gelbe Rose in Ihrem Knopfloch tragen.« Er lächelte wieder. »Oder im Haar.«

»Sie würde nur rausfallen, und das würde blöd aussehen und ungepflegt.« Sie schob sich die gekräuselten Haarspitzen hinter die Ohren unter die Samtkappe. »Ich hab' so schon genug Probleme.«

Der Turnierleiter sagte eine Startnummer an. »Das bin ich«, sagte der Mann. »Wie heißen Sie?«

»Margret Karlson.«

»Aha!« Aber er ritt ohne Erklärung weg und hatte keinen schlechten Durchgang, gut genug für den zweiten Platz in der Dressurprüfung für jugendliche Hunter. Margret sah ihn zu ihrer Erleichterung an diesem Tag nicht mehr.

Sieben Leute stürzten, fünf fielen mit ihren Pferden. Die Sanitäter kamen zweimal in den Ring, kein einziges Mal ihretwegen oder für einen ihrer Brüder. Die Socken, die sie sich teilten (Gott sei Dank trug John seine neuen Stiefel, welche man, im Gegensatz zu den alten, nicht fünfzehn Minuten lang ziehen und nach allen Regeln der Kunst überlisten mußte, bevor er seine Füße hineinbekam), schienen Glück zu bringen. Teddy bekam zwar keine Schleifen in der Dressur, gewann aber die Jugendspringprüfung in einem erstaunlichen Anfall technischen Könnens, gespitzte Ohren und schwungvoll gerundete Wendungen inklusive. Sie wurden auch Dritte in der Reitabzeichenprüfung der American Horse Shows Association und schlugen eine bildschöne Blondine auf einer bildschönen kastanienbraunen Stute aus dem Feld, die Teddy, als sie mit John in den Einzelvorführungen die Pferde tauschen mußte, einfach nicht dazu bewegen konnte, bei der Diagonalbahn auf die linke Hand zu wechseln.

Für John war Teddy durch die Übung nur so geflogen. Die kastanienbraune Stute bewegte sich wirklich so herrlich, wie es aus der Sicht der Zuschauer aussah, und bevor er sie zurückgab, bekam John einen kurzen Eindruck davon, wie das Leben sein konnte, wenn man nicht ständig überlisten mußte. Nur seine neue, streitlustige Stimmung half ihm, Teddy freudig zu begrüßen, als dieser zurückkam. Wieder in den Kampf zu ziehen konnte auch Vergnügen bereiten.

Peter schnitt genauso gut ab, erst gewann er die Medaillenklasse auf Herbie (Mutter riskierte nicht, daß eine wehrlose Reiterin auf MacDougal treffen könnte, falls der Richter von Peter verlangen sollte, die Pferde zu tauschen), dann wurde er auf seinem vertrauten Pferd Zweiter im Jugendspringen. Die Zäune gingen im Stechen bis an die Einsfünfzig, höher als Peter mit Mac zu Hause gesprungen war, aber allem Anschein nach war Peter unerschütterlich. Sie verloren durch einen Zeitfehler. Die erwartete Katastrophe trat nicht ein, und Margret hätte während der letzten Runde nicht die Augen zukneifen, nicht auf das allgemeine Luftschnappen, die Schreie, das Stöhnen warten müssen.

Mutter war erfreut. Sie sagte: »Es ist natürlich nicht so, wie wenn ihr eine Vielseitigkeitsprüfung gewonnen hättet, aber trotzdem ...« Danach hatte sie sich entfernt, hin zu den Kollegen und Komplimenten und hatte den Kindern die Abschlußarbeiten für die Nacht überlassen. Margret hielt sich in dem Gang auf, in dem der Mann seine Pferde hatte. Neben dem schönen Grauen stand ein Welsh Pony, vielleicht der Beweis für ein Kind. Margret fühlte sich bloßgestellt, verlegen, abscheulich. Als sie in ihren Gang zurückkam, blaffte sie Henry an, weil er die Wassereimer nicht gefüllt hatte, obwohl das gar nichts machte.

Es war besser, beschloß sie am nächsten Tag, ihre Ängste nicht über Bord zu werfen. Ihre Sorge hatte schließlich wunderbar funktioniert, so ein bißchen wie ein Regenschirm. Als sie dabei war, Herbies Mähne vor der ersten Klasse einzuflechten (»Die roten Bänder sind vollkommen in Ordnung«, hatte Mutter gesagt, hatte aber am Drugstore angehalten, ohne darum gebeten zu werden), rief sie sich jeden Unfall ins Gedächtnis, an den sie sich erinnern konnte, und auch jeden, den sie sich nur irgendwie vorstellen konnte. Ihre Gedanken waren zwar nicht annähernd so quälend wie am Tag zuvor, doch sie waren ziemlich besitzergreifend. Margret warf nicht einmal einen Blick auf die Boxen mit dem grauen Jagdpferd und dem Welsh Pony.

Sie machte mit dem Schweif weiter und stellte sich pflichtbewußt MacDougals Sturz über unzählige Pfosten und Stangen vor, Peter durch die Luft fliegend, mit den Händen ins Leere greifend etc. »Was machen Sie da?« fragte der Mann. Sie hatte sich gewünscht, daß er irgendwann auftauchen würde, und da war er, und sie freute sich nicht. Er sprach das ›Sie‹ auf eine merkwürdige Weise aus, ganz besonders, fast intim, als genieße er Rechte, die jede Notwendigkeit, ihren vollen Namen zu gebrauchen, überflüssig machten.

»Ich trau' mich nicht, es zu sagen.«

»Jetzt, wo Sie das gesagt haben, müssen Sie es.«

»Ich flechte meinem Pferd gelbe Bänder in den Schweif.«

»Sonst noch etwas?«

Margret schaute ihn zum erstenmal an und fragte sich, ob er sich von dem Chicagoer Turnier her an sie erinnerte oder ob er nur freundlich war. Heute trug er legere Jagdkleidung, Braun- und Goldtöne. Auch die saß lockerer, als es momentan Mode war, und die Farben schmeichelten seinem dunklen Haar und der hellen Haut nicht gerade. Er sah jedoch nicht schlecht aus. »Ja«, aber sie grinste und bedauerte gleichzeitig ihre Koketterie.

»Machen Sie doch weiter.«

Es war das beste, so geschäftsmäßig wie möglich zu sein. »Ich habe daran gedacht, wie mein Bruder über einen großen Pfosten und Stangen stürzt.«

»Macht er das sehr oft?«

»Hat er noch nie.«

»Ist das Ihr Bruder, der gestern den lebhaften braunen Springer geritten hat?«

Sie nickte. »Ich denke, wenn ich mir alle möglichen Unfälle vorstelle, dann wird keiner davon passieren.«

»Aber einige Leute sagen, wenn man sich über Dinge Sorgen macht, dann zieht man sie auf sich.« Als sie ihn erschreckt anstarrte, fuhr er fort: »Ihr Bruder ist ein ausgezeichneter Reiter. Einer der besten, die ich je gesehen habe.«

»Glauben Sie, das macht einen Unterschied?«

»Das will ich doch hoffen.«

»Aber er ist erst seit zwei Wochen so gut. Ich meine, er war immer gut, aber das ist das erste Jahr, daß er Mac reitet, und bis vor zwei Wochen sind sie überhaupt nicht miteinander klargekommen. Ich glaube, ich habe Angst, daß der Zauber ein Ende hat. Übrigens sagt meine Mutter, wenn man lange genug reitet, muß man sich irgendwann mal weh tun.«

»Manche Leute mehr als andere, sollte man meinen.«

»Na ja, das sagt sie auch.« Sie band das Zopfende zu einem festen Knoten und versteckte die Spitzen. Er sagte: »Sie können das sehr gut.«

»Ich hab' viel, viel Übung gehabt.« Immer noch gebrauchte er das ›Sie‹ ohne ihren Namen. Merkwürdig, obwohl er ganz freundlich war, konnte sie sich vorstellen, daß er vorwurfsvoll sein konnte. »Wir hatten alle viel Übung mit allen diesen Sachen und nie irgendwelche Unfälle, aber in der letzten Zeit bin ich irgendwie abergläubisch. Sie haben ein schönes graues Pferd. Na ja, meine Mutter hatte einige Unfälle, bevor wir erwachsen waren. Auf Mac, das ist der Braune.«

»Sind Sie jetzt erwachsen?«

»Na ja ...« Er war sehr erwachsen. Sie dachte an das Welsh Pony. Erwachsensein war ziemlich gefährlich. Er sah besonders gut aus, wenn er lächelte, aber auch wenn er lächelte, mußte sie daran denken, daß Peter besser aussah. Peter, wenn sie es sich jetzt überlegte, war wirklich etwas Besonderes: »Entschuldigung«, sagte sie, »ich muß ...«

»Guten Morgen. Ich bin Katherine Karlson.« Hand ausgestreckt, Zähne strahlend, Mutter hatte ihre allerbesten Jägerball-Manieren hervorgeholt. Der Mann, der sich gegen die Futterkrippen gelehnt hatte, richtete sich auf und trat vor. »Harrison Randolph«, sagte er. »Aus Virginia, nicht von hier, muß ich leider gestehen.«

Mutter zog die Augenbrauen hoch. Zweifellos, dachte eine leicht verlegene Margret, war sie durch den bekannten Reiternamen beeindruckt. Es war merkwürdig störend, daß Mutter von irgend etwas beeindruckt sein sollte. »Nur Cousins«, sagte Harrison Randolph, »und auch noch entfernt.«

»Aber mit einem angeborenen Blick für Pferde? Ich war beeindruckt von Ihrem Grauen gestern. Aber er kann noch nicht sehr alt sein?«

»Dreijährig.«

Worte, die mit Sicherheit empören würden. Margret errötete für den Mann und für ihre Mutter, die niemals eine Gelegenheit ausließ. Und tatsächlich war Kates nächster Kommentar ein provozierendes »hmm«.

»Verzeihung?« Er war sehr höflich, sehr geschickt. Er sah wie ein Mann aus, der mit Kleiderständern, Kleiderbürsten und Schuhspannern vertraut war. Bestimmt würde Mutter allein aus dem Grund ... Sie tat es nicht. Sie hatte die Hände in die Taschen ihres alten Tweedjacketts gesteckt, und jetzt schüttelte sie ihr Haar. »Mit fünf ist er am Ende«, sagte sie. »Ihr schnellen Virginier habt keine Ahnung von Knochen und Sehnen, das muß ich sagen. Das jüngste Pferd, das ich je vorgeführt habe, war sechs Jahre alt, und Sie können sich das Ergebnis anschauen.« Sie zeigte mit der Hand auf die Boxen von MacDougal und Teddy. »Fünfzehn, sechzehn Jahre alt, und durch und durch gesund. Niemals eine Hufknorpelverknöcherung, keine Ringbeine, nicht einmal eine Gelenkkapselentzündung. Mein Tierarzt kommt und kümmert sich um Unfallverletzungen, und das ist praktisch alles.«

Margret hustete. Der Mann war übermenschlich liebenswürdig; immer noch leicht lächelnd, den Kopf zur Seite geneigt, aufmerksam. Aber aus Virginia, weit weg. Und das Welsh Pony konnte man auch nicht so einfach vergessen.

Mutter fuhr fort. Wie John sagte, man konnte sich darauf verlassen, daß Mutter fortfahren würde. »Sie reiten allerdings sehr weit vorn. Ich habe Sie besonders gestern beobachtet, und ehrlich gesagt, manchmal habe ich mich fast ein bißchen unwohl gefühlt. Wenn Sie Ihre Steigbügel verlängern und Ihr Gewicht verlagern würden, dann wären Sie bestimmt sicherer, glaube ich. So ein schönes Vollblut sollte nicht riskieren, sich die Knie brechen zu müssen.« Sie lächelte mit strahlender, gewinnender

Sicherheit, aber Margret konnte sehen, wie das Lächeln an den ausgezeichneten Manieren des Mannes abprallte. »Vielleicht haben Sie recht«, antwortete er.

»Gott schütze Sie«, sagte Kate. »Verzeihen Sie, Margret kann es Ihnen erklären. Meine Lieblingstheorien.« Die Selbstkritik klang lediglich formal.

»Ihre Kinder haben von Ihnen profitiert.«

»Sie reiten sicher, und manchmal schneiden sie gut ab, das muß ich zugeben. Margret«, ihre Stimme war ein bißchen laut, ein bißchen nackt.

»Ja, Mutter?«

»Bist du fertig für diese Kategorie, in der du reitest? Wo sind die Jungen? Hast du etwas gefrühstückt? Kennst du den Parcours? Sind die Pferde gefüttert, getränkt?« Unnötige Fragen, die sie ohne Virginia-Publikum nicht gestellt hätte. Sie wartete nicht auf die Antworten. »Ich muß gehen, glaube ich. Margret auch. Dein Jackett hängt im Wagen. Wirklich, ich muß weg.«

»Es war mir ein Vergnügen, Sie kennenzulernen, Mrs. Karlson.«

»Kate. Das Vergnügen war ganz meinerseits, Mr. Randolph. Setzen Sie sich zu mir auf die Tribüne, wenn es Ihr Zeitplan erlaubt?«

»Bestimmt, vielen Dank.«

»Margret?« aber ihre Stimme verlor sich, als sie davonschlenderte.

»Müssen Sie gehen?«

»Bald jedenfalls.« Sie hatte aufgesattelt und befestigte jetzt die Riemenenden und zupfte Herbie Heuhalme aus den Maulwinkeln. Sie blieb noch ein bißchen, aber schließlich gab es nichts mehr zu sagen. Wenn jemand Mutter einmal getroffen hatte, gab es oft nichts mehr zu sagen.

»Meine Güte«, sagte er.

»Sie ...«

»Ihre Mutter ist eine sehr starke Persönlichkeit.«

»Wahrscheinlich. Sie ...«

»Kann ich Ihnen nach dieser Klasse einen Hotdog spendieren?«

Ja. Ja. Ja. Sie zog eines der gelben Bänder fester. »Nein, danke. Ich muß Peter helfen, sich fertigzumachen, glaub' ich. Es gibt viel zu tun. Die Jungs haben nur ein Paar Socken.«

»Nur einen Hotdog?«

Konnte irgend jemand diesem Lächeln etwas abschlagen? Es brachte die anderen unwiderstehlichen Lächeln so deutlich in Erinnerung, die sie mochte und denen man nicht widerstehen konnte. »O. k.«

»Treffen wir uns da hinten?«

»O. k.« Sie wußte, sie hörte sich schrecklich unbeholfen an, aber sie war so verlegen.

»Darf ich Ihnen aufhelfen?«

»Nein, danke. Ich steige am Abreitplatz auf. Ich, ähm, also, vielen Dank.«

»Viel Glück.«

»Danke.«

»Vergessen Sie das hier nicht.« Er hielt ihr das Haarnetz hin.

»Ach ja. Danke.«

»Danke.«

»Danke.« Und dann ritt sie wie ein Trottel und ließ Herbie eine einfache Hecke verweigern. Er habe seit vier Jahren keine Hecke verweigert, sagte Mutter, was um Himmels willen mit ihr los sei.

John traf Margret an der Stalltür, als sie von ihrer Klasse zurückkam. »Du mußt mir helfen«, sagte er. »Das Arschloch hat sich die Hälfte seiner Flechten rausgerubbelt, und ich finde nirgendwo rote Bänder.«

»Wir haben alles aufgebraucht.«

»Mensch, ist ja großartig. Meine Klasse ist in fünfundzwanzig Minuten.«

»Kämm ihn einfach aus. Es wird schon o. k. sein.« Ihre Augen gewöhnten sich langsam an das düstere Licht im Stall. Weit weg, am Ende des Gangs, tauchte die dunkle Gestalt von Harrison Randolph auf, hielt inne, winkte, verschwand dann.

»Alle haben Flechten auf diesem Turnier. Er hat sowieso eine häßliche Mähne. O *Scheiße!*«

»Hör mal! Reg dich ab, o. k.? Nimm die Bänder von Herbie, und ich helf' dir beim Flechten, aber ich hab' nur fünf Minuten.«

»Wir müssen auch seinen Schweif machen.«

»Ich mache den Schweif nicht. Du mußt ihn eben auskämmen und ohne gehen.«

»Das geht nicht. In den Vorschriften steht ...«

»Das ist hier nicht der Madison Square Garden, o. k.? Keiner wird sich drum kümmern.«

»Ich aber!« Doch mit knirschenden Zähnen kämpfte John darum, seine Wut zu zügeln, und Margret wußte, daß er sich damit abfinden würde. »Wer ist der Typ?«

Harrison näherte sich lächelnd. »Ein Freund von mir. Wir gehen zusammen einen Hotdog essen.« Sie schaute rasch zu John hinüber, aber sie merkte zu ihrer Erleichterung, daß er von diesem Vorhaben nicht so beeindruckt war wie sie. »Er ist schrecklich alt, oder?«

»Nein. Jetzt mach schon. Wo ist das Wasser?«

»Ich hab' noch keins geholt.«

»Margret?« Harrison sprach in einem dunkel gefärbten Piedmont-Tonfall, der aus ihrem Namen eineinhalb melodische Silben machte.

»Heh!« sagte John, bevor sie etwas sagen konnte. »Macht's Ihnen was aus, Wasser zu holen? Gleich neben Ihnen steht ein Eimer.«

»Tut mir leid, ich ...«, unterbrach Margret, aber bevor Harrison antworten konnte, sagte John: »Was tut dir leid? Der Hahn ist gleich da vorne. Wir sind ein bißchen in Eile, o. k.?«

»John!«

»Stimmt doch, oder? Meine Klasse ist in fünfzehn Minuten!«

In zehn Minuten hatten sie ihn auf dem Pferd, und er machte seine Steigbügel länger, während Margret das letzte der jetzt gelben Bänder unterschob. Er ritt weg ohne ein Dankeschön, was Margret nur bemerkte, weil Harrison neben ihr stand. Als sie ihr Jackett aufknöpfte, waren seine Hände sofort, automatisch, an ihrem Kragen, und als sie ihm ins Gesicht schaute, war sein Blick völlig unbefangen. Gute Manieren waren eben gute Manieren. Die machten sie unsicher. Sie legte das gefaltete Jackett über den obersten Balken von Teddys Box, fragte sich, ob ihr eigenes Verhalten sie verraten würde, und dann, als sie zurücktrat, stolperte sie und fiel leicht gegen seine Brust. Seine Hand umfaßte ihren Ellbogen. »O. k.?« fragte er.

»Ja.« Sie wollte hinzufügen »Sir«. Ein Hotdog konnte eine halbe Stunde brauchen. Was um alles in der Welt würde sie mit diesem Mann reden?

»Gehen Sie zur Schule?« fragte er, als sie die matschige Koppel passierten.

»Nein.«

Einen Augenblick später sagte er: »Oh«, und ihr wurde klar, daß er weitere Ausführungen erwartet hatte. »Ich ...«

»Sind Sie ...« Sie sprachen zur gleichen Zeit.

»Tut mir leid.«

»Entschuldigen Sie.«

»Sie leben also zu Hause?«

»Natürlich, tut das nicht jeder?« Aber dann verstand sie, was er meinte, und empfand die bodenlose Dummheit dessen, was sie gesagt hatte.

»Na ja, ich nehme an, das stimmt!« Er lachte in sich hinein.

Margret errötete und wurde sich der feuchten Löckchen an ihrem Haaransatz bewußt. Wie sie es haßte, so zu schwitzen, schmierig und mit sichtbar rinnender Feuchtigkeit. Sie wußte, daß Männer das haßten.

Er langte nach ihrem Arm, als sie über eine Pfütze hüpfte.

»Ich lebe auf unserer Farm. Das habe ich immer getan.« Und ich bin ein langweiliger Mensch, erwarte nichts von mir, faß mein Hemd nicht noch einmal an, es ist feucht, schau meine Haare nicht an oder meinen Hals, wo ich spüre, wie die Rinnsale sich sammeln. Sie zog ihre Krawatte aus der Hosentasche und berührte damit ihre Oberlippe.

»Meine Eltern hatten eine wunderschöne Farm in den Blue Ridge Bergen, wo ich aufgewachsen bin. Ich bin dort auch geboren, aber sie haben sie verkauft, als mein Vater gestorben ist, und mein Bruder und ich waren noch nicht alt genug, um sie zu retten.«

»Könnten Sie sie zurückbekommen?«

»Ich weiß nicht.« Sein Ton machte deutlich, daß er sie nicht zurückwollte, und sie hatte das Gefühl, den springenden Punkt verpaßt zu haben. Dann aber hatten sie den Verkaufsstand erreicht, und weil sie Schlange stehen mußten, bestellen, bezahlen, nach einem Sitzplatz Ausschau halten oder wenigstens nach etwas Schatten, waren viele Minuten und Gelegenheiten, eine Dummheit zu machen, aufgebraucht. Dann aßen sie. Jetzt, dachte sie, war genau der richtige Zeitpunkt, um sich Ketchup aufs Hemd zu kleckern, und richtig, gerade als sie den Rest ihres Hotdogs hochhielt, um die Gefahr weitgehend zu verringern, plumpste ihr ein rubinroter Tropfen zwischen die Brüste. Er schaute hin. Sie sah, wie er hinschaute, aber sie sah auch, wie er sofort den Blick abwendete und so tat, als habe er nichts gesehen. Er bot ihr, Gott sei Dank, sein Taschentuch nicht an. »Ich bin ein Semester in Bennett gewesen.«

»Hat es Ihnen dort nicht gefallen?«

»Was?«

»Hat es Ihnen in Bennett nicht gefallen?«

Das war allerdings eine Frage, und als er sie stellte, wurde Margret klar, daß sie die Sache nie auf diese Weise betrachtet hatte. Wenn sie an Bennett dachte, dann dachte sie an die Farm, denn in Bennett, an das sie sich kaum erinnern konnte, war sie von der Farm besessen gewesen. »Nicht wirklich. Wo sind Sie ins College gegangen?«

»Princeton, dann University of Virginia. Dieser Ausflug ist übrigens das erste Mal, daß ich westlich von Pittsburgh bin.«

»Gefällt es Ihnen?«

Er schaute sie direkt an – ihre Augen, ihre widerspenstigen Löckchen, ihren Mund, ihren Hals, ihre fleckige Bluse, dann wieder ihre Augen und sagte: »Ja.«

Margret schob sich den letzten Rest ihres Hotdogs in den Mund, dann wischte sie sich wieder die Oberlippe ab, diesmal mit einer Serviette, die er ihr gegeben hatte.

»Heh!« Henry stand neben ihr. »Was macht ihr denn hier?« Er schaute Harrison offen an, nahm die altmodische Reitkleidung wahr, das offensichtliche Erwachsensein und den sichtbaren Reichtum.

»Wir essen was«, sagte Margret, dann, um ihn abzulenken: »Willst du auch was?« Henry überlegte sich das Angebot ernsthaft, lehnte aber ab. »Ich hab' heute schon alles gehabt. Es gibt nichts richtig Gutes. Das andere Turnier war besser.«

»Harrison, das ist mein Bruder Henry, der menschliche Müllschlucker. Henry, das ist Harrison Randolph.« Sie fühlte sich unangenehm neu in Henrys Augen, so wie an dem Tag, an dem sie zum College gefahren war und die Jungen wegen ihrer neuen Kleidung gepfiffen hatten.

»Sind Sie aus Virginia?«

»Washington, D. C., genaugenommen, ja.«

»Meine Mutter hat mit Colonel Stanley über Sie gesprochen.« Margret wurde rot, als hätte Kate ihre romantischen und bis jetzt erfolgreich verborgenen Phantasien erraten.

»Werden Sie uns Ihr Pferd verkaufen?«

»Henry!«

»Na ja, Mom hat gesagt, er hat einen großen, grauen Dreijährigen, der genau die richtige Größe und das Alter für Peter hat.«

»Ich habe eigentlich vorgehabt, ihn für mich selbst zu behalten.«

»Du hast Ketchup auf deinem Hemd.« Henry sagte das zu Margret.

»Ich weiß. Mach, daß du wegkommst, wenn du keinen Hunger hast.«

»Ich hab' nicht gesagt, daß ich keinen Hunger habe.«

»Mach trotzdem, daß du wegkommst.«

»Mir ist langweilig.«

»Dann hättest du reiten sollen.« Aber sie klang schrecklich mütterlich, schrecklich wie Kate, und sie redete nicht weiter. Henry blieb noch, schaute erst sie an, dann Harrison, dann die Auswahl von Schokoriegeln an dem Stand in ihrer Nähe. Schließlich aber schlenderte er davon. Einen Augenblick später sagte Margret: »Meine Mutter hat sich immer gewünscht, daß wir in Virginia oder Maryland leben könnten. Daher kommt sie nämlich ursprünglich.«

»Der mittlere Westen ist viel schöner, glaube ich. Nicht so bebaut, unverbrauchter.«

»Ich kenne mich da nicht aus. Aber mir gefällt unsere Farm. Sie ist sehr schön. Die Leute glauben, daß in der Gegend alles flach ist, aber unsere Farm ist ziemlich hügelig, mit vielen Bäumen.«

»Ich würde sie gern sehen.«

»Das können Sie, wenn Sie noch ein paar Wochen länger hierbleiben. Wir haben jedes Jahr Ende Juli ein großes Turnier. Sie sollten kommen.«

»Hätten Sie gern, daß ich komme?«

»Na ja, schon.« Er lächelte, als hätte sie es besonders gemeint, und sie war so verblüfft, daß ihr nicht einfiel, wie sie zeigen konnte, daß sie überhaupt nichts gemeint hatte. Am Tor würde man zwei Dollar Eintritt zahlen müssen. Sie wollten so viele Besucher wie möglich. Jedenfalls schwitzte sie noch ein bißchen mehr und atmete ein bißchen tief, wenn sie daran dachte, daß er kommen würde.

Harrison Randolph schaute auf die Uhr. »Oh-ho«, sagte er. »Dressur in zwanzig Minuten. Ich muß mich sputen. Sagen Sie mal.« Er beugte sich leicht zu ihr, und sie spürte die Wärme seines Körpers. »Was machen Sie heute abend?«

»Ich weiß nicht, ob meine Mutter nach Hause fahren will oder nicht.«

»Wann werden Sie das wissen?«

»Sie kann das im letzten Moment entscheiden. Es hängt davon ab, wer noch hierbleibt. Sie sieht manche Leute nicht so oft.«

Er kramte in seiner Hosentasche. »Hier.« Es war eine Karte mit dem Namen seines Hotels. »Ich wohne hier, auf Zimmer 17. Ich würde Sie gern wiedersehen.«

»Oh.«

»Wirklich.«

»O. k.«

»Gut.« Er trabte rasch davon, winkte ihr zu, und sie wußte nicht, ob sie ihn anrufen oder zu seinem Zimmer gehen sollte. Sie stand da mit der Karte in der Hand, schaute auf die Reliefbuchstaben des Hotelnamens, dann auf das Motto des Hotels in Schreibschrift und die winzigen Ziffern der Telefonnummer. »Heh!« rief sie laut. »Sie meinen, ich soll kommen?« Er legte sich die Hand hinters Ohr, dann nickte er und machte eine anerkennende Geste. Vielleicht hatte er gehört: »Soll ich anrufen?« Sie nahm ihre baumwollene Krawatte heraus und wischte sich damit übers ganze Gesicht.

8

»In der Medaillen- und in der Maclay-Klasse wirst du es nie schaffen«, sagte Kate. »Du bist fast schon zu alt, und außerdem können wir es uns nicht leisten.« Peter nickte, aber sie sprach mehr zu sich selbst als zu ihm. MacDougal rasselte mit dem Gebiß. »Du solltest ihn eine Minute herumführen. Du bist so verflixt groß!« Sein Fußgelenk und die halbe Wade hingen unter dem Pferd. »O. k., also hör zu.« Ihre Stimme wurde nicht lauter. Durch das Vertraute ihrer Beziehung (ehrgeizige Lehrerin mit bestem Schüler) verstand er sie dennoch genau. »Du bist über die Stufe ›Augen nach vorn, Hacken nach unten‹ hinaus. Du bist übrigens über die meisten Stufen hinaus. Du bist fast gut. Ich war einmal gut, eine kurze Zeit, und du bist jetzt fast gut. Wie fühlt sich das Pferd für dich an?«

»Ich weiß nicht. Gut, glaub' ich. Er ist seit dem Turnier ziemlich ruhig gewesen.«

»Was macht er jetzt?«

»Freier Schritt.«

»Ist sein Nacken gebeugt?«

»Nein.«

»Die Kruppe? Schau nicht hin.«

»Nein, ich glaub' nicht.«

»Macht er mit den Hinterbeinen lange oder kurze Schritte?«

»Ziemlich lange, glaub' ich.«

»Wie macht er das, Kruppe nicht gebeugt und trotzdem lange Schritte?«

»Weiß nicht.«

»Du hast siebzehn Jahre in einem Haus verbracht, das voll mit Büchern über Pferdeanatomie ist, und du weißt nicht, wie die Dinge zusammenhängen?«

»Ich glaub', nein.«

»Wie willst du dann wissen, was du machst?«

»Ich hab' nie darüber nachgedacht.«

»Einfach nehmen, wie's kommt?«

»Glaub' ja.«

»Glauben reicht nicht mehr.«

»Ja, Ma'am.«

»Es gibt großartige, geborene Reiter. Jeder Nerv und jeder Muskel in ihrem Körper erkennt seine genaue Funktion auf einem Pferd. Sie nehmen sich Freiheiten heraus, und ihre Pferde leiden nicht darunter. Manchmal kriegen sie keine zusammenhängenden Sätze heraus und können sich morgens nicht die Hosen anziehen, ohne sich an der Kommode festzuhalten. Manchmal können sie viele Sachen besser machen als alle anderen. Die, die Glück haben, sind schon früh groß genug, kommen ins Nationalteam, wenn sie gerade aus dem Ponyclub raus sind, und reiten die nächsten zwanzig Jahre auf jeder Olympiade. Ich glaube, noch häufiger kommen sie nach oben und verschwinden gleich wieder. Weißt du, warum?«

»Nein, ich glaub' nicht.«

»Weil man nur für eine gewisse Zeit blöd bleiben kann. Schwung bringt einen nur ein gutes Stück weit. Dann braucht man Wissen oder wenigstens Gedanken, damit man das Wissen erkennen kann, wenn es einem sagt, was man zu tun hat.«

»Ich ...«

»Du bist kein großer, geborener Reiter. Zum einen bist du zu groß, und zum anderen hast du's einfach nicht.«

»Das tut mir leid.«

»Du brauchst dich nicht zu entschuldigen. Ich will gar nicht, daß du ein geborener Reiter bist, ich will, daß du ein großer, denkender Reiter bist. Es ist langweilig und bedrückend, aufzusteigen und zu verschwinden. Ich glaube auch, daß man eine Menge Enttäuschungen erleben muß, am einen Ende oder am anderen. Mir wäre es lieber, daß du deine an diesem Ende erlebst und nicht am anderen.«

»Ja, Ma'am.«

»Das sind nur Gedanken, keine Anweisungen.«

»O. k.«

»Jetzt geh in einen schönen versammelten Trab und denk darüber nach, was du von dem Pferd spürst. Was ist angespannt? Wo ist der Widerstand? Wie sind die kleinen Beugemuskeln mit den großen verbunden? Was ist mit den Widerständen? Sie sind leichter festzustellen.«

»Also, ich …«

»Ich will nichts davon hören. Denk einfach nach. Jetzt sag mir, woher bekommst du die Zeichen?«

»Hände. Oberschenkel, glaub' ich. Und im Kreuz.«

»Warum ist es dann so steif?«

»Weiß ich nicht.«

»Aber jetzt nicht schlaff werden.«

»Tut mir leid.«

»So ist es besser. Hast du gespürt, wie sich seine Wirbelsäule gleichzeitig mit deiner entspannt hat? Du sitzt auf seinem Rükken. Wenn du ihm weh tust, dann verteidigt er sich gegen dich.«

»Ja, Ma'am.«

»O. k., leichter Trab.« Einen Moment später fuhr sie fort: »Jetzt hör zu. Du wirst es schaffen. Du wirst gut werden, und wenn du es bist, dann werden die Leute sagen, daß du ein geborener Reiter bist, ein Genie, daß es in deinen Genen angelegt ist. Hörst du mir zu? Die Leute mögen eigentlich keine cleveren Reiter. Aber ich rate dir, dich um all die Sachen nicht zu kümmern. Hör auf mich, nur auf mich. Ich weiß alles über deinen Sitz, deine Hände, dein Kreuz, sogar, wie du denkst, wenn du auf einem Pferd sitzt. Wenn du auf die Leute hörst, dann wirst du denken, daß du etwas bist, was du nicht bist, zum Beispiel, daß du keine Fehler machst, weil du ein geborener Reiter bist. Genau dann wirst du Fehler machen. Wenn du auf mich hörst, wirst du das alles vermeiden, wenn du auf die Leute hörst, wirst du hineinstolpern. Verstehst du das?«

»Ja, Ma'am.«

»Ich möchte, daß du das große Anatomiebuch liest. Ich habe es auf dem Couchtisch gelassen. Es ist mir egal, wie lange du dazu brauchst, aber ich will, daß du es von vorne bis hinten durchliest und in der Zeit nichts anderes anschaust. O. k.?«

»O. k.«

»Und jetzt nimm ihn und bring ihn über die Hecke, genau mit dem Tempo, das er deiner Meinung nach braucht, um drüberzukommen.«

»Also, ich kann das nicht alleine machen«, sagte John. Seine Stimme schwoll mit seinem Ärger an.

»Schrei mich nicht an! Es ist nicht meine Schuld, daß sie noch nicht zurück sind.« Margret hatte die Käsesoße anbrennen lassen und nur drei Scheiben Brot im Brotkasten gefunden. »Du meine Güte!« rief sie aus.

»Scheiße!« sagte John.

»Es sind erst fünf Minuten oder höchstens zehn. Du hast massig Zeit.«

»Fünf Zweijährige, und sie erwartet, daß sie zugeritten und dressiert und gestriegelt und gefüttert und Gott weiß was noch sind, und das alles zwischen Füttern und Abendessen!«

»Dann hol sie rein und fang an damit, und Peter kommt raus, wenn er fertig ist.«

»Ich hab' keine Lust.«

»Pfff.«

»Ich hab' nicht darum gebeten, diese Extraarbeit zu machen.«

»Hast du doch.«

»Aber nicht alleine.«

»Warum bist du so nörgelig? Es ist nicht mal so heiß heute. Erbarmen! Mach, daß du wegkommst!«

»Ich bin nicht nörgelig.« Er war es doch, und er ging weg.

Wenn er auf den Zaun kletterte, konnte er sie draußen auf dem Trainingsfeld sehen, und sie machten so ziemlich das gleiche wie am Morgen: Arbeitstrab, Leichttraben, Schlangenlinien, Volten, große Zirkel, Halteparaden. Aber statt es sich auf einem Stuhl auf der Irischen Böschung bequem zu machen, ging Mutter hinter Peter her, rief ihm etwas zu (ein- oder zweimal trug der Wind ihre Stimme herüber) und gestikulierte manchmal. »Scheiße!« sagte John. Es war nach fünf. Die beste Vorgehensweise war ganz einfach: Er sollte die Fohlen suchen, sie hereinbringen (sie waren jetzt recht fügsam, da die Hoffnung auf Futter schon in ihrer

Vorstellung haftete), ein oder zwei striegeln, und zu dem Zeitpunkt würde Peter fertig und bereit sein mitzuhelfen. Zu zweit mußten sie nur sein, wenn es ums Aufsatteln ging, was sie in den letzten drei Tagen getan hatten, und ums Longieren. Er blieb jedoch weiter auf dem Zaun sitzen, beobachtete seine Mutter und seinen Bruder, obwohl ihre Bewegungen zu weit entfernt waren, um sie erkennen zu können.

Er war aufgewühlt, schrecklich neugierig, jedoch nicht auf die Einzelheiten ihrer Stunde. Die kannte er, ohne darüber nachzudenken; was ihn quälte, war die Art ihrer neuen Beziehung und, noch wichtiger, deren Bedeutung. Er wußte mit absoluter und schmerzender Klarheit, daß sie bedeutungsvoll war und daß jede Notiz am Schwarzen Brett dies bestätigte, die Peters Haltung und sein Urteilsvermögen lächerlich machte, der wütend beißende Spott, den sie ihm in Gegenwart der anderen entgegenschleuderte, jede verzweifelte Bemerkung, die sie über seine Kleidergröße machte, über die Ausgaben für immer neue Stiefel, die absurde Notwendigkeit, ein großes Pferd zu kaufen, wo es auf der Farm schon von Pferden wimmelte. Er, John, hatte die richtige Größe (klein) und hatte vermutlich aufgehört zu wachsen. Aber er, John, saß auf dem Zaun, und Peter, schlaksig und blöd, saß auf MacDougal, Mutters Lieblingspferd, Held zahlreicher langweiliger Anekdoten. Peter war da draußen auf dem Feld und bekam Extrastunden.

Sein Blick wurde von den drei Gestalten angezogen, und sein Ohr wollte hören, daß die Stunden Nachhilfelektionen waren. Sie waren es aber nicht. Er wußte das. Und in diesem Sommer, der voll von Sehnsüchten und Wut war, mehr als je zuvor in seinem Leben, hatte er doch nie die atemlose und erdrückende Wut gespürt, die er jetzt empfand. Peter brachte MacDougal in einen schönen Halt. Mutter legte die Hände an die Hüften, sprach, hob eine Hand an die Augenbrauen, sprach weiter. Peter nickte. Schließlich wandte er sich dem Abreitplatz zu, im lockeren Schritt. Mutter folgte, sprach noch immer.

»Also«, sagte sie, als sie John sah. Ihm fiel nichts ein, was nicht einer Forderung oder Bitte entsprochen hätte, und so sah er sie an, bot soviel Feindseligkeit auf wie möglich und sagte nichts.

»Sind die Zweijährigen drin? Es ist schon fast halb sechs.«

»Nein.«

»Nein was?«

»Nein, Ma'am.«

»Was hast du im Kopf gehabt? Um Himmels willen, John, du machst mich sehr ärgerlich. Muß ich dich im Auge behalten und dir jede Sekunde am Tag Anweisungen geben? Du bist jetzt fünfzehn Jahre alt. Man sollte meinen ...« Sie wandte sich Peter zu. »Bring das Pferd weg, sofort.«

»Ich hab' nur zugeguckt«, murmelte John.

»Du hast keine Zeit zum Zugucken. Du hast Pflichten, wie du sehr wohl weißt. Die haben wir alle. Nur so können wir es uns nämlich leisten, und zwar so gerade eben leisten, auf einer so schönen Farm wie dieser zu leben, laß dir das gesagt sein ...«

»Ich hab' ja nicht darum gebeten, hier zu leben.«

»Du redest wie ein Idiot.«

»Na ja, hab' ich auch nicht.«

»Hab' ich auch nicht! Hab' ich auch nicht!« Ihr Spott war kreischend, schrill. »Keines, nicht ein einziges meiner anderen Kinder stellt meine Geduld so auf die Probe wie du. Ich müßte eine Heilige sein, um mit deinem Groll, deiner absichtlichen Langsamkeit, deiner Boshaftigkeit klarzukommen. Ich will dir mal was sagen, ich halt' das nicht mehr aus!« Sie schrie fast. »Jetzt komm da runter und tu, was du versprochen hast! Wenn du zu spät zum Abendessen kommst, Pech für dich. Du kannst kriegen, was übrigbleibt!«

»Warum schreist du mich an?« Jetzt war er mit dem Schreien an der Reihe. »Ich hab' nur zugeguckt! Ich kann ruhig zugucken, weil ich ja doch nichts von diesem Zeug da machen darf – niemals MacDougal reiten oder irgendein anderes anständiges Pferd, niemals eine Extrastunde kriegen, niemals eine Chance, etwas zu gewinnen. Stimmt, ich krieg', was übrigbleibt, wenn er alles hat, was er will. Aber es ist schon o. k., mach du nur, was du dir vorgenommen hast. Schieb mich ins College ab, und schaff mich hier raus. Das ist genau das, was du gern hättest, und weil du alles tust, was du willst, und nichts, was ein anderer will, darum wirst du auch das tun. Ich bin so gut wie er, weißt du. Genau so gut und ein gutes Stück cleverer und übrigens auch ein gutes Stück kleiner.«

»Dann beweise es.«

»Vielleicht will ich das nicht.«

»Du benimmst dich wie ein fünfjähriges Kind. Du erwartest von mir, daß ich dir alles auf einem Silbertablett serviere, und wenn du es nicht kriegst, dann stampfst du mit dem Fuß auf und heulst. Alles, was du sagen kannst, ist ›ich! ich! ich!‹ Aber ich habe genug davon. Wenn du mir bewiesen hast, daß du reif bist für eine Extraschulung, dann wirst du sie kriegen. Jetzt eben hast du mir bewiesen, daß du nicht mal das tun kannst, was von dir erwartet wird.« Sie hielt inne, sah sich selbst, wie sie mit ihm, einem Kind, stritt, und geriet noch stärker in Wut. »Ich halte das nicht aus! Geh mir aus den Augen! Mach deine Arbeit! Ich ertrag' es nicht, mit dir zu reden!« Ihre gewöhnlich feste Stimme überschlug sich vor Anstrengung und Wut. »Mach, daß du wegkommst!« krächzte sie. Er tat es. Sogar im Haß, leidenschaftlichem, sprühendem Haß, fürchtete er ihre Granitsplitteraugen.

Ihre Wut war gewaltig, füllte den Abendbrottisch, die Küche, das Haus, vernichtete den Frieden auf der ganzen Farm. Sie sagte nichts, obwohl die Käsesauce angebrannt schmeckte und die Kinder Cracker statt Brot aßen und Henry sich beschwerte, daß er sein Abendbrot nicht essen könne. Ihre Wut war so enorm, daß Henrys Verdrießlichkeit sie nicht steigern konnte. Sie schien ihr wie ein Monolith zu sein, seltsam dauerhaft; der Raum selbst schien jetzt in der Zeit eingefroren: Das Geschirr vom Abendessen würde niemals abgewaschen oder auch nur vom Tisch geräumt werden, die Speisekammertür würde sich niemals vor den Zwiebeln und Kartoffeln schließen, die niemals sprossen oder verderben würden, die Anordnung der Stiefel in dem Stiefelberg in der Ecke war unverrückbar, die Auswahl der Notizen am Schwarzen Brett ein historisches Dokument. Bald würde die Familie den Abendbrottisch verlassen und verschwinden, wie die verkohlten Leichen aus Pompeji verschwunden waren. Es waren gedämpfte Fragen über dieses und jenes zu hören, gedämpfte Dankeschöns und Entschuldigungen. Kate saß wortlos da und aß nichts. Sie würde, so schien es, sitzen und sitzen und sitzen. Als die Kinder jeden Bissen gegessen und jeden Tropfen getrunken hatten, saßen auch sie da. Es kamen keine Anweisungen zu anderen abendlichen Aufgaben.

Schließlich sagte Axel: »Ich ging zu meinem Liebchen, vor ihrer Tür sie stand, die Füße auf dem Boden, die Schuhe in der Hand.«

»Oh, Daddy!« flüsterte Margret, aber sie bedeckte trotzdem einen nackten Fuß mit dem anderen und schob beide so weit wie möglich unter ihren Stuhl. »Ich geh' nie barfuß nach draußen«, sagte sie.

»Jeden Moment könnte die Katastrophe eintreten, und wie würdest du dann dastehen?«

Kate blickte finster. Die Dinge verschoben sich hin zur Leichtfertigkeit. Der Bann des Dauerhaften war erst mal gebrochen. Im nächsten Moment, einem sehr kurzen Moment, das wußte sie, würde man aufhören, sie ernst zu nehmen. Sie würden die Schultern zucken, sich sagen, daß sie letztendlich darüber hinwegkommen und sich an ihre Arbeit machen werde. Irgendeine Arbeit, vermutlich die falsche Arbeit, und so würde sie sprechen müssen, sehr bald. Mehr als alles andere konnte sie den Gedanken nicht ertragen, sprechen zu müssen. Sie sagte: »Henry! Geschirr.«

»Nein«, sagte Axel.

»Wie bitte?«

»Nein. Du und ich, wir werden abwaschen. Die Kinder können den Abend frei haben, wenn sie nicht im Haus bleiben.«

»Es gibt hier genug zu tun ...«

»Der Herr hat gesprochen.« Er lächelte. Die Rolle war so ungewöhnlich für ihn, daß die Kinder große Augen machten. Der Bann war allerdings gebrochen, weil es einfach etwas Interessanteres gab als Mutters Wut. Sie verzogen sich. Die Speisekammertür knallte zu, der Berg von Stiefeln wurde kleiner, und einen Moment später hörte man Kinderstimmen in der Entfernung. In gewisser Weise schien Kate das wie ein Wunder, zumindest so sehr wie alles andere, das sie jeden Tag zum Wunder erklärte.

Er ließ sich nicht auf seinem Stuhl nieder, pflanzte weder seine

Ellbogen neben seinem Teller auf, noch durchbohrte er sie mit einem mahnenden Blick, und er bat auch nicht um Vergebung, weil er ihr in Gegenwart der Kinder widersprochen hatte. Statt dessen lächelte er, ließ eine Gabel fallen, hob sie auf, begann die Teller einzusammeln, schob ihr die Butterdose zu, damit sie sie wegstellte, stand summend auf und drehte ihr den Rücken zu.

»Ich schätze es nicht ...«, begann sie.

Er drehte das Wasser voll auf.

Als das Abwaschbecken voll war und dampfte, drehte er die Hähne zu und sagte: »Erinnerst du dich, als Margret drei war, und wir haben sie in den Kindergarten geschickt, und als man sie gefragt hat, wie sie heißt, da hat sie allen erzählt, sie heißt ›Schätzchen‹?«

Kate durchschaute das alles, und zum ersten, weil sie der unsentimentalste Mensch war, der ihr je begegnet war, würden nostalgische Verweise auf drollige Vorfälle in ihrer gemeinsamen Vergangenheit sie nicht weichklopfen. Zum zweiten, und das war wichtiger, keiner kannte die Tricks ihres Mannes besser als sie: das hinterlistige Absehen von etwas, das schließlich zum Hauptthema überleiten würde, das kameradschaftliche Lächeln, nur leicht selbstkritisch, das beabsichtigte, dem Opfer Vertrauen einzuflößen, die plötzlichen Angebote, etwas zu kaufen oder zu tun, die zack mitten in einen Streit eingeschoben wurden und bestenfalls dazu angetan waren, vom Thema abzubringen und schlimmstenfalls zu bestechen. Seinerzeit hatte es eine ganze Reihe von Tricks gegeben, wozu das Berühren ihrer Wange, der Arm um ihre Taille gehörten. Unschuld, aber dennoch Schmeichelei. Sie kräuselte die Lippen. Damals hatte er eine ganze Batterie von entsetzlichen, aber harmlosen Bauchlandungen perfektioniert und damit fast ein Jahr lang gute Laune aus ihr hervorgelockt. Dann hatte das aufgehört. Man mußte zugeben, daß er auf den Moment genau wußte, wann eine Wiederholung nicht mehr lustig war und anfing, nur noch lächerlich zu sein. Sie sagte: »Hmm.«

»Bob Baron ist heute zu mir ins Büro gekommen und hat erzählt, seine Enkelin habe in ihrer Tagesgruppe erklärt, daß ihr Name ›Arschloch‹ sei.«

»Mir gefällt diese Sprache nicht.«

»Bob auch nicht. Genaugenommen war er ziemlich entsetzt. Er hat immer wieder gesagt: ›Karlson, warum hat sie diesen Idioten geheiratet?‹ Ich wußte nicht, was ich sagen sollte. Gib mir mal die Gläser, ja?«

Kate wischte den Tisch mit abrupten, feindseligen Bewegungen ab, kurz davor, diese erzwungene häusliche Zweisamkeit zu kritisieren. Ihrer beider Tätigkeiten aufeinander abzustimmen, aus der Hausarbeit, die Henry tun sollte, ein Menuett zu machen, alles im Namen von etwas, das zwischen ihnen nicht mehr existierte, das war eine Gemeinheit.

Er grinste. »Ich hab' aber lachen müssen, als er gegangen ist. Das Ganze ist ziemlich lustig.« Sein Grinsen zeigte an, daß Narren wie er über alles lachten. Sein Grinsen zeigte an, daß vier Kinder, vierzig Pferde, dreihundert Acres und eine wütende Ehefrau seinen Sinn für Humor noch nicht beeinträchtigt hatten.

Kate wandte ihm den Rücken zu, scheinbar um die Speisekammerregale aufzuräumen. Hinter den Dosensuppen waren Zwiebeln, die ins Holz hineingefault waren. »Igitt«, sagte sie, gegen ihren Willen.

»Was ist los?« Er war sofort an ihrer Seite.

»Hier.«

»Ich mach' das sauber, keine Sorge.«

Darauf durfte sie nicht hereinfallen. Dagegen hätte sie sich wappnen müssen, gerade weil sie fünf Minuten zuvor etwas in dieser Art vorhergesehen hatte. Es war aber etwas so Abstoßendes an verfaultem Essen, daß sie gegen ihren Willen dankbar war. Gegen ihren Willen sagte sie: »Als ich klein war, habe ich gedacht, daß aus so was Schlangen kommen.« Dann schien sie verbittert, daß sie ihm dieses vertrauliche Detail gegönnt hatte. »Ich war erst vier.« Und damit steckte sie noch tiefer drin. Er stieß sie an. Das war Absicht.

»Entschuldigung«, sagte er, bevor sie ihm sagen konnte, er solle das nicht tun, und dann war er wieder am Waschbecken und schrubbte lobenswerterweise die angebrannte Käsesauce los. Er wagte zu summen. Wie konnte er so kindisch, so verspielt sein, so geschickt sein, in sie zu dringen? Sie wollte schreien, wie schwer hatte sie daran gearbeitet, ihre Partnerschaft so unpersönlich werden zu lassen, wie sie war, mit wieviel Mühe hatte sie es hinbekommen, daß die Freiheit eines jeden innerhalb der Grenzen einer Familie, eines Haushaltes so groß wie möglich war. Sie wollte wieder und wieder feststellen, es ihm ein für allemal einhämmern, daß kein Eindringen erlaubt war oder gewährt wurde. Das Leben mußte so weitergehen wie bisher. Wer wußte, was geschehen würde, wenn sie etwas Neues ausprobierten? Sie wollte sagen: »Das ist nicht das, was ich will.«

Doch es gab nichts zu sagen. Er hielt die Kasserolle hoch, abgespült und sauber, damit sie ihn lobte. Es wäre unmöglich, einen Dritten davon zu überzeugen, daß sein Insistieren auf Beachtung etwas schrecklich Wichtiges war, dem sie nur nachgeben konnte, wenn sie sich selbst untreu wurde, doch sie wußte, daß es so war. »Oh, gut«, sagte sie, als wäre das Gefäß unerwartet eines frühen Morgens blankgescheuert aufgefunden worden. Sie holte den Besen und fegte, hoffte, sich konzentrieren und ignorieren zu können. Er summte weiter, und Henry stürmte herein, knallte die Hintertür. »Raus«, sagte Axel.

»Ich hab' Hunger.«

»Du hattest deine Chance.« Er sprach, bevor sie es konnte, Worte, die ihr auf der Zunge lagen. Es hatte keine Bedeutung.

»Mom, ich hab' Hunger.«

Es verbitterte sie zu kooperieren. Die gemeinsame Front, die sie ehemals gebildet hatten, hielt nur noch an einer Stelle zusammen. Seit Jahren hatte es keine Überlappung gegeben. »Raus«, hätte sie sagen können, oder »Du hast gehört, was dein Vater gesagt hat«, oder »Mach dir ein Sandwich mit Erdnußbutter«, aber jede Äußerung, die ihr einfiel, bedeutete die Verletzung der einen oder anderen Regel, der einen oder anderen Gewohnheit. Wie konnte es für ihn so leicht sein, ihr hart erkämpftes System zu zerstören? Nichts zu sagen war auch nicht ihre Art. Nichts zu sagen gab ihr das Gefühl, ihre rechtmäßige Autorität aufzugeben. »Du hast immer Hunger«, sagte sie.

»Aber jetzt hab' ich besonders viel Hunger. Jetzt hab' ich wirklich ganz ehrlich Hunger.«

»Mach schon«, sagte sie. »Geh nach draußen.« Da war es, die denkbar schlechteste Art schwacher, ehefraulicher Unterstützung. Und sie blieben allein miteinander. Sie hätte am liebsten geschrien.

Sie fegte, er wischte. Eine wütende Sekunde lang erschaute sie glasklar das Bild der letzten zehn Jahre. Jedes Familienmitglied war wie ein Läufer auf einer Bahn gewesen, bewegte sich vorwärts, kämpfte einsam mit der Mühe und der Freude, lernte mit jedem Schritt sich selbst ein Stückchen besser kennen. Kate liebte die weißen Linien, wie sie die Bahn bezeichneten, die Läufer führten und eingrenzten und doch nur einfach Linien waren, nicht Zäune, nicht Mauern. Ein Fuß konnte die Linie nicht überschreiten, keine Einmischung war möglich, aber eine Hand konnte sich ausstrecken, eine andere Hand unterstützen oder gar halten, kurz. Alles wegen der Linien. Ihre Familie hatte ein Leben gelebt, das stärker von Regeln bestimmt war als das vieler anderer Familien: Stallordnungsregeln, Reitregeln, Regeln für Haushaltspflichten und Schularbeiten, religiöse Leitlinien und Vorschriften über gute Manieren, ebenso der intime Code in Kates und Axels ehelichen Beziehungen. Kate war sich im stillen der Schönheit dieser Regeln ganz sicher, der Schwierigkeit und des beinahe sinnlichen Vergnügens, sie zu befolgen, ja sogar sich an sie zu binden. Sie wollte zu Axel sagen: »Glaub nicht, daß es nicht schwer gewesen ist«, aber das wäre ein Nonsequitur und schlimmer, eine Bitte gewesen.

Sie wollte sagen: »Diese Kinder schreiben artige Dankesbriefchen, diese Pferde sind gut versorgt, wir haben, was wir wollen«, aber sie konnte nicht sprechen, und Axel fing wieder an zu summen.

Als er den Schwamm gespült und ausgedrückt, ihn ordentlich hinten links auf die Ecke des Waschbeckens gelegt hatte, drehte er sich um, lächelte, und sie stand still da mit dem Besen in der Hand. »So!« sagte er. Was würde jetzt mit den Läufern geschehen, nach zehn Jahren auf der Bahn? Das Bild verschwand nicht, aber in seinem herzlichen »So!« erkannte sie, daß er seine Beziehung zur Wirklichkeit verloren hatte. Das Gelände veränderte sich. Es würde keine Linien mehr geben. »Ehrlich«, sagte sie, »John macht mich so wütend!«

»Das hat er immer schon.«

»Also wirklich!« Sie legte soviel Verachtung wie möglich in ihre Stimme.

»Das hat er immer schon. Er ist wie dein Vater.«

»Unsinn.« Sie war es, das hatten immer alle gesagt, die wie ihr Vater war. »Ich glaube nicht an all diesen Blödsinn über Familienähnlichkeit.«

»Da spricht die Pferdezüchterin.« Er packte sie über dem Ellbogen am Arm. Er konnte jetzt, so schien es, alles tun. Erst ein Schuh auf dem Boden ihres Zimmers, und dann das Zerren an ihrem Arm. »Katherine!« sagte er. »Warum kannst du nicht verzeihen …«

»Ich verzeihe ihm immer! Und dann macht er mich wieder wütend.«

»Und uns?«

»Wie bitte?«

Er wiederholte sich jedoch nicht. Auch hielt er ihren Arm nicht mehr fest. Tatsächlich ging er jetzt von ihr weg ins Wohnzimmer, das Wohnzimmer mit den zwei Türen und dem großen französischen Fenster, den vielen Ablenkungen, das durchlässige Wohnzimmer. Sie eilte ihm nach, doch zwischen dem Wohnzimmer und dem Flur verlor sie ihn.

»Was würde passieren, wenn du ein bißchen Brathähnchen übrig hättest?« sagte Henry. »Wie lange würde sich das halten, wenn kein Kühlschrank da wär'?«

»Was?« Das war die dritte von Henrys Fragen, obwohl Margret betont unaufmerksam war, und sie fing langsam an, sich über seine Hartnäckigkeit zu ärgern.

»Wie lange würde sich ein Brathähnchen ohne Kühlschrank halten?«

»Weiß ich nicht. Einen Tag vielleicht. Ich möchte das hier lesen, falls du nichts dagegen hast.«

»Ich hab' nichts dagegen.«

Margret blätterte eine Seite zurück und las den Abschnitt noch einmal, der ihr entgangen war. Das Buch hieß ›Wie wird man selbst sein bester Freund‹.

»Was würde sich am längsten halten?«

»Ich lese!«

»Antworte nur auf die eine Frage.«

»Getreideflocken wahrscheinlich. Cracker. Vielleicht gedörrtes Rindfleisch oder so was.«

»Ah.« Henry stand auf, ließ die Fingerspitzen nachdenklich über die Rücken von Mutters Büchern gleiten und verließ das Zimmer. Einen Augenblick später war er wieder da. »Hast du die zwei Dollar, die ich dir geliehen habe?«

»Wenn ich sie dir jetzt sofort gebe, läßt du mich dann für den Rest des Abends in Ruhe?«

»Gebongt.«

»Guck mal in die linke obere Schublade von meinem Schreibtisch.«

»Danke.«

»Gern geschehen!« Aber als er weg war, ließ Margret das Buch auf ihren Schoß fallen, und ihr Blick ruhte auf dem Stapel Zeitschriften gegenüber. Es waren Exemplare von *The Cronicle of the Horse*, und sie wußte, wenn sie darin blättern würde oder in Nummern aus dem letzten Jahr, dann würde sie Hinweise auf Harrison Randolph und seine Pferde finden. Und es wäre nett, einfach seinen Namen zu lesen und die Namen seiner verschiedenen Pferde zu kennen.

Zu guter Letzt hatte sie ihn weder angerufen, noch war sie auf sein Zimmer gegangen (als hätte sie auf sein Zimmer gehen können!), an jenem letzten Abend des Turniers, obwohl Mutters Entscheidung, mit Freunden aus Indiana zu Abend zu essen und erst am folgenden Morgen abzufahren, ihr einige Stunden für sich allein gegeben hatte. Während Kates Abwesenheit hatte sie etwas Merkwürdiges getan: Nachdem sie ihre Reitkleidung gebürstet und ihre Stiefel geputzt hatte, was sie am Ende eines jeden Turniers zu tun versuchte, hatte sie ein langes heißes Bad genommen, sich die Haare gewaschen und ihren Körper sehr sorgfältig geschrubbt. Sie hatte sich die Fingernägel saubergemacht, sich mit Q-Tips das Wachs aus den Ohren gedreht, sich unter der Dusche abgespült, sich dann etwas von Mutters Handcreme in die Haut massiert. Sie hatte sogar eine Nagelfeile für die Hornhaut an ihren Füßen benutzt. Dann hatte sie sich die Haare trockengebürstet, ihre letzte saubere Bluse und ihre beste Hose angezogen und einen Spaziergang durch das Motel gemacht, doch nur bis zur Eingangshalle, wo sie eine Rolle Bonbons kaufte. Sofort war sie in ihr Zimmer zurückgegangen, hatte ihre sauberen Sachen aus- und ein Nachthemd angezogen, den Fernseher angemacht und war ins Bett gegangen. Merkwürdig war, abgesehen von ihrer ungewohnten Gründlichkeit, daß sie die ganze Zeit beglückt an Harrison Randolph gedacht, sich beinahe so gefühlt hatte, als bereite sie sich auf ein Rendezvous mit ihm vor, nur daß, da sie ihn nicht sehen würde, das Vergnügen der Vorbereitungen und ihre angenehmen Gedanken nicht durch Ängstlichkeit gestört wurden. Es war im Moment genug, daß er sie hatte wiedersehen wollen und daß sie, als sie in die Eingangshalle ging, vorzeigbar war. Jedes bißchen mehr hätte ihr Gleichgewicht zerstört. Das war natürlich albern gewesen. Im Rückblick wußte sie das, aber wenn sie an das reine, einsame Gefühl zurückdachte, das sie gehabt hatte, einfach sauber und begehrenswert zu sein, während sie den *New Yorker* und die *Times* am Zeitschriftenstand durchblätterte, und das mit dem Ekel vor sich selbst verglich, den sie in seiner Gegenwart (durch seine Gegenwart?) empfunden hatte, dann war sie zufrieden. Aber jetzt wollte sie alte *Chronicles* nach seinem Namen und den Namen seiner Pferde durchstöbern, sich ihn in seiner altmodischen Reitkleidung vorstellen, wie er tadellose Tidewater-Virginia-Rösser auf prächtigen Strecken ritt: über Hecken, die grün ausschlugen, jede Saison frisch in Form geschnitten, über Gräben und Stangen und Hühnerställe, beschienen von der Sonne lebenslanger Jagdclub-Mitgliedschaften, über …

Sie kräuselte die Lippen und brach ihre Phantasien ab. Wer kannte besser als sie die Wirklichkeit der Turniere, die Gemeinheit der Leute, die Geldverschwendung? Sie nahm ihr Buch zur Hand. Aber er hatte sehr schöne Hände. Sie konnte sie sich genau vorstellen, doch sie konnte sich nicht einmal daran erinnern, daß sie ihr aufgefallen waren.

»Du hattest nur einen Fünfer. Hier ist dein Wechselgeld.« Die Scheine, die Henry ihr reichte, waren flach und glatt. Er hatte zuviel Respekt vor Geld, um sie so zu falten, wie John und Peter es taten, oder sie ungezählt in die Hosentasche zu stopfen. Er bewahrte sie ordentlich in der obersten Schublade seiner Kommode auf, und er hatte dreiundsiebzig Dollar und vierunddreißig Cents. Jetzt war die einzige Person außer Mutter, die ihm etwas schuldete, John, fünf Dollar. Mutters Schulden betrugen zehn Cents, die sie für den Postboten geborgt hatte, und er erwartete nicht, sie zurückzubekommen, obwohl es schwer war, nicht mehr daran zu denken.

Henry hatte seinen Plan endgültig festgelegt. Am zweiten Tag des Familienturniers, einem unvorstellbar chaotischen Tag, würde er seine Vorräte zusammentragen, seinen Regenmantel einpacken und davonradeln.

Beiläufige Fragen, die bei Peter und Margret genügt hatten, wirkten bei John nicht, der sagte, wenn Henry zu einer Landplage würde, dann könnte er sich eine Tracht Prügel einfangen, denn manche Leute hätten vor einem Turnier eine Menge Sachen zu tun. Henry akzeptierte die Stichhaltigkeit dieses Arguments, auch das Gewicht und die Größe, die John ihm voraushatte, er war aber dennoch entschlossen, am nächsten Morgen eine Tracht Prügel zu riskieren und die Rückzahlung in die Wege zu leiten.

»Ich will mein Geld«, sagte er, als sie als erstes die Wallache hereinholen wollten. Er hatte es seit zwei Tagen nicht gesagt, also meinte er, es sei ungefährlich, direkt zu sein.

»Ach nee.«

»Ja, du hast gesagt, du gibst es zurück, sobald wir vom Turnier wieder zu Hause sind.«

»Hab' ich das gesagt?«

»Und ob.«

»Hast du immer noch nicht gelernt, nicht auf das zu achten, was ich sage?«

Darauf gab es keine Antwort, Henry wiederholte daher: »Ich will mein Geld.« Dann, nach einer Pause: »Es ist mein Geld.«

»Da sind sie. Du gehst so herum.« Die Wallache hatten sich in den Wald oberhalb des Baches zurückgezogen, tief in den Schatten, wo es noch kühl war. Seit zwei Wochen hatte es keinen Regen gegeben. Henry näherte sich den Tieren in einem Bogen von hinten; sie waren nicht so leichtgläubig wie die Zweijährigen, und in der letzten Zeit hatte man sie hereintreiben müssen. »Hiaah!« rief er. Köpfe flogen ruckartig hoch, eher verärgert als überrascht. Durch die Bäume kam Johns Ruf: »Git! Du auch, Snip.« Ein oder zwei begannen zu traben. »Hiaah! Hiaah!« rief Henry und legte Mr. Sandman ohne einen Funken Wehmut seinen Führzügel über die Flanken. Die erstaunliche Selbstgenügsamkeit des Fahrrads, das weder gefüttert werden noch an Wettbewerben teilnehmen mußte, hatte Mr. Sandman vollkommen aus seinem Herzen verdrängt.

So wie John aussah, zwanzig Meter entfernt, klein, drahtig, dunkel und beinahe muskulös, so würde Henry in drei Jahren aussehen. Die Kleidung, die John trug, würde Henry eines Tages tragen, andererseits war er gerade dabei, die Rangordnung der Kleidervererbung zu unterlaufen. Johns Schritte waren kurz, sein Benehmen übertrieben energisch. Auch Henry würde so sein, abgewandelt durch Vorsicht und Kraftsparen. Alles, was John gehört hatte, ging auf Henry über, und es machte ihm nichts aus. Manchmal, wenn er an John und die eigene bevorstehende Abreise dachte, schien ihm, daß soviel von ihm wie nötig letztlich doch hier weiterleben würde.

»Du wirst in der Familienkategorie reiten, oder?« sagte John, als sie hinter den Wallachen hereinkamen. Die Familienkategorie fand am Ende des zweiten Tages statt. Obwohl sie natürlich nie gewonnen hatten (Mutter hatte ein Abkommen mit dem Richter), waren die Karlsons seit dem ersten Turnier, als Henry zwei war und auf dem Knauf von Mutters Sattel gesessen hatte, jedes Jahr in der Familienkategorie geritten. Er hatte das vergessen. Als er zögerte, plötzlich in Panik wegen seines Plans, fuhr John fort: »Scheiße, sogar Daddy macht in der Familienkategorie mit.« Es stimmte. Jedes Jahr holte Vater seine Wollreithosen hervor und bürstete seinen alten Rock ab und übte mit allen anderen Schritt und Trab und Kantern.

»Klar.«

»Sie wird schon keine Teilnahmegebühren von dir verlangen, Geizkragen.«

»Weiß ich. Sag mal, wo wir grade darüber reden ...«

»Da ist Lucky, er läuft zum Bach. Du solltest ihn holen, und ich treib' die anderen alle rein.«

»Hol du ihn.« Aber das war nur so hingesagt, während er ihm schon folgte. Meistens tat er ohnehin, was John sagte.

Er kam auf den Abreitplatz, als John gerade aufsaß; sein Rufen, das eine Einforderung der Schulden zu Mittag einleiten sollte, blieb unbeachtet. Er ging sein Fahrrad holen.

Trotz der Mittsommerhitze radelte er fleißig, kniff die Augen im grellen Licht zusammen und zog die Nase kraus. Sein Körper hatte sich im letzten Monat verändert. Muskeln traten sichtbarer hervor, und Venen liefen wie Kanäle winklig und weich über seine Unterarme. Der Gedanke, wegzugehen, gefiel ihm nicht, obwohl er ihn nicht gerade ängstigte. Im großen und ganzen konnte er sich nichts anderes mehr vorstellen, als die Straße herunterzuradeln, und das hatte er jetzt zu oft getan, um noch begeistert zu sein. Er hatte Angst vor großen Hunden, Blitzen und vor höhnischen, älteren Jungen, nicht aber vor Einsamkeit, Entfernung oder davor, daß ihm das Geld ausging (die Leute, nahm er an, würden nicht abgeneigt sein, einem zwölfjährigen Jungen ein wenig Geld für eine Arbeit zu geben, die seine Mutter kostenlos von ihm bekam). Trennung von der Familie schüchterte ihn nicht ein, und er ahnte daher, daß er sie nicht besonders mochte. Er war sicher, daß er, wenn es sein mußte, eine glaubhafte Geschichte konstruieren konnte und daß sie sich aus der Situation selbst ergeben würde, eine perfekte Geschichte, vollständig, glaubwürdig, sogar ein wenig bezaubernd.

Er radelte die beiden Hügel hinauf und rollte bergab, und die Zukunft beschäftigte ihn nicht so sehr, daß er Reiz und Gefahr der kleinen Brücke versäumt hätte. Sowenig wie er jemals unruhig auf Weihnachten oder auf seinen Geburtstag oder den letzten Schultag gewartet hatte, wie er diese Tage mit Gleichmut erwartet und mit einem ruhigen Gefühl des Erfolgs empfangen hatte, so beunruhigte ihn auch jetzt sein neues Leben nicht. Er würde irgendwann schließlich reich werden, mächtig und erwachsen. Er würde viele köstliche Mahlzeiten essen. Er würde sehr bald mit all dem beginnen, denn da er wußte, was er wollte, gab es keinen Grund zum Aufschub. Er würde aufrichtig bleiben, ruhig und distanziert für den Rest seines Lebens. Der Pulsschlag der Farm würde für immer pochen, und er würde seine Tage messen an diesem regelmäßigen Pochen, für das er nie das Gefühl verlieren würde. Jenen Morgen vorauszuahnen, vier Tage vorher, von jetzt an gerechnet, in Aufregung zu geraten, zu lächeln, wach zu liegen, würde die Unabwendbarkeit der Dinge gefährden, und so radelte er und rollte bergab und radelte noch ein bißchen, und zu Mittag fuhr er nach Hause und aß sein übliches Erdnußbuttersandwich. Während er das Traubengelee auftunkte, knallte die Tür, und John kam in die Küche, und Henry wurde klar, daß er weder von dem Geld sprechen noch darauf hoffen würde, ihm wurde klar, daß dieser Entschluß unwiderruflich war und daß es da etwas in seiner Beziehung zu John gab, was er jetzt noch nicht verstand, eines Tages aber verstehen würde.

9

Sie trainierten, und nebenbei suchten sie alle Pfosten und Stangen auf der Farm zusammen, reparierten sie und strichen sie frisch an. Neue wurden beim Holzhändler bestellt und geliefert, auch drei Holztafeln und ein neuer Hühnerstall. Kate verschloß die Augen vor den Unkosten. Die im Gelände verstreuten Stämme für die vielen Holzstöße wurden eingesammelt und eindrucksvoll gestapelt, Heckensprünge mit Reisig gefüllt, alte Heuballensprünge durch frische Ballen erneuert. Kurioses wurde erdacht. Vater holte den Traktor heraus, zog einen riesigen Baumstamm in den Wald und legte ihn quer über einen Weg. John und Peter nagelten ein altes Tor mit fünf Brettern zusammen. Louis kam für zwei Tage zurück auf die Farm und mähte alle Weiden zu einem satten Gelbgrün. Zwei zerbrochene Glasscheiben in der Hauptstallung wurden erneuert, und Axel, der in Verschwenderlaune war, ersetzte die Ballenschnur am Tor durch Ketten und Haken. Ponyclubmitglieder kamen drei Tage vor dem Ereignis und bürsteten und flochten ihre Pferde ein, nur damit die Bänder wieder herausfallen konnten und sie alles noch einmal machen mußten. Sattel wurden geseift, Satteldecken in die Wäscherei in der Stadt gebracht und in schweren Maschinen gewaschen. Das Geschirr blieb ungespült, die Unterwäsche der Familie ungewaschen, die Betten blieben ungemacht.

John und Peter schaufelten die Boxen für die Besucher aus und überlegten, wo sie das Werkzeug verstecken sollten, damit Fremde es nicht wegschleppen konnten. Die Anzeigetafel für die Vielseitigkeitsprüfung wurde weiß gestrichen, die Linien nachgezogen. Das Zelt für den Richter wurde gemietet (dieses Jahr grün und weiß), und Stühle und Notizblöcke und Verlängerungsschnüre wurden besorgt, Ponyclubmütter wollten sich um die Erfrischungen kümmern, stritten darüber, ob man Diät-Limonade anbieten sollte, entschieden sich für die Popularität auf Kosten des Nährwerts und schickten ihre Ehemänner mit großen Kübeln nach Eis. Der Mann mit den Utensilien für Hotdogs und Hamburger erschien, baute alles auf und verschwand. Drei Ponyclubmütter und sieben Ponyclubgeschwister verpackten eintausend Käsesandwiches, alle mit Senf, keins mit Mayonnaise. Die Gittertür knallte ununterbrochen. Mutter war überall, blieb so ruhig wie möglich, hatte keinen Einfluß auf das Chaos.

Reiter machten mit ihren täglichen Stunden weiter, fingen jetzt um sieben an, um mehr Zeit für Vorbereitungen zu haben. Als das Turnier näherrückte, das Turnier, an dem sie teilnehmen würden, wuchs die Ehrfurcht der Ponyclubmitglieder vor Peter ins Maßlose. Sie sprachen darüber, wie gut er eigentlich war, daß der Richter, ein ehemaliges Mitglied des Nationalteams, vor allem kommen würde, um Peter in Aktion zu sehen. Man hoffte insgeheim, daß dieser weise Mann vielleicht auch einen von ihnen aus der Menge picken würde, mit sicherem Blick für ein werdendes Genie unter den Anfängern, frisch und unvoreingenommen.

Die Erwartungen an die unfehlbare Weisheit dieses Mannes stiegen und stiegen, während Peters Privatstunden bei seiner Mutter immer länger wurden. Offensichtlich baute sie ihn für etwas auf. John war nicht der einzige, der angestrengt in ihre Richtung schielte, wie beiläufig, während er seine Aufgaben erledigte, er war auch nicht der einzige, dessen Begegnungen mit Peter durch nicht gestellte Fragen belastet wurden, nach allem, was Mutter gesagt, versprochen und vorhergesagt hatte. Für John sah die Sache so aus, daß man dem Richter irgendeine Notiz geschickt haben mußte, ein P.S., das ihn anwies, sich Mutters ältesten Sohn ganz genau anzuschauen, und bei dem Gedanken knirschte er mit den Zähnen. Er stellte sich ein begrenztes Blickfeld vor, das unerbittlich seinen Anspruch auf Aufmerksamkeit ausblenden würde. Er fand, daß es unfair von Mutter sei, den Beobachter zu beeinflussen, bevor er überhaupt kam, bevor er eine Gelegenheit hatte, sich umzuschauen und seine eigenen Schlüsse zu ziehen. Wenn überhaupt, fand er, dann hätte Peter irgendwie benachteiligt werden müssen, denn er hatte ja das auffälligste Pferd. Der Richter würde Peter sicher bemerken. Derjenige, auf den man ihn unbedingt hinweisen sollte, war John selbst, der tolle Sachen mit einem unbestreitbar zweitklassigen Pferd anstellte.

Peter, dessen Blickwinkel sich erheblich verengt hatte, beinahe total, sah nur noch MacDougal; er sah Mac mit einer Tiefenschärfe, umfassend und kristallklar. Er funktionierte, wo die Stimme seiner Mutter und die Energien seines Pferdes in ihm zusammentrafen. Einundzwanzig Stunden am Tag schien er ziemlich normal zu sein. Er trug seinen Teil bei zur Arbeit, zu den Witzeleien und Kabbeleien. Er flirtete geistesabwesend mit den Mädchen, wobei er wie üblich den Eindruck hinterließ, daß er sich des Flirts nicht bewußt war, und damit hatte er großen Erfolg. Aber sein Kopf war mehr denn je woanders (und sein Kopf hatte sich immer schon, solange man sich erinnern konnte, mit vielen anderen Dingen beschäftigt, nur nicht mit dem, was gerade anstand). Er war bei MacDougal.

Während der Reitstunden war er immer schon aufmerksam gewesen. Jetzt aber war seine Aufmerksamkeit grimmig und ausdauernd und sprachlos, man hätte nicht sagen können, daß er ans Reiten dachte, falls ›denken‹ etwas mit Worten zu tun hatte. Obwohl er das Anatomiebuch las und sich die Fachausdrücke merkte, obwohl er die anderen Bücher las, die ihm Mutter verordnete, und dann ihre Fragen beantwortete, wenn sie ihn an den gemeinsamen Nachmittagen testete, und obwohl er ihren endlosen Redestrom wie die Atemluft aufsog, er verstand nichts im Sinne der Worte und alles im Sinne des Körpers; in der Art wie seine Knochen und Muskeln und Augen und Hände das Pferd berührten.

»Denk an das Röhrbein«, sagte Kate. Er trabte über den Abreitplatz. Er dachte an das Röhrbein – vom Knie zum Fußgelenk, einfach, fest, verspannt mit Bändern und Sehnen. »Was macht das Röhrbein jetzt?« (Er blieb stehen, er kanterte vorwärts, er nahm ein kleines Hindernis. MacDougals vier Röhrbeine flogen rhythmisch und zuverlässig im Sonnenlicht.) Und das Röhrbein war bei weitem das einfachste von allem. Beim Huf zum Beispiel konnte einem schwindlig werden. Ihre Fragen hörte er kaum, kaum hörte er seine eigenen Antworten, aber ihre Wirkung war, daß die Bilder, die er angesehen hatte, sich seinem Gedächtnis einprägten und mehr noch, sich mit Bewegungen und Bedeutung füllten. In diesen Tagen erstaunte MacDougal ihn.

Erfolg – das heißt der in blauen Schleifen und dem Lob von ehemaligen Mitgliedern des Nationalteams gemessene Erfolg – war hiermit verglichen lächerlich unbedeutend, und doch war er allem Anschein nach genau auf diese Art von Erfolg versessen, und es war selbst ihm klar, daß es so kommen würde.

Für John war das sogar noch klarer. Teddy ächzte und furzte und schnappte sich hinterlistig Grasbüschel, die an den Rändern seines Gebisses hervorschauten und unordentlich aussahen. Er rieb sich den riesigen Kopf an Zaunpfosten und Menschen, die vorbeigingen, zog Riemenenden aus ihren Schlaufen und brachte seine Zügel durcheinander. Er schloß die Augen, ließ den Kopf hängen und ähnelte einem Ackergaul. Er rieb sich Johns sorgfältige Flechten aus dem Schweif, knickte sich die Haare ab, was jedes neue Einflechten unmöglich machte. Alles, was getan war, mußte noch einmal getan werden. Nichts, was man tat, verbesserte Teddys Aussehen, und so brachte nichts, was getan wurde, ästhetisches Vergnügen. John schlug ihn mit der Hand, schimpfte mit ihm, ließ seine ganze Verzweiflung an ihm aus. Er hatte sich angewöhnt, im Sattel heimlich, doch hemmungslos gewalttätig zu sein, und es war eine berauschende Angewohnheit.

In jeder Unterrichtsstunde kam John gleich nach Peter an die Reihe. In jeder Gruppenübung mußte er seinen Blick auf MacDougals schönes Hinterteil und den seidigen Schweif richten, Abstand halten, aber nicht zurückbleiben. Wenn Peter technisch perfekt über einen kurzen Parcours getrabt war, sollte er das gleiche tun. Es war klar, daß er nicht hoffen konnte, es besser zu machen. Wie, dachte er, war Peter, noch vor zwei Monaten einer unter ihnen, so hell und strahlend geworden, so anmutig und präzise, nur in wenigen Tagen?

John gab Teddy die Sporen und hielt ihn zurück. Das Pferd wölbte den Nacken, und einen Moment lang sah es fast so aus, als hätte es Eleganz. Das Pferd zögerte. Wenn Mutter nicht hinschaute, schwenkte John seine Gerte, was verpönt war, denn das machte Pferden Angst vor der Gerte und ließ sie schließlich abstumpfen; das Pferd richtete sich auf. Peter machte keine Fehler. Er hielt die Hände unten und ruhig. Er zeigte Gangart und Richtungswechsel durch Verlagern des Gewichts an. Sein Kreuz, immer in Johns Blickfeld, spannte sich wie ein Bogen. Seine Schultern schwebten, sein Kinn schwebte, sein Pferd schwebte. Sein Haar zerzauste der Wind, er war makellos und schön. John hatte nur zwei Möglichkeiten: seinen Bruder zu lieben und sich zu hassen oder seinen Bruder zu hassen und sich zu lieben. Mutter schrie ihm zu, er solle aufpassen, um Himmels willen, er strecke das Kinn vor, von hier bis Buffalo. Mit einem Ruck richtete er sich wieder aus, und Kate dachte, mit verzeihlichem Stolz, daß sie mit ihrem Urteil über Teddy genau richtiggelegen hatte. John würde mit Sicherheit zu guter Form auflaufen, ja wirklich. Sie lächelte.

Alles war glücklich schiefgegangen. Von den fehlenden Verlängerungsschnüren bis zu der merkwürdigen Mayonnaise auf einhundertvierundzwanzig Thunfischsandwiches (Henry, der das hundertfünfundzwanzigste stibitzt hatte, wurde sorgfältig auf Symptome hin beobachtet. Er erzählte jedem, den er traf, daß es ihm ganz gut geschmeckt hätte). Kate fühlte sich wunderbar, war gebieterisch, strahlte vor lauter Gastfreundschaft, männlich wie ein Kavallerieoffizier in ihren gebügelten Shorts und ihrem frischen karierten Baumwollhemd. Wie alle anderen wollte auch Axel ihr folgen, um Anweisungen und Rückversicherung bitten. Unermüdlich wurden Ponyclubmütter und -väter mit Schirmmützen und in Bermuda-Shorts und kurzärmeligen Hemden begrüßt und mit Segenswünschen bedacht, ob sie nun Kombiwagen voll kalter Limonade brachten oder nur sich selbst und ihre strahlenden Töchter. Kate allein vermittelte den Eindruck, Ordnung in alles bringen zu können, und selbst Axel fiel dieser zwanzigjährigen Illusion zum Opfer, obwohl er es war, der wußte, wo die Verlängerungsschnüre waren, der die Sandwiches wegwerfen ließ und die Kosten selbst des kleinsten Risikos genau abzuschätzen wußte.

Dies war zwar nicht das erste Turnier, für das er zu Hause geblieben war, um mitzuhelfen, aber es war das erste, das an mehr als sein Pflichtgefühl zu rühren vermochte. Gewöhnlich war es so, daß Ansammlungen von Menschen, die auf der Farm herumliefen, ihn irritierten. Sie waren nicht so sehr eine Gefahr für die Dinge, eher taten sie dem Ort Gewalt an, drückten ihn nieder. Jedes Jahr nach dem Turnier nahm der Staub zu und das Grün ab, Auspuffgase der Autos und fremdes Eigentum (Damenunterwäsche war am unangenehmsten) blieben zurück. Wenn wertvolle Dinge verlorengingen (jedes Jahr war es irgendeine Uhr, ein Gehaltsscheck), dann schien sich in seiner Vorstellung das Ding in den Boden, auf dem es lag, hineinzufressen, und er war ungewöhnlich verärgert und beharrlich in der Leitung der Suchaktion.

Diesen Sommer jedoch waren die Unannehmlichkeiten des Turniers zweitrangig, wenn er überhaupt an sie dachte. Er lebte im Vorgefühl der Faszination, seine Frau drei volle Tage lang beobachten zu können, ihren Blick aufzufangen, ihr spontane Aufmerksamkeit zu schenken, und sie würde dann ein Wort falsch aussprechen oder erröten oder vergessen, wer soeben mit ihr gesprochen hatte. Sein Flirt war in letzter Zeit so gut gelaufen, daß er ganz versessen darauf war, ihn fortzuführen, um so mehr, da sie es auf ihre Weise auch tat. Wenn sie ihn ansah, dann sah er in ihrem Gesicht, was er erwartete: Erkennen, Neugier und die gottergebene Furcht eines Kindes, das von einem Sprungbrett springt. Er frohlockte und tat so, als sehe er nichts, wartete im Schutz ihrer gewohnten Beziehung darauf, daß sie genug haben oder sich langweilen oder ängstigen würde, wartete auf irgendeine Ungeduld, die er zu seinem Vorteil nutzen könnte. Er vermutete, daß das Chaos des Turniers so etwas ermöglichen mochte. Er wußte, trotz ihrer frischen Shorts und ihres adretten Hemds, trotz ihrer überströmenden Aufmerksamkeit Reitern und Eltern und potentiellen Kunden gegenüber, daß er es war, an den sie dachte.

Sie stand in der Küche vor der Kramschublade, in der sie Schnur und Knebelbolzen und Verlängerungsschnüre aufbewahrten. »Entschuldigung«, sagte Axel.

»Ja?« Sie blickte auf, strahlend, erwartungsvoll. Wahrscheinlich, dachte er automatisch, weil sie ihn für ein Kind oder irgendeinen Ponyclubvater gehalten hatte.

»Ich muß mal da ran.« Er zeigte auf die Schublade.

»Ach so! Natürlich! Ich mach' dir gleich Platz.« Sie lächelte weiter, bewegte sich aber nicht von der Stelle.

»Na, dann geh mal weg.« Er lächelte, und es machte sie beide verlegen, und sie schrieb weiter an ihrer Notiz, und er kramte nach einem großen Nagel. Er fand einen, suchte noch einen, bemerkte, daß sie angefangen hatte, auf dem Blatt herumzukritzeln. Jetzt knüllte sie es zusammen und schrieb noch einmal, aber immer noch war es schwierig, unmöglich zu sprechen.

»Ich möchte, daß Henry Richter Talbot und den Ansager mit kalten Getränken versorgt«, sagte sie. »Schließlich reitet er nicht.«

»Es sieht nicht so aus, als würde es sehr heiß werden.«

»Ja, das stimmt.«

»Ich hab' mir gedacht, ich nagle mal vorübergehend den durchhängenden Fensterladen fest. Nach dem Turnier besorge ich ein Scharnier. Die sind ziemlich alt.« Zu Beginn ihrer Ehe hatten sie ähnliche Informationen ausgetauscht, in ähnlichen, beinahe unnatürlich klingenden Tönen; aber jetzt waren sie nicht unnatürlich, zeigten eher die Bemühung zweier Menschen, deren lebenslange Zuflucht gute Manieren gewesen waren, diese Zuflucht wiederzufinden. Er lächelte bei dem Gedanken. Er fühlte sich nicht siegreich, aber glücklich.

»Mrs. Karlson!« jammerte ein Ponyclubmitglied an der Tür. »Phoebe hat Snip aus der Box geholt und ihm einen ganzen Eimer Wasser gegeben, und meine Klasse soll in fünfzehn Minuten anfangen, und ihm wird schlecht werden!«

»Was für eine Klasse ist es denn, Sidney?« Sie kniete sich neben dem Mädchen hin und legte ihren Arm um die schmalen Schultern, eine ungewohnte Geste, die Axel überraschte und befriedigte, da er wußte, daß sie für ihn bestimmt war.

»Schritt-Trab.«

Kate unterdrückte ein Lächeln. »Wir passen auf ihn auf, Schätzchen. Aber ich glaube, er wird o. k. sein.«

»Sie hätte das nicht machen dürfen.«

»Ich weiß.« Plötzlich stand Kate auf, schaute ihn an. Neugier, Furcht. Sie hatte sich gefaßt. Sie folgte dem Kind nach draußen, und einen Augenblick später konnte er ihre Stimme hören, lauter, in ihrem alten Befehlston.

Es schien Margret, wenn sie sich einige ganz besondere Dinge fest einprägte, dann hatten andere ganz besondere Dinge keinen Raum mehr, in ihren Kopf einzudringen. Die kleineren Ponyclubmitglieder ohne Wutanfälle und Tränen aufs Pferd zu bekommen war eine Sache, ihre Mütter und Väter auf Distanz zu halten eine andere. »Danke«, sagte sie dann immer, »aber natürlich versuchen wir, sie so unabhängig wie möglich zu machen. Es ist wirklich sicherer so. Ja, das Pferd ist sehr groß, aber eins von den sanftesten auf der Farm, glauben Sie mir.« Sie sagte es immer wieder und führte die Eltern weg von Kind und Pferd. Außerdem hatte man die Werkzeuge im Auge zu behalten. Jede Mistgabel und Schaufel und Harke hatte einen leuchtenden gelben Streifen um den Stiel, und sie seufzte jedesmal, wenn sie einen gestreiften Stiel in den Händen eines Fremden sah. Sie spähte auch in Wagen und Anhänger und sammelte alle gestreiften Stiele ein, die sie fand. Der Futterspeicher hatte glücklicherweise ein Vorhängeschloß, und hier gab es noch etwas, woran man denken mußte – wo sich der Schlüssel befand.

Darüber hinaus gab es natürlich ihre Kategorien (vier, und die Vielseitigkeitsprüfung) und die von Peter (es wäre schrecklich, wenn Talbot Light nicht einmal aufmerksam würde, oder schlimmer, wenn er höhnisch grinsen würde). Man konnte auch an Johns Kategorien denken (nach einem Sommer auf Teddy hatte er ein wenig Aufmerksamkeit verdient), man konnte sich fragen, ob Henry in der Familienkategorie reiten würde, oder wo das Päckchen mit den drei Haarnetzen abgeblieben war, man konnte sich auf jede Kleinigkeit konzentrieren, sogar darauf, wie ihre Stiefel aussahen, wenn sie zum Hotdog-Stand ging, aber scheinbar blieben immer noch genug Zeit und Energien übrig, um die Nummernschilder zu prüfen, genug Blicke und Gedanken, um die vielen Reiter und Pferde, selbst die Zuschauer, nach einem Gesicht und einem Körper abzusuchen, die sie, das wußte sie, im Moment des Sehens erkennen würde.

Da waren keine Nummernschilder aus Virginia, keine grauen, dreijährigen Vollblüter, nicht einmal irgendwelche nachweisbaren Welsh Ponys, und die einzigen altmodischen Reithosen weit und breit gehörten Lambert Smith, er war dreiundsiebzig Jahre alt und tat Mutter den Gefallen, jedes Jahr auf demselben Braunen bei ihrem Turnier mitzureiten, ein Pferd, mit dem er in besseren Tagen in den Cotswolds und in Maryland auf die Jagd gegangen war. »Wie lieb von Ihnen«, sagte Margret, »Mr. Smith, wir können doch immer auf Sie zählen!«

»Meine Liebe, Sie ähneln nicht nur immer mehr Ihrer schönen Mutter, Sie zeigen auch den Erfolg ihrer Erziehung und ihre guten Maryland-Sitten.«

»Vielen Dank!« Aber das Kompliment freute sie nicht. Zwei Wagen fuhren herein, beide aus der Umgebung, und vom Abreitplatz kam das durchdringende Wiehern eines wütenden Pferdes und das Krachen einer Zaunlatte. Sie entschuldigte sich, prägte sich ihre Pflichten und Verantwortlichkeiten noch fester ein, und wendete den Blick von einigen Anhängern ab, als Buße für ihre Hoffnung; häufig tauchten ältere Aussteller am ersten Nachmittag nicht einmal auf, der ohnehin zum großen Teil für den Ponyclub bestimmt war.

»Ich will keine grünen«, sagte John. »Ich will weiße, und wir haben welche zum letzten Turnier mitgenommen. Ich hab' sie gesehen. Mutter hat gesagt, du hast die Zaumzeugtruhe gepackt, also mußt du sie verloren haben.«

»Ich hab' sie nicht verloren.« Henry hatte seine Abreise im Kopf, und Geduld zu zeigen fiel ihm erstaunlich leicht. »Außerdem, Teddy würde mit Trainingsbandagen ganz blöd aussehen.«

»Wie willst du das wissen? Jedenfalls kosten die Dinger fünf Dollar der Satz, und ich sag' Mutter, daß du sie verloren hast.«

»Hab' ich nicht.«

»Dann such sie.«

»Ist mir doch egal. Die blöden Bandagen sind mir völlig schnuppe.«

»Ich weiß nicht, warum du so knatschig bist.«

»Ich bin nicht knatschig.« Talbot Light war eingetroffen. Er hatte gesagt: »John heißt du, hast du gesagt? Du bist fünfzehn?«

»Ja«, hatte John geantwortet. »Ich habe auch aufgehört zu wachsen«, aber Talbot Light hatte schon von ihm weggeschaut zu Margret hin, verdammt noch mal. Er hatte seine Stimme erhoben und wiederholt: »Wir sind alle der Meinung, daß ich um Weihnachten herum aufgehört habe zu wachsen.«

»Was?«

»Ich bin einseinundsiebzig.«

»Was? Ja, natürlich. Große Familie.« Das war alles gewesen. Er wollte ihnen nicht zur Last fallen, hatte angeboten, sich ein Hotel in der Stadt zu suchen und allein irgendwo zu frühstücken. »Unsinn«, hatte Kate eingewendet, aber der Richter hatte darauf bestanden, und bisher war es John nicht gelungen, den Mann auf sich aufmerksam zu machen. Er hatte eingeflochten und wieder eingeflochten, geseift und wieder geseift, poliert und wieder poliert. Jeder Quadratmillimeter seiner Ausrüstung blitzte, aber es gab nichts Weißes, nichts, was den Blick des Richters in dem Strom von Braun und Schwarz, gedämpftem Gelb und dezentem Blau hätte einfangen können. Die einzigen weißen Haare an Teddy waren seine Barthaare, und aus Gründen der Vollkommenheit mußten die weg. Er wandte sich an Henry: »Du hast sie verloren, du mußt sie suchen.«

»Du brauchst sie nicht.«

»Halt die Klappe, o. k.?«

Henry zuckte die Schultern und schlenderte davon.

Auf die Bandagen hatte er sich versteift. Er wußte, daß sie lächerlich aussehen würden, und ihr Verschwinden machte ihn nur noch wütender. Es war ihm klar, daß Henry sie nicht finden, sie nicht einmal suchen würde und daß Mutter, wenn er zu ihr ginge, sagen würde: »Wozu brauchst du sie überhaupt? Doch wohl nicht für Teddy? Sei nicht albern«, und sie würde ihn stehenlassen, ihn nicht einmal anschauen, würde an etwas anderes denken als an seine Bedürfnisse, an alles andere, wie immer. Teddy verlagerte sein Gewicht und trat John beinahe auf den Zeh. »Du Arschloch«, sagte er. »Du riesiges, verdammtes Arschloch.« Dann schaute er sich um, aber Mutter war nirgends zu sehen.

Peter tauchte auf und sagte: »Hast du die Drahtschneider gesehen?«, als wären die Drahtschneider von Bedeutung.

»Warum?«

»Ich weiß nicht. Die werden an der Richtertribüne für irgendwas gebraucht.«

»Was hat er zu dir gesagt?«

»Wer?«

»Talbot Light, wer sonst?«

»Ich weiß nicht. ›Hast du die Drahtschneider gesehen? Wir brauchen hier ein paar Drahtschneider.‹ Oder so.«

»Hat er dich mit Namen angesprochen?«

»Ich glaub' ja.«

»Mensch!«

»Na ja, er kennt meinen Namen.«

»Also, ich glaube, du solltest ihm nicht auf die Pelle rücken.«

»Ich hab' nicht ...«

»Es ist schon schwer genug, unparteiisch zu sein, wenn die Aussteller nicht jede Minute an einem kleben.«

»Heh, was ist mit dir los?«

»Nichts, aber ich finde, du solltest mich die Drahtschneider hinbringen lassen.«

»Du spinnst.«

»Laß mich einfach.«

»Meinetwegen, aber du mußt sie erst mal finden.« Er stimmte so leicht zu, daß John wütend wurde, daß er etwas schreien wollte, also, vielleicht fand Peter nicht, daß er Light auf sich aufmerksam machen müßte, vielleicht fand er, daß er so gut wäre, sie würden schon sehen, sie würden schon sehen. Peter schlenderte davon. Seine beiden Schultern waren so schön, daß John am liebsten auf ihn geschossen hätte.

Nacht. Ein durchdringender Knall. Tür? Fensterladen? Ein Tisch, der unter seiner Last an wertvoller Ausrüstung zusammengebrochen war? Axel setzte sich im Bett auf, sofort ganz da, und spähte aus dem Fenster. Nichts. Er horchte. Nichts mehr. Er zuckte die Schultern, aber er schaute weiter auf die Ställe, die Koppeln, das Zelt, den Hotdog-Stand, die helle Einfahrt und die düsteren Bäume. Die Luft war voller Feuchtigkeit, war selbst fast weiß, selbst fast wie eine Decke oder Wolken. Es war zugleich unangenehm und furchtbar beruhigend zu atmen.

Kate schlief in ihrem Bett hinter der Wand. Er konnte ihr typisches, unterbrochenes Schnarchen hören, eher ein Brummen. Aber sie war auch überall, nur nicht in seinem Zimmer, das durch das Fenster wie ein Anhängsel an das eigentliche Leben der Farm gekoppelt schien. Er hatte das Gefühl, wenn er lang genug hinschaute, das Fenster weit genug offen ließe, dann würde sein Zimmer sich ganz flach und weit ausbreiten, sich mit der Festigkeit einer Flechte an die Welt heften, in der sie allgegenwärtig war.

Noch während er das dachte, fand er es absurd. Liebte er diese Frau wirklich, deren Verhalten er so oft mißbilligte? Wann hatte sie ihn denn nicht enttäuscht? Als seine Frau bot sie ihm wenig an Wärme, Verständnis oder Gespräch. Als die Mutter seiner Kinder hatte sie Ungeduld mit ihren Albernheiten gezeigt, Blindheit ihren individuellen Begabungen und Bedürfnissen gegenüber, Unbeugsamkeit in ihrem Entschluß, eines oder mehrere von ihnen auf der Bahn ihres eigenen Ehrgeizes voranzubringen. In sexueller Hinsicht war sie erschöpft. Als Verstandesmensch hatte sie ihre Grenzen, und die wurden immer enger. Doch die Liste der Anklagepunkte (die er willkürlich abbrach, im Wissen, daß er noch weitermachen könnte und es schon oft getan hatte) bedeutete nichts. Dort, vor dem Fenster, hinter der Wand, eingeschlossen in jeden Schrank und jede Zaumzeugtruhe, in jede Decke gefaltet, verwoben mit den Pferdebürsten, Scheuerbürsten, Haarbürsten, Klobürsten, Zahnbürsten, war das Leben. Er fühlte, je mehr er über sie nachdachte, desto mehr dachte er über das Geheimnis des Lebens nach.

Er versuchte, sich an andere Frauen zu erinnern, die er gekannt hatte. Seine Mutter, Tanten, Cousinen, frühe Freundinnen, die beiden Frauen, mit denen er nach Kates blitzschnellem Übertritt geflirtet hatte. Wunderbare Frauen, die meisten von ihnen. Großzügig, mitteilsam, mütterlich, leidenschaftlich, aber er hatte in seinen Begegnungen mit ihnen niemals das Gefühl gehabt, der Welt selbst zu begegnen.

Liebe, soviel er wußte, hatte nichts mit dem zu tun, was man bekam oder nicht bekam, nicht einmal mit Gegenseitigkeit oder Dankbarkeit oder Wohlwollen. Liebe hatte genaugenommen nichts mit individuellen Geschichten zu tun. Sie war Kate und er Axel, doch seine jüngsten Flirts hatten nichts mit der Liebe zu ihr zu tun, kleine, alte, kleinliche Menschen voller Vorurteile, die sie waren, aber er liebte sie, er liebte sie, er liebte sie. Seine Seele lebte, letztendlich, um sich an die Welt zu heften, die sie verkörperte, so einfach wie sie ihren Tee am Morgen trank. Axel schüttelte den Kopf und lachte. Konnte irgendeine Beute vor der Eroberung so jungfräulich, scheu und voller Argwohn sein wie die eigene Frau nach zwanzigjähriger Ehe?

Auch Margrets Augen waren weit aufgerissen. Der Lärm hatte sich in ihre Träume gedrängt, war das Geräusch, mit dem Peter von seinem Pferd fiel, und der Traum hatte sie aufgeweckt.

Auf der Uhr war es halb fünf. In einer halben Stunde würde der Wecker klingeln, und sie würde mit ihren Aufgaben beginnen, also richtete sie sich auf, anstatt wieder einzuschlafen. Auch sie sah aus einem Fenster, das von den Ställen und der Einfahrt weg auf das Westfeld hinausging, wo man vier Pferde im Schatten eines kleinen Wäldchens erkennen konnte. Während sie noch hinsah, bewegten sie sich nacheinander aus dem Wäldchen hinaus, über eine mondbeschienene Anhöhe, die Köpfe schwer, die Schweife schwingend, die Körper entspannt, in der merkwürdig wiegenden Gangart edler Pferde. Rosie, Stonewall, Count Down, Tiptop. Dann merkte sie, daß das die falschen Namen waren; es waren Namen von vor vier oder fünf Jahren. Rosie war an irgend jemanden in Kalifornien verkauft worden, Stonewall war bei einem Jagdunfall in der Nähe von Chicago getötet worden, Count Down war an einen Freund von Mutter ausgeliehen, und Tiptop … wo war Tiptop? Sie konnte sich nicht erinnern. Auch konnte sie sich nicht an die Namen der vier da draußen erinnern. Sie hatten aufgehört zu weiden, hoben jetzt die schweren Köpfe und trabten ohne Eile auf das Haus zu. Sie verschwanden wieder aus ihrem Blickfeld, aber die Namen fielen ihr nicht ein, obwohl ihr die Namen von unzähligen anderen einfielen: John Hancock, Downey's Gal, Dinky, Oscar, Jelly Bean, Jiminy Cricket. Sie konnte sich nicht erinnern, wer von ihnen noch hier war oder wie die anderen die Farm verlassen hatten, nicht einmal, ob sie für alle diese Namen, die sie überfluteten, auch wirklich gesorgt und sie besessen hatten. Was hatte sie bloß im vergangenen Jahr getan, daß ihr die genaue Kenntnis jedes einzelnen Tieres auf der Farm und damit die genaue Kenntnis ihrer eigenen Geschichte entschwunden war?

Es gab andere Dinge, an die sie sich jetzt, wo sie daran dachte, nicht erinnern konnte: der richtige Name ihrer Mitbewohnerin im College, die Namen der meisten Lehrer, das Gesicht des einzigen Studenten im ersten Semester, mit dem sie zweimal ausgegangen war (obwohl sie sich an seine gelbe Hose erinnern konnte und die Art, wie er, wenn er sich hinsetzte, mit den Handflächen den Stoff an den Innenseiten seiner Oberschenkel glattstrich, als störe ihn der Stoff). Worüber hatten sie bei diesen beiden Rendezvous gesprochen? Warum hatte er sie ein zweites Mal eingeladen? Sie hatte ihn doch hoffentlich nicht mit Mutter gelangweilt, mit der Farm, Herbie, ihren Brüdern, in diesen sechs oder acht Stunden, die sie allein miteinander verbracht hatten (allein?). Aber wenn sie an jene gelbe Hose dachte, dann kam die Stimmung dieser Monate über sie, das Gefühl, so intensiv an ein Thema zu denken, daß der Gedanke selbst anstrengend war, und das Thema, wenn auch immer noch anziehend, war gleichzeitig abstoßend, als schrecke das Hirn davor zurück, sich weiter abzumühen. Ah, ja, das war's. Sie hatte immer weiter über ihr Zuhause und ihre Familie geredet. Nicht so sehr beim ersten Rendezvous. Beim ersten Rendezvous hatte sie sich bewußt angestrengt, aber beim zweiten Rendezvous hatte sie geredet, und er hatte genickt und sein Bier schlückchenweise getrunken und sie um Viertel nach elf nach Hause gebracht, und sie war zu aufgekratzt in ihrer Besessenheit, um sich zu schämen.

Jetzt, zu Hause, schämte sie sich.

Also, was war diesen Sommer aus ihr geworden? Nichts an der Farm oder an den Pferden hatte sie so in Bann gehalten wie in Bennett. Die Rädchen, die sie so eng mit dieser Szene da draußen verzahnten und mit all den anderen Szenen an jedem einzelnen Tag ihres Lebens, waren zerbrochen. Sie konnte sich nicht an diese Pferde erinnern, und es war ihr egal. Sie erwartete nicht mehr, ihre Klassen zu gewinnen und auf Herbie zu glänzen, und es war ihr egal. Sie erinnerte sich an einen Jungen auf einem Falben bei irgendeinem Turnier, vielleicht in diesem Sommer, der auf die Spitzen seiner gestiefelten Füße gestarrt hatte. Jetzt schien ihr, daß dies die Geschichte ihres Lebens war; all die vielen Jahre, an die sie sich erinnern konnte, hatte sie auf den einen oder anderen gestiefelten Fuß gestarrt, irgendwie ahnend, daß alles, wenn sie aufschauen und sich umsehen würde, alles, die Pferde und die Farm, belanglos sein würde. Und jetzt, wo sie diese Gedanken gedacht hatte, was sollte sie jetzt tun?

Viertel vor fünf. Was taten die Leute überhaupt? Genauer, wie wußten sie, was es zu tun gab? Muffy (ihre Mitbewohnerin, wie war ihr richtiger Name?) wollte Museumsdirektorin werden. Wie hatte sie das herausgefunden, wie war sie überhaupt darauf gekommen? Andere Mädchen hatten etwas anderes werden wollen: Gerichtsschreiber, Kindergärtnerin, Hausfrau, Archäologin, Journalistin. Damals waren solche Berufe nur Wörter für sie gewesen, Begriffe, deren Bedeutung sie verstand, aber das hatte für ihre eigene Vorstellung nichts bedeutet. Mutter hatte mit all dem nichts zu tun.

Einmal hatte sie Nonne werden wollen. Danach war es ihr Ehrgeiz gewesen, Pferde zu züchten. Jetzt gab es nichts. Was tat man, wenn alle Leidenschaften starben? Fünf Uhr. Der Wecker schrillte einen Augenblick, bevor sie auf ihn schlug, und zum ersten Mal in ihrem bewußten Leben schien das, wofür sie aufstand, Arbeit zu sein.

»Also, du kannst heute nicht radfahren, und das ist mein letztes Wort. Sei doch nicht so albern. Ich brauche deine Hilfe.«

»Mrs. Karlson.« Ellen Eisen hielt das gerissene Backenstück von Spankys Zaumzeug in der Hand, und es gelang ihr, Kates Zorn von Henry abzulenken. »Ja, meine Liebe?« sagte sie in dem herzlichen Ton, den sie für ihre zahlenden Lieblingsschüler verwendete, um gleichzeitig ihre Behauptung zu stützen, daß ihre Zeit kostbar und Henry es ihr schuldig war, dazubleiben und sich hilfreich zu betätigen.

»Henry«, sagte sie, und er drehte sich sogleich um, ließ sein Fahrrad ins Gras fallen und rannte nach dem Niethammer. Immerhin hatte sie nicht die alte schwarze Satteltasche untersuchen wollen, in der er drei Erdnußbuttersandwiches aufbewahrte, die Reste einer Schachtel Rosinen, eine Dose mit gesalzenen Nüssen, sechs Zuckerplätzchen, zwei Dosen Limonade, seinen Regenponcho und ein leicht verrostetes Taschenmesser, das er drei Wochen zuvor in einer der Zaumzeugtruhen gefunden hatte. Sie hatte ihn nicht gefilzt und die gefalteten Eindollarnoten, die Handvoll Münzen entdeckt, die sein Reisebudget ausmachten, auch war ihr entgangen, daß er drei Lagen Kleidung übereinander trug (zwei Hemden, ein Paar Shorts, einen sauberen Schlafanzug und eine leichte Hose sowie seine größten Schuhe mit zwei Paar Socken). Sie hatte ihm auch nicht in die Augen gesehen und seine unmittelbar bevorstehende Flucht darin gelesen, was er befürchtet hatte. Als er wegrannte, um das Lederwerkzeug zu holen, war er in Hochstimmung und keineswegs niedergeschlagen. Die anfängliche Flucht, vielleicht die eigentliche Flucht, war gelungen. Wegzuradeln würde jetzt eine routinierte Formsache sein.

Im übrigen war die Familienkategorie für ihn entschieden. Die

Abreise, von nun an eine ausgemachte Sache, könnte auch noch einen Tag aufgeschoben werden. Nachdem er den Niethammer abgeliefert hatte, ging er zum Hotdog-Stand, wo der Verkäufer, der gerade erst alles aufstellte, Henry ohne Worte verstand, einen Moment seine Arbeit unterbrach und ihm feierlich einen Hotdog machte. Senf, Ketchup, Relish und Sauerkraut.

Henry fühlte sich wie ein Fels aus Unnahbarkeit. Nie zuvor war er so glücklich gewesen. Wenn er seine Eltern und Geschwister anschaute und die restliche Welt der Überzwölfjährigen, dann wollte er nie wieder so sein. Essen, Kleidung, Geld, Räder, Regenmantel: Im Fall, daß etwas schiefginge, könnte er mit Leichtigkeit in eine höhere Sphäre davonschweben.

»Heh, komm mal her!« rief John, als Henry an der Stalltür vorbeiging. »Hol mir mal ein Tuch für meine Stiefel.« Er stand in Teddys Box und sah traditionell prächtig aus: schwarze Kappe, weiße Seidenkrawatte, goldene Nadel, schwarzer Rock, Reithose aus Büffelleder, glänzende schwarze Stiefel. Alles reines Wollzeug; ihre übliche Kleidung für das Sommerturnier war legerer.

»Mensch!« murmelte Henry.

John wurde rot. »Hol schon den Lappen, ja? Da draußen irgendwo auf dem Heuballen ist einer.«

Henry reichte ihm den Lappen, und er ließ Teddy aus der Box. Die Bandagen waren gefunden. Und offensichtlich gewaschen. Weiße, bebänderte Flechten, gebleichte Satteldecke. Ein Schweif wie aus seidigen Maisfäden, die Hufe angemalt, Barthaare und Ohren sauber beschnitten. »Er sieht aus wie'n warmer Bruder«, sagte Henry.

»Ach, halt die Klappe. Jetzt hör mal zu. Wenn ich aufsteige, möchte ich, daß du den Lappen nimmst und mir die Stiefelspitzen abreibst und die Hacken, überall wo du Staub siehst. Klar?« Er machte es sich in dem glänzenden, polierten Sattel bequem. »O. k. Jetzt falt ihn zusammen und geh damit über den Kopf und den Hals und unter den Bauch. Steh gerade, du Idiot.« Er zog Teddy ruckartig am Maul. Henry tat, wie ihm geheißen. »Putz ihm die Fesseln ab.« Selbst die glänzten nun, normalerweise blieben sie schmutzig, egal, wie sehr man schrubbte. Henry polierte sie und strich einige Haare im Schweif glatt. John machte sich bereit, klopfte seine Reithose ab. »O. k., ich geh' jetzt aufwärmen. Geh mir einen Hotdog holen, und wir treffen uns hier hinten in einer Viertelstunde.«

»Was ist mit deinen fünfunddreißig Cents?« Aber John trabte schon davon. Weil sein Bruder leicht lächerlich aussah, zu förmlich, schon schwitzend, fischte Henry einen Vierteldollar und ein Zehncentstück aus seiner hinteren Hosentasche und machte sich zum Hotdog-Stand auf. Nachdem er eine Cola gekauft hatte (»Die sind noch nicht kalt, junger Mann«, sagte irgendeine fremde und aufdringliche Mutter), ging er zurück und belohnte sich mit einem kleinen Bissen für seine Großzügigkeit.

Als John zurückkam, war sein Gesicht noch geröteter, weil er mit gutmütigen Pfiffen und Gejohle begrüßt worden war. Er schnappte Henry den Hotdog weg, meckerte über den fehlenden Bissen, dann ließ er Senf auf seine Reithosen tropfen. (»Scheiße«, sagte er, dann: »Gib mir auch was davon«, und streckte die Hand nach der Cola aus.) In der Zwischenzeit hatte er schöne hellgelbe Reithandschuhe angezogen, braun abgesetzt, mit einem diamantartigen Lochmuster. Solche wie diese hatte Henry nie zuvor auf der Farm gesehen. Mutter hütete ihre gestrickten Handschuhe mit eifersüchtiger Ängstlichkeit: Sie verteilte sie wie Almosen, rief die Kinder herein, zog sie ihnen praktisch über die Hände und zog sie auch wieder herunter. »Wie hast du die bezahlt?«

»Geht dich nichts an. Mit Kreditkarte übrigens.« Sie grinsten beide. Das war in der Tat ein Sieg. Henry war beeindruckt und ging der Sache nicht weiter nach. »Hier«, sagte John und gab ihm seinen Abfall. »Es ist fast Zeit für meine Kategorie.« Er ließ Teddy umkehren, dann hielt er inne. »Heh«, sagte er, »warum hast du deinen Schlafanzug unter der Hose an?« Henry schaute nach unten. Die Hosenbeine mit Cowboymuster, die er so sorgfältig bis zu den Knien hochgekrempelt hatte, waren auf seine Schuhe heruntergerutscht. Er zuckte die Schultern. John zuckte die Schultern. »Wünsch mir Glück«, sagte der ältere Junge.

»Viel Glück«, sagte Henry und wollte noch mehr sagen.

Und hier war er. Kate, obwohl sie es besser wußte, konnte ein anerkennendes »hmmm« nicht unterdrücken, als Peter auf den Platz trabte, und in dem Moment hätte sie zugegeben, daß die plötzliche Aufmerksamkeit des Richters von ihr nicht unbeabsichtigt war, obwohl sie sich doch immer für einen fairen Kumpel gehalten hatte. Das Pferd, MacDougal, und der Reiter, ihr eigener Sohn Peter, sahen wirklich außergewöhnlich aus. Light stellte sein Eiswasser hin und beugte sich vor. Der Parcours war lang und kompliziert, nicht von Kate entworfen, sondern von einem Reiter aus der Gegend, der selbst ein paar Hindernisse mitgebracht hatte. Es war im Grunde eine Schlangenlinie in vier Bögen, die von einer fünften in einem spitzen Winkel gekreuzt wurden. Ohne Kenntnis der Linie wirkte die Anordnung der Hindernisse chaotisch, und eine Reihe von ihnen konnte man nicht direkt anreiten. Der Parcours begann und endete mit breiten Heckensprüngen von einsfünfundvierzig und einsfünfzig. Die anderen Hindernisse waren etwas niedriger, aber ebenso einschüchternd.

Peters Aufwärmzirkel war tadellos rund und schien aus reiner Wachsamkeit zu erwachsen. MacDougal warf den Kopf herum, die Ohren schnappten nach hinten. Aber der Zorn war vorübergehend. Durch Gewichsverlagerung oder Fingerzeichen, was Kate nicht sehen konnte, beruhigte Peter das Pferd und brachte es in ein wachsames Kantern. In seiner geübten und stilvollen Art sammelte MacDougal sich für das Hindernis, verkürzte seinen letzten Schritt, stellte die Ohren auf, bis sich die Spitzen beinahe berührten, brachte die Hinterhufe und Fesseln ganz unter sich und hob ab. Peter schwang sich in vollkommener Harmonie nach vorn, so vollkommen, daß Kate es in ihrem eigenen Körper spürte und einen Laut unterdrücken mußte. Das Pferd sprang großartig, gelassen, zog seine schwarzen Hufe für den Bruchteil einer Sekunde bis an die Ellenbogen, dann trabte es weiter. Drei Längen, und es war bereit für die Stangen, dann machten sie die erste 180-Grad-Wendung und waren schon über den Hühnerstall, der gleich einen Schritt später kam. »Beobachten Sie seinen Kopf«, wollte Kate zum Richter sagen, »beobachten Sie den Kopf meines Sohnes.« Der wandte sich mit ausgesprochener Ruhe, die

Linien berechnend, die Hindernisse taxierend, schien wie von selbst das Pferd zu leiten und einzuschätzen; schien wie von selbst, einen Augenblick später, genau die Drehung des Pferdekopfes vorauszuahnen. Trab, Versammeln, Sprung, Trab, Versammeln, Sprung. Es war hypnotisierend. Talbot Light gab keinen Ton von sich, rührte sich nicht bis zum letzten, riesigen Hindernis, wo der Richter, als das Pferd sprang, sich ein wenig von seinem Sitz erhob. Saubere Runde, keine Zeitfehler. In offenen Springprüfungen war der Erfolg berechenbar: die anderen beiden Pferde in der Stichauswahl waren große Springer, aber nicht elegant. Jedes von ihnen konnte es schaffen. Kate biß sich auf die Lippen.

Als die Parcourshelfer hereinrannten und die Hindernisse um acht Zentimeter erhöhten, war es Kate klar, daß Peter keine Fehler machen durfte. Bis jetzt hatte sein Stil Richter Talbot beeindruckt, aber diesen Eindruck konnte man nur durch erfolgreiche Taktik und sichtbares Feingefühl festigen. Die Parcourshelfer verteilten sich bei den Stangen, und der Ansager verkündete Peters Startnummer. »Langsam«, dachte Kate. Der Schlüssel zu einer guten Zeit war das Abschneiden der Ecken, nicht Hetzen. Er kam so ruhig herein wie zuvor, als wäre der Parcours vor ihm ein einfacher Übungsparcours, zwei Runden. Ebenso ruhig saß er tief im Sattel; ebenso ruhig ging er die Hindernisse an; ebenso ruhig schnitt er die Ecken, bis Kate die Augen schließen wollte; ebenso ruhig hielt er das Pferd in vollkommenem Gleichgewicht vom ersten bis zum letzten Schritt. Jetzt war Light an der Reihe, unwillkürlich aufzustöhnen. Das war vielleicht das größte Kompliment, denn es zeigte, daß die Seele dieses abgebrühten Richters tatsächlich angerührt war. Er sagte jedoch nichts und schaute Kate nicht an. Jedes der beiden anderen Pferde warf eine Stange herunter.

Als Peter MacDougal hereinbrachte, um die blaue Schleife anzunehmen, scheute das Pferd vor dem Photographen. »Immer gut für eine Überraschung, dieses Tier«, sagte sie fröhlich. »Lächeln, um Himmels willen, gefällt es dir nicht zu gewinnen?« Peter richtete sich auf, benahm sich, als gefiele es ihm zu gewinnen, und lächelte, nicht für die Kamera, sondern für seine Mutter.

»Ich bin stolz auf dich«, sagte sie. Es schien vollkommen natürlich in diesem Augenblick.

»Ihre Brüder sind heute sehr gut.«

Die Stimme, sofort vertraut, erschreckte Margret, und sie tat so, als finde sie ein Haar in ihrem Thunfischsandwich und entferne es sehr sorgfältig. Sie schaute auf. Harrison Randolph sah erwachsener aus denn je. »Ja, stimmt. Besser als ich, um Längen.« Peter hatte seine beiden Sprungklassen gewonnen. John hatte die offene Jagd-Springprüfung gemacht und den zweiten Platz in seiner einfachen Reiterprüfung.

»Sind Sie enttäuscht?« Er lächelte.

»Nein, nicht wirklich.« Sie dachte daran, ihre nächtliche Erfahrung zu beichten, aber sie tat es nicht, denn es schien ihr unloyal gegenüber der Farm, es zuzugeben, jetzt, wo so viele Fremde hier herumschauten, und weil ein Geständnis zum nächsten und zu noch weiteren führen konnte. Sie rückte ein Stück, und er setzte sich, wunderbarerweise. Er war gekommen. Er sah sehr gut aus, und sie befürchtete, er könne erwähnen, daß sie ihn nicht angerufen hatte. Oh, wirklich, er sah sehr, sehr gut aus.

Er sagte: »Gewinnen wird immer weniger wichtig, vielleicht.« Sie war erleichtert. »Wenn man erwachsen ist.«

Sie errötete. »Also, ich ...«

»Sie sind erwachsen, nicht wahr? Ich meine, ich habe Sie einmal etwas darüber sagen hören.« Seine Augen glänzten spottlustig.

»Ich habe Ihren Grauen nicht gesehen.«

»Ich spare ihn auf für die Vielseitigkeitsprüfung.«

»Er ist also gesund.«

»Natürlich. Ich bin nicht grausam, wissen Sie.« Er lachte immer noch. »Wirklich, das bin ich nicht.« Wieder bemerkte sie, wie er die Wörter »ich« und »Sie« auf die merkwürdigste Weise aussprach, als wären sie mit Bedeutung überfrachtet. Zweifellos ein einfacher Sprachtrick, vielleicht sogar etwas Regionales, doch jedesmal, wenn er eins von beiden aussprach, weckte er sowohl ihr Interesse wie ihren Widerstand. Sie wollte ihn gern anschauen, aber auch weggehen. »Ich glaube Ihnen«, sagte sie.

»Schauen Sie mich an.« Sie tat es.

»Sie sind sehr hübsch.« Er lächelte dieses Lächeln von Peter, und sie dachte, ja, sie war sehr hübsch. Es würde guttun, sich daran zu erinnern. Er fügte hinzu: »Es war gut, daß Sie mich damals, an dem Abend, nicht angerufen haben.« Margret hustete, und als er es nicht weiter ausführte, begann sie: »Meine Mut …«

»Ja, ich habe Ihre Mutter mit diesen Leuten aus Chicago vorbeifahren sehen, die Smelts oder so ähnlich.«

»Die Meltzers.«

»Doch, es war gut.« Jetzt ruhte sein Blick auf ihr.

»Warum?« Sie bemühte sich um einen unbeteiligten, kühlen Tonfall, und es kam etwas zwischen Quietschen und Bellen heraus.

»Schauen Sie mich an.« Er legte ihr den Zeigefinger unters Kinn. »Ich habe wirklich etwas im Schilde geführt.«

Es war schwer, ihn weiter anzuschauen, aber sie zwang sich dazu. Seine Augen waren nicht einfach braun, sondern dunkel haselnußbraun. Ihre Farbe ließ ihn weniger unheimlich erscheinen, trotz seines »Im-Schilde-Führens«. Er war letztlich doch nicht so gutaussehend, und er war alt, wie ein Onkel von irgend jemandem. Es waren die Onkels, die einem sagten, man sei sehr hübsch, und während sie einem beispiellosen gesellschaftlichen Erfolg vorhersagten, traten sie in den Hintergrund, schieden aus dem Wettbewerb aus. »Das sagen Sie«, antwortete sie.

»Mmmm.« Einen Moment später sagte er: »Meine Frau kommt nächste Woche aus dem Orient zurück. Sie war fast fünf Monate weg.«

»Arbeitet sie dort?« Margret überspielte das ›sie‹ so feinfühlig wie möglich.

»Sie studiert. Sie ist Jadeexpertin am Smithsonian.«

Ihr bisheriges Geplauder verebbte, und Margret richtete sich hellhörig auf. »Wie ist sie dazu gekommen?«

»Na ja, sie ist nach Stanford gegangen …«

»Ich meine, wie ist sie auf die Idee gekommen?«

»Ihr Vater war ein berühmter Sinologe, und sie hat einen großen Teil ihrer Kindheit in Taiwan verbracht. Sie ist in China geboren.«

»Oh.«

»Sie klingen enttäuscht.«

»Das bin ich auch. Es ist ihr nicht einfach so eingefallen. Ich frage mich immer, wie es Leuten einfach so einfällt, etwas zu tun. Haben Sie einen richtigen Job?«

»Das könnte man so nennen. Ich bin Börsenmakler, aber man kann wohl kaum sagen, daß mir das eingefallen ist. Ich arbeite für meinen Onkel.«

»Hmm.«

»Mein Onkel wäre beleidigt über Ihren Ton. Er hat eine Menge Theorien über die philosophischen Tiefen der Börse. Aber, ja, Sie dürfen ruhig grinsen. Jedenfalls gibt es einige Leute, denen einfach so etwas einfällt. Meine Schwester ist Primatologin, und in unserer Familie hat es seit Jahren keinen Primaten gegeben.« Er lachte in sich hinein, aber Margret reagierte nicht. »Die Idee ist ihr im College gekommen, glaube ich.«

»Ja?« Sie versuchte, höflich zu klingen, aber es gab keine Hoffnung, trotz der Primatologin. Als sie zum Abreitplatz schaute, wo ihr Bruder gerade auf Teddy stieg, dann an Zufahrt und Haus und Stall vorbei, den Orten ihres Gedächtnisses, begannen ihr überraschend die Tränen über die Wangen zu laufen. »Großer Gott«, sagte Harrison Randolph.

»Tut mir leid.« Sie schniefte und wischte sich die Augen an ihrem Ärmel ab. Dieser Anfall würde ausgiebig sein, sie wußte es schon. »Ich weiß nichts, was ich tun könnte. Ich weiß nicht mal, wie ich es herausfinden soll.« Sie schniefte wieder. Würde jeder Mann die tränenreichsten, unattraktivsten Seiten ihres Wesens hervorlocken? Er bot ihr sein Taschentuch an.

»Wissen Sie, warum ich ins Börsengeschäft gegangen bin? Es schien sehr harmlos zu sein. Gegen Geldmachen ist nichts zu sagen, oder? Sind Sie o. k.? Sehen Sie.« Er hob seine Stimme leicht. »Keiner meiner Freunde wußte, was er tun sollte, bevor er ungefähr dreißig war. Zu dem Zeitpunkt waren da natürlich schon die Frau und das Haus und die Kinder oder vielleicht die Dissertation, und jedenfalls hatten sie bereits seit acht oder zehn Jahren etwas getan, was sie jetzt nicht mehr tun wollten.«

Margret seufzte tief und herzzerreißend. Harrison beugte sich vor und zog erst einen Stiefel aus, dann den anderen. Dann wakkelte er mit den Zehen und schnitt eine Grimasse. Aber sie wollte immer noch nicht lächeln. »Da gibt es auch noch was anderes. Wenn man jünger ist, dann mag man viele Dinge. Baseballkarten, Modelleisenbahnen. Sie können sich die Modelleisenbahn nicht vorstellen, die mein Vater mir gebaut hat, mit allen möglichen Tunneln und Hebeln und einem Wasserfall, unter dem der Zug durchfahren konnte, ohne naß zu werden. Meine Schwester hat immer die Hände gerungen und ist jedesmal aus dem Zimmer gelaufen, wenn ich ihn da durchfahren ließ, weil sie dachte, ich würde einen elektrischen Schlag bekommen. Ah, was für eine Eisenbahn! Danach kamen die Pferde, und ich war schrecklich begeistert, fast besessen. Ich habe gedacht, ich würde dieser Sache nie auf den Grund kommen. Dann waren es Mädchen. Frauen, meine ich. Entschuldigung.« Er sah Margrets nüchterne Haltung und sagte: »Haben Sie Angst, daß Sie nichts finden werden, das so tief geht wie die Pferde, oder ging?«

Margret nickte und legte die Hände vors Gesicht.

»Fallen Sie nicht auf die zwei Versuchungen herein.«

»Welche sind das?« Ihre Stimme war kaum zu hören.

»Die Ehe und der Versuch, immer und immer wieder das zu tun, was man vorher getan hat. Die Ehe funktioniert nicht so, wie man denkt.« Er räusperte sich. »Und das gleiche immer wieder zu tun ist schrecklich langweilig. Selbst reiten. Warum glauben Sie, daß der Master of Hounds immer gleich nach dem Abendessen auf dem Stuhl einschläft?«

Margret wischte sich mit seinem Taschentuch, das riesig war, über Wangen und Kinn.

»Meine Schwester bleibt jahrelang draußen im Dschungel von Venezuela. Wenn sie nach Hause kommt, rümpft sie die Nase über die ganze Zivilisation und verzehrt sich nach Affen. Ich beneide sie, obwohl sie nicht sehr nett ist und keine Freunde hat, nur Kollegen, und der Dschungel und seine verschiedenen Krankheiten sind wirklich an ihrem Aussehen nicht spurlos vorübergegangen. Ich weiß nicht. Fühlen Sie sich besser? Alle Ihre Möglichkeiten zu wählen liegen vor Ihnen, meine Liebe.«

Das Taschentuch war jetzt durchnäßt, ebenso die beiden

Ärmel ihres Hemds, aber die Tränen hatten nachgelassen. Sie schneuzte sich ein paarmal und war wieder fähig, ihn anzuschauen. »Ich habe keine Wahlmöglichkeiten.«

»Ja, na ja, bleiben Sie noch eine Minute oder so bei mir sitzen.« Er lächelte sehr nett, ›Im-Schilde-Führen‹ hin oder her.

Der Nachmittag kühlte sich ab, als die Zeit fürs Abendessen näher rückte, und ein Wind erhob sich, der in seinem Duft fast frühlingshaft war. Es waren acht Familien auf dem Platz, eine davon, die Wards aus Kansas City, bestand aus acht Mitgliedern. Hillyard Ward, achtzehn Monate, schlummerte im Arm seines Vaters, aber der Rest der Familie saß munter und aufrecht und siegesbewußt im Sattel.

Axel, Kate, Peter, John, Henry und Margret saßen in einer Reihe auf sechs prächtigen Braunen aus Kates eigener Zucht. Sie waren eine auffallende Gruppe: zwei blond, vier dunkel, drei schlaksig, drei untersetzt, alle sechs perfekt ausstaffiert, alle sechs ein Beweis für die Überlegenheit von Kates Theorien und Methoden. Selbst Axels Beine hingen locker, aber ruhig, genau im richtigen Winkel. Nach Kates Händen und Handgelenken (obwohl die Folgen ihres Unfalls sichtbar waren) waren alle ihre Hände und Handgelenke geformt, alle ihre Rücken waren geschmeidig und fest wie der ihre und vielleicht aufrechter als die Rücken der Wards oder der Jordans gegenüber, weil Kates Theorien ›deutscher‹ waren als die von Bob Ward oder Ella Jordan. Einige der Ponyclubmütter, die Jahr für Jahr von diesem Auftritt der Karlsons fasziniert waren, wußten nichts von Theorien, aber sie ließen Bemerkungen darüber fallen, wie stolz und reserviert die Familie wirkte, daß ihr enger Zusammenhalt und ihre Eleganz sich in ihrer etwas übertrieben aufrechten Haltung ausdrückten. Einmal im Jahr nutzten einige der Ponyclubmütter die Gelegenheit, Kate zu beneiden, deren Familie, im Gegensatz zur eigenen, eher zentripetal als zentrifugal funktionierte. Hier mußten nicht alle immerzu irgendwohin gefahren werden, da gab es kein reitendes Kind, keinen freiwilligen Helfer im Krankenhaus, keinen Fußballspieler, sondern vier intelligente Kinder, die zu Hause blieben und einander kannten, tagein, tagaus. Jeder einzelne saß zum Abendessen am Tisch, und es gab keine entsprechende Vorschrift, die man durchsetzen mußte.

Herbert Eisen hielt beim Aufwickeln der Verlängerungsschnüre inne, und auch er bewunderte die Karlsons. Wie sie da im Sattel saßen und fachkundig ihre Pferde lenkten und über die Bahn schritten, standen hinter ihnen, um sie herum, ihre eigenen Bäume, ihre eigenen Zäune, erstreckten sich ihre eigenen hügeligen Felder, so weit das Auge reichte. Der Ort war selbst jetzt im Spätsommer so grün, so luftig, so erfrischend: Bäche, Teiche, Obstbäume, Pferde, Katzen, Gänse, idyllische Ordnung überall. Und so eine hübsche Familie, das mußte er zugeben. Peter war natürlich der Schöne, und Margret war genaugenommen ziemlich blaß, aber im großen und ganzen fand Eisen es angenehm, die Karlsons anzuschauen. Keiner war dick, jeder, selbst Axel (von dem Eisen mit Sicherheit wußte, daß er ein Arbeitstier war), sah sonnengebräunt und aktiv aus. Jedes der Kinder zeigte ein gutes Benehmen, und ihre Mutter litt anscheinend niemals unter den im mittleren Alter üblichen Belastungen von Zermürbung und Erschöpfung.

Eisen hörte, wie zwei Mütter hinter ihm murmelten, daß ihre Kinder hier mehr Zeit verbrächten als bei ihnen zu Hause, und er lächelte. Ellen auch, aber wer konnte es ihnen übelnehmen? Die Mütter, und vielleicht auch er, hätten das gleiche getan, wären sie Kinder gewesen. Er verknotete die letzte Schnur, dann begann er, Kübel mit geschmolzenem Eis auszuschütten. Er empfand nicht gerade Neid, aber er fühlte sich auch nicht gelassen. Er fuhr einen kleinen Jungen an, lächelte aber auch zwei Müttern zu, und eine von ihnen sagte über Kate: »Sie ist wirklich nicht ohne, stimmt's?« Eisen nickte.

Die Wards gewannen doch. Der Richter überreichte Hillyard die blaue Schleife, die er prompt in den Mund steckte, und den Pokal an Mrs. Ward, die lächelte und erwähnte, daß es im nächsten Jahr noch einen winzigen Teilnehmer mehr in der Familienkategorie geben würde, wenn alles gutginge. Der Turnierleiter wiederholte das über das Mikrophon, und die Zuschauer applaudierten noch einmal. Die Karlsons waren die letzten auf dem Platz. Einen Moment lang, als sie allein im Mittelpunkt standen, wurde deutlich, daß ungeachtet dieser Eindringlinge, der Wards, alles tatsächlich ihnen gehörte. Der Turnierleiter dankte ihnen für ihre Gastfreundschaft, und der ihnen geltende Applaus war sogar noch lauter als der für die anderen. Hier, schien der Turnierleiter zu sagen, war ein Erfolg der ganz besonderen und seltenen Art. Kate lächelte ihr herrliches Lächeln, Axel hob die Hand an die Augenbrauen, und Herbert Eisen dachte bei sich, wer wollte in diesem Moment nicht an ihrer Stelle sein?

10 *Am Morgen war Henry für einen Moment da* (Erdnußbutter zum Frühstück«, sagte John. »Igitt!«) und im nächsten weg. Die Hosenbeine seines Schlafanzugs waren mit Sicherheitsnadeln festgesteckt, und in der schwarzen Satteltasche steckten noch zwei Unterhosen, die er am Tag zuvor vergessen hatte. Er war von seiner Idee, wegzulaufen, weniger begeistert als vielmehr überzeugt. Es war diese Überzeugung, welche ihn gelassen an Mutter vorbeibrachte, die aus dem Hauptstall herauskam (er dachte, sie sei noch im Haus), und ohne Zittern an Vater vorbei, der, den Hammer in der Hand, die Zäune abging und nach losen Latten suchte. Er schaute auf, als Henry vorbeiging, und Henry winkte. Axel rief: »Komm vor dem Mittagessen zurück«, dann folgte der abrupte, durchdringende Klang seines Hammers auf Holz. Das wär' das, dachte Henry, und es war beinahe schwierig, dennoch unvermeidbar, weiterzuradeln. Er legte sich in die S-Kurve, vorbei an den vier Vollblütern, die in der Nähe des Zaunes grasten, vorbei an dem rotgeflügelten Stärling, der von seinem Nest hochflog, wie gewöhnlich, und einen Scheinangriff auf seinen Kopf machte. Er radelte schneller, lenkte stur auf die linke Spur zu. Er zwang sich, an die Meilen zu denken, die vor ihm lagen, und er rollte über den Hügelkamm, den Lenker fest umklammert, und starrte nach vorn, das erste Auftauchen der Brücke erwartend. Mit Glück keine Autos. Keine Autos. Als er darüberflitzte, rief er aus: »Wiedersehn! Wiedersehn! Wiedersehn!«, was seine Lebensgeister ein wenig weckte, und dann stellte er sich dem langen Kampf den nächsten Hügel hinauf.

Das hätte eigentlich schon genügt, ihn zur Umkehr zu bewegen, aber die Reise hatte ja wenig mit seinen Wünschen, doch alles mit seinem Schicksal zu tun. Er trat und trat in die Pedale. Hier waren Vaters Boxen, hier die Tore. Ein Auto näherte sich, und er hielt an, tat so, als interessiere ihn die Straße vor den Toren gar nicht. Zwei Ponyclubmitglieder winkten. Er winkte zurück. Das Auto kroch den Hügel hinter ihm herunter, und bald war die Luft rein. Linker Fuß aufs linke Pedal. Er rückte seine Satteltasche zurecht, seine Kleidung. Er hustete. Er trat auf die Bremse, obwohl sie immer funktioniert hatte. Na, also. Hier waren seine Münzen, hier seine grünen Scheine. Er dachte an Fleisch, Kartoffeln, Obst, Gemüse. Schließlich trat er mit Schwung auf das linke Pedal und war, zwar für die nächsten Minuten noch sichtbar, verschwunden.

Das würden sie über ihn sagen: »Er hat bei dem Pferd Wunder bewirkt, wirklich. Eins von Kates schwierigsten Pferden, wissen Sie. Vergleiche sind anrüchig, aber er ist fast so gut, wenn nicht besser als … Also, für sein Alter … und da sind beinahe zwei Jahre Unterschied.« »Ausgezeichneter Reiter.« »Warum reitet er eigentlich nicht im Nationalteam? Ich glaube wirklich …« Die eingebildeten Dialoge drehten ihm den Magen um, brachten ihn ins Schwitzen. Es war nicht angenehm, daran zu denken, wirklich, aber während er neben Teddy arbeitete, den Mist aufharkte, dann frisches Stroh auslegte, konnte er nicht anders. Er wußte, das Schlimmste war, daß er halbwegs daran glaubte. Wenn Zuschauer paarweise oder andere Reiter, die er kannte, vorbeigingen, ertappte er sich dabei, wie er versuchte, Worte aufzuschnappen, dann wieder, wie er enttäuscht war, wenn sie über ihre eigenen Belange redeten.

Außerdem waren die Dressurergebnisse noch nicht einmal angeschlagen. Seine waren nicht schlecht im Vergleich zu Peters, aber die Gruppe war groß. Jeder Idiot konnte einfach mitmachen. Oder zwei oder drei Idioten. Er und Peter waren absolut nicht davon begeistert. Oder doch? Teddy schnaufte und steckte sein Maul tief in den Wassereimer. Einen Moment später ließ er einen langen wässrigen Faden und Speichel über Johns Hemd tropfen, aber John achtete nur flüchtig darauf. Er dachte: »Erstaunlich, daß die beiden immer gleich gut sind, Brüder, mehr als das, wirklich fast als wären sie ...«

Der hypothetische Zwilling erschien in der Tür. »Mrs. Jensen aus Oklahoma hat's geschafft, aber nur ganz knapp. Ich war zweiter, du dritter.«

»Sie wird diese Stute auf keinen Fall übers Wasser kriegen. Wer war vierter?«

»Irgend so ein neuer Typ. Mutter hat das Pferd auch noch nie gesehen. So ein Brauner, sieht wie ein Morgan aus, mit weißen Flecken auf der Brust.«

»Ich fand nicht, daß er so gut war.«

Peter zuckte die Schultern. Es war bemerkenswert, wie ordentlich er aussah, dieselbe Hose, dieselben Stiefel, dieselbe Krawatte, keine Flecken, nicht einmal Falten. John mußte seine Sommersachen wieder anziehen, so befleckt und zerknittert war sein adretter Winteranzug. Er drehte sich um. Das Thema Bruder war plötzlich zu komplex und zu zwingend, um andere Gedanken zuzulassen. Wie war es ihm gelungen, fünfzehn Jahre lang einfach mit ihm klarzukommen? Mit diesem Rätsel zu sprechen, mit ihm zu arbeiten und vor allem sich mit ihm zu streiten? Bevor Vater die obere Veranda umgebaut hatte, hatten sie lange Zeit ein Zimmer geteilt. Es hatte Streit um den Platz gegeben, ums Aufräumen, um verlegtes oder zerbrochenes Eigentum. Sich vorzustellen, daß da ein Mensch gewesen war, er selbst, der in der Lage war, Peter anzuschreien und sogar zu schlagen. Er wollte fragen: »Bin ich ebenso sonderbar für dich, wie du es für mich bist?«, aber er konnte nicht, und außerdem wäre die unvermeidliche Antwort gewesen: »Ich weiß nicht.« Peters typischste Äußerung, vielleicht der Angelpunkt seiner Rätselhaftigkeit. »Hau ab«, sagte John, »ich hab' zu tun.«

»Stimmt. Zum Beispiel ihm noch mal die Füße saubermachen; er steht wieder mittendrin.«

Die graue Stute sprang nach zwei Verweigerungen über den Wassergraben, und der braune Morgan scheute ausgerechnet vor dem kleinen Lattenhindernis. Teddy geloppierte mit phantastischem Tempo über das Gelände, und das Ende schien ihn völlig zu überraschen, er warf den Kopf herum und schnippte mit den Ohren, als wären seine Pläne schiefgegangen. Es gab Hindernisse, das wußte John, vor denen Teddy hatte einhalten und überlegen wollen, aber es hatte keine Zeit dafür gegeben. John peitschte, und Teddy galoppierte Hals über Kopf über alles drüber. Ihre Zeit war schockierend: fünfundvierzig Sekunden schneller als die von Peter und allen anderen weit voraus. Er stieg ab, und es gab ein paar hochgezogene Augenbrauen, und Lambert Smith bemerkte, daß Vorsicht der bessere Teil der Sportlichkeit sei, aber John interpretierte dieses Mißfallen als ein abartiges Lob. Was für eine Zeit! Wie konnten sie denn nicht beeindruckt sein?

»Ich glaube, er ist tatsächlich ein bißchen mutiger, waghalsiger als der Ältere«, ging der Dialog in seinem Kopf weiter, »vielleicht sogar besser geeignet für eine internationale Karriere. Ich will nichts über den Stil sagen, schließlich sind da zwei Jahre Unterschied ...« Am besten mit den Beinen vorsichtig sein, dachte er und erinnerte sich an das, was Mutter gesagt hatte: »Leichtsinnige Reiter ruinieren die Sehnen«, aber Teddy war in ausgezeichneter Form, und ein kleiner Durchbrenner hatte ihm wahrscheinlich nur allzu gutgetan. Immerhin holte John das Einreibemittel hervor und klatschte es auf, von ganz oben bis ganz unten. Sie gingen und gingen. Teddy war momentan fast zu müde zum Fressen, aber es dauerte ja noch Stunden bis zum Parcoursspringen.

Hier kam Peter. John senkte bescheiden den Blick und tat so, als spähte er in Teddys Ohren. Es gab jedoch keine Glückwünsche, nicht einmal eine Silbe, nur das Knirschen von Peters Stiefeln auf dem Schotter, näherkommend, sich entfernend. Immer ganz abwesend, der Junge! Aber als John aufschaute, wandte Peter den Blick gerade ab, und dieser Blick kreuzte den von John für den winzigsten Bruchteil einer Sekunde. Immer noch kein Wort, nicht einmal das allerkleinste, höfliche, nicht das geringste Wort, das sogar ein Fremder ihm gegeben hätte, der mit den

Kämpfen und Enttäuschungen des Sommers nicht vertraut war. »Heh!« sagte John, aber Peter ging weiter. Als er sehr weit weg war, schrie John: »Ich hab' dich geschlagen! Ich hab' dich geschlagen, und du kannst es nicht mal zugeben! Ein guter Sportskamerad bist du, der Sohn deiner Mutter, wenn du mich fragst! Heh! Heh!«, aber Peter drehte sich nicht um, hielt nicht inne, wiederholte nicht einmal den banalen Augenkontakt von vorher. »Komm schon!« sagte John zu Teddy, der mit der Nase den Schotterweg beschnüffelte, und sie marschierten in einem kleinen Kreis und kühlten sich ab.

Kate sagte: »Ich habe noch nie so etwas Lächerliches und Empörendes gesehen.« Er hätte kein Lob erwarten sollen. Er hielt den Kopf gesenkt und arbeitete emsig um Teddy herum in seiner Box, pickte winzige Spuren von Mist und einzelne feuchte Strohhalme auf. »Warum beharrst du auf diesem abartigen Verhalten? Warum willst du unbedingt eins von meinen Pferden ruinieren oder umbringen und dir obendrein noch den eigenen Hals brechen? Das wäre sehr unangenehm, laß dir das gesagt sein! Den armen Teddy hättest du nicht in so einer Zeit über den Parcours bringen können, ohne ihn von Anfang bis Ende gnadenlos zu prügeln!« Johns Kopf kam hoch, sein Mund war offen. »Sprich nicht mit mir! Ich will das nicht hören, verstehst du? Ich erwarte, daß du nach dreizehn Jahren auf dem Pferd einiges Urteilsvermögen zeigst, du sollst zeigen, daß du mehr weißt als diese blöden stümperhaften Bauernjungen, die nur lernen, wie man Schleifen gewinnt und gute Pferde ruiniert, und das alles in einem Jahr! Ich habe Prinzipien! Es ist schwer genug, sich in diesem Geschäft daran zu halten, ohne so einen wie dich, mein eigenes Fleisch und Blut und von mir aufgezogen …« Ihre Stimme überschlug sich, dann hielt sie inne und sagte ruhiger: »Jetzt hör mir mal zu! Überall in diesem Land sind Pferde ein großes Geschäft. Rennen, Turniere, Fuchsjagden, die ganze Palette. Und jeder, jeder außer den paar glücklichen Reichen, muß sich irgendwie durchschlagen. Weißt du, was ich gesehen habe? Sag nichts. Jetzt bist du mal an der Reihe mit Zuhören. Ich habe gesehen, wie Tennessee Walkers sich angelehnt haben, gegen Wände gelehnt, weil sie Blasen unter den Bandagen hatten und nicht stehen konnten. Und dieselben Tiere sind eine halbe Stunde später auf dem Reitplatz und heben ihre armen Füße so hoch, wie sie nur können, und rollen mit den Augen vor der Gerte. Ich habe Springer gesehen, die von ihren Trainern über ein Hindernis gezwungen worden sind, und zwar geschlagen mit genagelten Stangen und nackten elektrischen Kabeln. Leute spicken die Übungszügel innen mit spitzen Reißnägeln, weil sie zu ungeduldig sind, ihren Pferden beizubringen, die Zügel richtig anzunehmen. Überall in diesem Land gibt es drei- und vierjährige Vollblüter, die schon kaputt sind, weil sie zu oft auf Rennbahnen laufen mußten, die zu schwierig sind, fünfjährige mit zerschnittenen Nerven in den Beinen, damit sie den Schmerz nicht fühlen, wenn sie rennen. Babys! Babys! Ich kann es nicht ertragen! Hör auf mich! Ich kann es nicht ertragen, und ich habe dir etwas anderes beigebracht! Wage nicht, mit mir zu sprechen. Muß ich danebenstehen und mitansehen, wie die Grausamkeit in meinem eigenen Sohn wächst? Zu schnell reiten, schneller als du es nach bestem Wissen solltest, schneller als dein Pferd es kann, das ist genauso schlimm wie alles andere. Ja, du bist entsetzt! Ich bin immer noch entsetzt, wenn ich an das ganze Blut denke, das Blut von Pferden, das, nur bei dem Versuch zu gewinnen, vergossen worden ist. Wir tun so etwas hier nicht, und wenn du es tun mußt aufgrund irgendeines schrecklichen inneren Zwanges, dann kannst du ganz einfach gehen, und du hast meinen Segen.«

»Ich ...«

»Nein. Ich will keine Entschuldigungen. Wenn das Pferd nach meiner Einschätzung gesund ist, dann kannst du am Parcoursreiten teilnehmen. Wenn ich dich je sehen oder über dich hören sollte, daß du wieder tust, was du heute getan hast, oder irgend etwas in der Art, dann sind meine Pferde für dich erledigt, ein für allemal, ist das klar? O mein Gott. Oh, Gott!«

Es war erschreckend. Sie erschien John rot und eingeschnürt, als könnte nur ein größerer Körper ihren Zorn umfassen. Er schaute sie an, mucksmäuschenstill, fürchtete, daß etwas Schreckliches geschehen könnte, schrecklicher als ein einfacher Schlag, gegen ihn gerichtet, schrecklicher als anhaltender Zorn, etwas wie Tod vielleicht. Er wartete darauf, daß sie ihm sagen würde, sie hasse ihn, habe ihn immer gehaßt, aber sie tat es nicht. Sie sagte nur wieder: »Oh, Gott«, in einem viel gedämpfteren Ton, dann: »Bring mir das Pferd her, wenn du aufgesattelt hast.« Sie drehte sich ganz langsam um und ging langsam weg. Einmal hustete sie. Er hätte es gesagt, dachte er, wenn er nicht so ein Feigling gewesen wäre. Er hätte gesagt, daß er sie jetzt und für immer haßte, bis auf den Grund seines Wesens, bis auf den Grund des ihren.

Wenn Kate sich schämte, dann wurde sie um so fröhlicher, hatte um so mehr Worte der Ermutigung und Segenswünsche für die Reitschülerinnen, die Ponyclubmütter und -väter. Sie lächelte und strahlte in geradezu proportionalem Verhältnis zu ihrer Scham, und nichts beschämte sie letztendlich mehr als Zorn. Schon nagte der Gedanke an ihr, daß sie zuviel gesagt, ihren Standpunkt zu heftig vertreten hatte. Natürlich hatte sie recht, aber als sie aus dem Stall trat, strahlte sie bereits, eifrig bemüht, jedes Problem, das in den letzten fünf Minuten aufgetaucht sein mochte, zu lösen. Nur Axel trieb sich in der Nähe herum. Sie lächelte ihn an, und trotz des Geschreis, das er ohne Zweifel eben gehört hatte, lächelte er zurück. Er war in letzter Zeit hübscher geworden. Vielleicht war es seine Sommerbräune, vielleicht hatte er ein paar Pfund abgenommen. Bestimmt war er nicht immer so schlank gewesen, so geschmeidig, so verführerisch o-beinig. Na ja, er war immer o-beinig gewesen – sie hatte eine verschwommene Erinnerung daran, daß sie das anfangs an ihm gemocht hatte, wenn sie manchmal auf belebten Straßen zurückgeblieben war, um ihn so o-beinig und energisch durch die Menge gehen zu sehen. Sie lächelte noch strahlender und hielt inne, hatte einen Augenblick lang wieder das Gefühl dieser ersten Monate in New York, in Wollkleidung und auf hohen Absätzen, immer in Eile, aber in froher Eile.

Er hatte zwei Jobangebote in jenem Herbst gehabt, eines in New York und eines, das zu seiner jetzigen Position geführt hatte, zur Anschaffung der Farm; kurz gesagt, zu allem, was jetzt unwiderruflich und bestimmt in ihrem Leben war. Während sie innehielt, wollte sie ihn fragen, ob er bedauerte, nicht das Leben, sondern den Job, die Arbeit, die er getan hatte, verglichen mit der Arbeit, die er hätte tun können, wenn sie nicht so verzweifelt aufs Land gewollt hätte. Sie schaute um sich. Das hier hätten sie in Connecticut nicht haben können, nicht mit irgendeinem wirklich vorstellbaren Gehalt.

Es war nicht so, daß er ihr nicht geantwortet hätte. Vielleicht hätte er, ehrlich und taktvoll zugleich, gesagt, daß die Arbeit hier besser war, der Job ihm paßte, das Büro im Parterre menschlicher war als es die Zelle in einem Wolkenkratzer gewesen wäre, daß er seine Arbeit seinen eigenen Wünschen angepaßt hatte (sie nahm an, daß er das getan hatte – er hätte es erwähnt, wenn er es nicht getan hätte, oder?). In der Stadt hätte es keine Zeit zum Leben gegeben (für Leseprojekte und Grundstücksverhandlungen und ... was immer er sonst tat). Sicher würde er zustimmen. Nein, es war nicht die Angst vor seiner Reaktion, die sie die Hand ausstrecken und ihn berühren ließ, sehr schnell, während sie innehielt, dann aber weiterging. Es war die simple Unmöglichkeit, eine solche Frage zu stellen, so sehr mit ihren normalen Gewohnheiten zu brechen. Doch sie wußte, daß sie gelächelt und ihn berührt hatte, und vielleicht würde es eines Tages ein Gespräch geben, einen unbeschwerten Rückblick auf eine Reihe von Dingen, und dann würde sie sagen: »Erinnerst du dich, wie sie dich einstellen wollten ...«, und er würde sich erinnern, und alles würde gut sein für den Rest ihres Lebens.

Mit eifrigem Studium in letzter Minute prägte John sich den Parcours ein. Es schien keinen Platz für etwas anderes zu geben. Wenn Leute ihn ansprachen, vergaß er zu antworten, und immer wieder sah er Riemenenden, die er nicht in die Schlaufen gesteckt hatte, und Schmutz- und Staubteilchen, die er von Teddy oder an sich selbst nicht abgewischt hatte. Je mehr er sich vornahm, von Mutters Tirade unberührt zu bleiben, desto verwirrter und geistesabwesender wurde er. Da, zum Beispiel, fraß Teddy wieder, schäumte sein Gebiß grün ein, setzte nach all diesen Wochen seinen Kopf durch.

Der Parcours war jedoch das Wichtigste. Er war kompliziert, mit einigen engen Wendungen und ein paar eindrucksvollen

Hindernissen, einschließlich einer dreifachen Kombination am Schluß über einen Hühnerstall, die ein bißchen heikel war, weil es gegen die Sonne ging, viereinhalb Längen nach dem vorhergehenden Hindernis, anstelle von vier oder fünf. Die Frau auf der grauen Stute, die neben ihm gegangen war, als sie die Hindernisse prüften, hatte gemurmelt: »Teuflisch«, nachdem sie alles abgeschritten hatten, und John dachte an die langen, dürren Beine ihrer Stute und ihren hohen Schwerpunkt. »Hier muß man sich über seine Linie im klaren sein«, hatte er herzlich gesagt, aber sie antwortete nicht. Peter war ein gutes Stück vor ihnen, ging allein, den Kopf gesenkt, seine Berechnungen und Reaktionen waren wie immer undurchschaubar. Dann stieg John in den Sattel und wärmte sich auf.

Daß er mit nur wenigen Punkten Abstand zweiter war, bedeutete ihm jetzt weniger als vorher. Trotz seines Hasses auf Kate hatte ihr Spott über das Wort ›gewinnen‹ ihn eher eingeschüchtert. Im Moment war er bereit, die ganze Sache ein wenig philosophischer zu nehmen, dem Schicksal seinen Lauf zu lassen. Zu wissen, was man zu tun hatte, und es zu tun, war das Wichtigste, obwohl er sich natürlich nicht zurückhalten würde.

Und es war auch nicht so, daß er sich ihr widersetzte, obwohl es für sie so aussah, als täte er es. Er hatte vorgehabt, die Hindernisse bedächtig, sogar ein bißchen langsam zu nehmen, und er hatte angenommen, daß Teddy nach ihrem schweren Geländeritt nichts lieber täte. Er hielt seine Gerte und trug seine Sporen mehr aus Gewohnheit; sie mochten ihm bei Teddys berühmter Sturheit gelegen kommen, und John wußte, daß er sie im Griff hatte. Als seine Startnummer aufgerufen wurde, stand alles fest in seinem Kopf, er wußte genau, wie verbissen es laufen würde, und wie viele Punkte er an Peter verlieren würde, und es machte ihm eigentlich nichts aus. Aber als er von Teddy verlangte zu kantern und ihn in einen vorbereitenden Zirkel brachte, wurde ihm klar, daß die Gerte und die Sporen kaum oder überhaupt nicht notwendig waren. Er hatte nicht vor, schnell zu reiten, aber die Gewohnheit und die Spannung in seinem Körper (da war Mutter, mißbilligend an den Seitenlinien) gewannen die Oberhand. Der Zirkel war uneben. Das erste Hindernis tauchte drohend auf, und selbst Teddy schien ein bißchen überrascht, ein bißchen hastig. John empfand Angst. Unwillkürlich straffte sich seine Hand um die Gerte, und sie galoppierten ein klein wenig schneller.

Nachdem er sein Fahrrad beim Haus ins Gras fallen gelassen und eine Runde um die Erfrischungsstände gemacht hatte (enttäuschend, aber es war ja auch sehr spät und der letzte Tag des Turniers), bummelte Henry mit seiner Ausbeute in der Nähe der Bande herum: eine warme Limonade, ein Schokoriegel, zwei schmelzende Eiswürfel in eine Serviette eingeschlagen und ein Päckchen Brausebonbons. Ihm war sehr heiß. Die Limonade klebte ihm in der Kehle, und die Bonbons brachten keine Erleichterung. Er pellte gerade Papierstückchen von den Eiswürfeln, als John in den Ring kam. Er hatte John unzählige Male in den Ring kommen sehen, und so schenkte er ihm fast keine Aufmerksamkeit. Seine Zunge, seine Lippen, seine Kehle verzehrten sich nach dem Eis. Es schmolz in seiner Hand, während er an dem Papier herumfummelte, und hinterließ helle Streifen im Schmutz. Endlich. Es war kühl. Es war kalt. Es tat ihm am Gaumen weh, stach und gefror die Zunge, aber seine Hände waren entsetzlich schmutzig. Er spuckte es oben auf seine Handgelenke, pustete und sog die Luft mit seinem Mund ein, der ihm weh tat, nahm es wieder auf, spuckte es wieder aus. Diesmal, glitschig, rutschte es weg, und eine kleine Wolke erhob sich, als es im Staub landete.

In der zweiten Wendung des Parcours, einem Neunzig-Grad-Winkel, drei Längen vor einem Heckensprung, rutschte Teddy aus, dann fing er sich. Es gab ein Rascheln unter den Zuschauern, ein gemeinsames Luftholen. Henry schaute auf. Teddy schaffte das Hindernis, obwohl er in einem flachen und angestrengten Bogen sprang. John saß ungewöhnlich weit vorn, die Beine fest in die Seiten des Pferdes gepreßt, seine Hände ganz oben am Nacken. Henry dachte, Mutter würde John aufziehen und sagen, er reite wie ein Italiener.

Er war sehr durstig. Er konnte sehen, wie die zuständigen Leute anfingen, die Kübel mit dem schmelzenden Eis auszuschütten, und er wollte rufen oder zu ihnen hinüberrennen. Es waren nur noch zwei übrig. Seine Kehle fühlte sich an wie zusammengeklebt, von dem heißen Tag und den Limonaden, die er heruntergeschüttet hatte. John, dachte er, sollte verlangsamen. Als nächstes kam jetzt die dreifache Rein-Raus-Kombination, und die Sonne knallte direkt darauf. Sie schütteten soeben den ersten der beiden Kübel aus. »Heh!« rief er, war sogar von sich selbst überrascht, schaute sofort und automatisch über die Bahn zu Mutter hinüber, die sie wiederholt ermahnt hatte, keine Geräusche zu machen, wenn jemand im Parcours war. Aber sein Ton verlor sich in einem anderen Ton: ein scharfes Knallen von Hufen auf Holz, das scharfe, helle Luftschnappen vieler Menschen. Er drehte den Kopf und sah Teddys Schweif höher und höher fliegen, seine Schultern, vom Schwung getragen, hinüber, hinunter, und schließlich unter Krachen von Holz hinein in den nächsten Teil der Kombination, und sein Kopf drehte sich unwillkürlich weg. Und da war John selbst, sich wölbend, in der Luft drehend, auf der Kante des dritten Hühnerstalls landend, dem mit der aufgemalten Zielscheibe. Henry schloß die Augen ganz fest und öffnete sie erst wieder, als sein Bruder in einem Gewühl von Sanitätern und Ponyclubmüttern verschwunden war.

Jeder dachte, sie würde es begrüßen, wenn etwas übrigblieb, also gab es Schinken und Grüne-Bohnen-Eintöpfe und Schüsseln mit Kartoffelsalat, einen entsetzlichen Truthahn, aufgeschnitten und wieder zusammengefügt, Brotlaibe und undefinierbare Substanzen in Tomatensoße getunkt und mit Käse überbacken. Sogar während Kate lächelte und Dank und Segenswünsche an alle austeilte, die ihr sagten, daß nur die Guten jung sterben und daß ihnen John schon immer als besonders weltentrückt aufgefallen war, wollte sie schreien und das schreckliche, geblümte Geschirr zerschlagen. Da waren so viele von diesen Leuten, und ihre mitleidigen Blicke, die wie ein Schwarm von kleinen Händen waren, leicht, aber feist, sogar ihr Gesicht berührend, peinigten sie, und sie wollte doch der Lage gewachsen sein.

Die Familie, immer noch in brennenden Ernst gehüllt, ließ sich treiben. Alle diese Priester und Mütter schenkten ihnen lange freundliche Blicke, und Kate wollte sich ihre Kinder vom

Platz schnappen, als könnten sie beschmutzt werden. Noch viel mehr aber wollte sie die Beileidsbesucher loswerden, nach draußen gehen, und an diesem Tag, an diesem Nachmittag (ein Mittwoch, ein vollkommen normaler Mittwoch) ihre unterbrochene Routine wieder aufnehmen. Sie hatte diese Art Rituale immer gehaßt – den letzten Schultag, das Erntedankfest, Weihnachten und Ostern. Es war das beste, mitten in einem wunderbaren Rhythmus von Tagen zu sein! Wie sie sich sehnte, nach draußen zu gehen und ihren Stuhl auf der Irischen Böschung aufzustellen, die knappen und wohlüberlegten Anweisungen auszurufen, um sich durch Arbeit zu retten. Hier war die Fortsetzung des Lebens: Arbeit. »Ja«, sagte sie, »danke, Gott schütze Sie, Sie sind so liebenswürdig.« Auf der anderen Seite des Raumes tat Axel das gleiche: Er nahm an, was sie ihm in die Hände legten, nickte, schaute angemessen verloren drein. Es konnte einem übel werden, und sie wandte sich ab.

Später, als sie sagte: »Alle aufsitzen. Laßt uns den Tieren wenigstens ein bißchen Auslauf geben«, da weigerten sich Margret und Henry, und Axel bedachte sie mit einem merkwürdigen langen Blick, der sie beschämte, also sagte sie herzlich: »Es ist dumm, den Kopf hängen zu lassen«, und sie wußte, daß es falsch und unmütterlich klang.

»Den Kopf hängen lassen?« sagte Axel.

»Na ja ...« Kate lächelte leicht, bloßgestellt.

»Den Kopf hängen lassen?«

Ihr schwarzes Kleid war aus Wolle, kniff am Hals und unter den Armen, kratzte in der Taille. Sie befingerte den schmalen Gürtel. Sie würde sich ausziehen und saubere Shorts anziehen, dann auf die Zuchtstutenweide hinausgehen. Axel trat nah an sie heran und legte seine Hand leicht auf die ihre, hielt ihre Finger fest. »Den Kopf hängen lassen?« sagte er noch einmal.

»Um Gottes willen, Axel!« Trauer von der Art, die jeder erwartete, das war nichts für sie. Sie war phantastisch im Großziehen, Organisieren, Sich-Kümmern, Anspornen, wenn sie beruhigte, Nachrichten schonend beibrachte, aber hier war sie schlecht. »Es war ein Unfall!«

»Unfall?«

»Ja, natürlich!«

»Unfall?«

Kates Mund öffnete sich leicht, und sie blinzelte, wollte plötzlich sagen: Axel? Axel?, als wäre er bewußtlos, oder irgend etwas Schreckliches aus dem neunzehnten Jahrhundert wäre seinem Verstand zugestoßen, aber als er wieder sagte: »Unfall?«, da merkte sie, daß sie Zweifel für Verwirrung gehalten hatte.

»Wer hat es denn getan?« brauste sie auf. »Du hast es nicht getan! Das Pferd hat es nicht getan! Ich hab' es nicht getan! Es ist geschehen! Das ist alles, es ist geschehen!«

Peter erschien, untadelig gekleidet, ein wenig förmlicher als gewöhnlich, und er sagte: »Seit Sonntag ist hier nicht das geringste getan worden.«

Als sie ihre Kleidung gewechselt hatte und ihn beim Stall traf, stieg er nicht auf, sondern ging neben ihr her zum Übungsplatz, MacDougals Zügel über dem Arm, das Pferd kameradschaftlich schnüffelnd und schnaubend hinter ihm. Sie holte ihren Stuhl und stellte ihn an der üblichen Stelle auf, setzte sich aber nicht. Er saß auf, und als er das Pferd zum Stehen brachte, um seine Steigbügel länger zu machen, da verstellte sie den auf ihrer Seite und hielt ihn dann für seinen Fuß hin, und obwohl sie es ganz beiläufig tat, so als täte sie es gar nicht, wußte er doch, daß es ein ungewöhnliches Verhalten war, und schätzte seine Bedeutung. Sie sagte: »Ich möchte, daß du heute seinen Schritt genau beobachtest. Versuche, die Freiheit eines losgelassenen Schritts zu erfühlen, die Spannung eines versammelten Schritts. Ich möchte, daß du nicht fühlst, ob er langsamer wird oder schneller, sondern ob er seine Wirbelsäule anspannt oder sie streckt. Es langweilt dich vielleicht, aber laß uns den größten Teil der Stunde damit verbringen, o. k.?« Wann hatte sie sich je darum gekümmert, ob er sich langweilte?

Er sagte, ganz der gute Schüler: »Man denkt immer, der Sprung wird das Schwerste sein, aber er ist das Einfachste, wenn man erst mal reinkommt.«

»Ja.«

»Eins, zwei, drei, vier«, fuhr sie einen Moment später fort. »Der Schritt bildet ein vollendetes Viereck, ist vollkommen bewußt, vollkommen geradeaus gerichtet.« Eins. Zwei. Drei. Vier. Plop, plop, plop, plop. Sie liebte den köstlichen und niemals abrupten Fall der Hufe im Staub, den flüssigen Wechsel von Bewegungen in Hüften, Schultern, im fröhlichen Nicken von MacDougals Kopf. Der Klang und die Bewegung riefen das Wissen wach, das sie in fast vierzig Jahren angesammelt hatte, Wissen um Knochen und Sehnen und Muskeln und Haut, um Takt und Strategie, um Regeln und die Ausnahmen von den Regeln. Sie schloß die Augen. Eins, zwei, drei, vier, und das Knirschen von Leder und das Klirren von Metall und der Duft eines Windzugs, alle diese wiederkehrenden Dinge trösteten sie, nur einen Moment lang, riefen in ihr die eigenen wiederholten Anweisungen hervor. »O ja«, dachte sie, als sie die Augen öffnete, und ihre Stimmung hob sich. John, natürlich. Aber ihre Stimmung hob sich. Sie hatte seit dem Unfall nicht geweint (»Unfall?« sagte Axel), und jetzt war sie beinahe glücklich. »Versammeln jetzt, nur ein bißchen!« Eins, zwei, drei, vier, sie war eingelullt und überließ sich dem Glauben, daß alle Dinge sich wiederholen, daß nichts verlorengeht, daß niemand schuldig ist.

John. Natürlich. Ihr Sohn, Fleisch von ihrem Fleisch, das Kind im Schoß (die erste Bewegung hatte sich immer angefühlt wie Luftblasen, die platzen, dann war da ein Hin- und Herschwimmen gewesen, die Bewegung von Ellbogen und Füßen, die sie der Vollständigkeit versichert hatten). Was war mit ihren mütterlichen Tränen seit dem Unfall gewesen? Wo waren ihre zärtlichen Erinnerungen? Er ärgerte sie immer noch, und jetzt hob sich ihre Stimmung, albern, possenhaft. Sie räusperte sich. »Geh ein bißchen in den leichten Trab, um ihn etwas loszulassen!«

Einen Moment später rief sie: »Sehr gut!«, und Peter schaute auf, verblüfft über die Freude in ihrer Stimme. Sie strahlte ihn an. Die Hand, die ihren Augen Schatten gab, schien die Welt ebenso vor ihren Strahlen zu schützen wie sie vor der Sonne. Er setzte sich aufrechter und faßte die Zügel kürzer. MacDougal zog die Lippen zurück und kaute am Gebiß, aber er schien sich nicht schlecht benehmen zu wollen, und Peter spürte das ganz genau, als wäre sein Körper ein Seismograph. Er schaute Kate wieder an und hatte einen Augenblick lang das Gefühl, daß er als einziger in der ganzen Familie dabei war, etwas zu lernen, was sie zu lehren hatte.

Auch Peter gefielen heute die langsameren Gangarten auf eine neue Weise. Jede andere Übung wäre ihm abrupt, zu laut erschienen. Beim Schritt und Trab begann er zu spüren, wie seine Sinne sich öffneten und miteinander verwoben. Während es ihn einerseits erregte, machte es ihm aber auch angst; er hatte erwartet, für eine unbestimmte, doch angemessene Zahl von Monaten nach Johns Unfall nicht weiterzukommen. Ein Stillstand in seinem Fortschritt, wenn nicht ein ausgesprochener Rückschritt, das war es, was er der brüderlichen Beziehung schuldete, doch dieser Fortschritt, dachte er, mußte wohl Teil seiner Lektion sein, Teil des Grundes, aus dem er und sie hier draußen waren, aktiv, in der Sonne, und die anderen irgendwo versteckt.

»Bring ihn über die Mauer«, rief sie. »Du siehst herrlich versammelt aus, und du hast ihn im Griff.«

Es gab nicht einen Zentimeter auf seinem Trainingsfeld, den er nicht kannte, von dem er nicht eine zumindest undeutliche oder klare Erinnerung an Furcht oder Zögern behalten hatte. Die Steinmauer war in einer Senke. Wie abschüssig der Hang ihm mit zwölf vorgekommen war, als er auf Fred Pie galoppierte und so gern nach dem Knauf seines Sattels gegriffen hätte. Jetzt, auf MacDougal, waren seine Annäherung, seine Reaktion, sein Zurückgehen in die Ausgangsstellung vollkommen reibungslos. Er wandte sich dem Tonnensprung zu. Er wußte, daß Kate ihn, Peter, nicht immer gemocht hatte, vielleicht hatte sie ihn die meiste Zeit seines Lebens nicht gemocht. Wenn er in der Vergangenheit für seine Arbeit in der Schule gelobt wurde und sehr gute Noten erhielt, dann hoben sich ihre Augenbrauen, skeptisch, angesichts dieser Beweislage an der Qualität der Schule zweifelnd. Auf dem Pferd hatte er sie oft zur Verzweiflung gebracht mit seiner Ratlosigkeit und Langsamkeit, die auch er zum Verzweifeln, doch unkontrollierbar fand. Und er war heute nicht weniger groß, nicht weniger verzweifelt ungeschickt von Zeit zu Zeit. Henry war immer der Liebling gewesen, oder vielleicht war John es gewesen. Selbst Margret hatte vor einigen Jahren jede blaue Schleife weit und breit geholt, und Mutter hatte sie vorsichtig behandelt, voller Aufmerksamkeit. Aber jetzt war er es, den Kate anstrahlte.

Er nahm den Tonnensprung. Es war ein vollkommenes Vergnügen.

Ein vollkommenes Vergnügen.

In dem Moment schien es, daß noch Jahre vor ihm lagen, bis er dieses Vergnügen ganz und gar ausschöpfen würde, Jahre wachsender Kraft, wachsenden Wissens, Jahre mit Büchern und Pferden, Jahre strategischer Planung und Phantasie, Jahre des Genusses und der Erschöpfung und erneuter Befriedigung des Genusses. Hier war Mutter ein typisches Beispiel, die fast ihr ganzes Leben mit Pferden verbracht hatte und die immer noch wie ein Tiger dieses eine Ziel umkreiste. Er dachte, das sei wohl ein weiterer Teil der Lektion, die sie ihm geben mußte, das Wissen um das unauslotbare Streben, das Streben, für das ein ganzes Leben nicht ausreichte. Er sah sich selbst als Erwachsenen, in einem Sessel sitzend, vielleicht mit einer Pfeife, wissend, was er mit seinem Körper, seinen Händen, seiner Zeit anfangen sollte, und wissend, daß er, wie lang er das alles auch tun würde, es immer wieder würde tun wollen, und immer besser. »Aufwachen!« rief sie, aber ihre Ermahnung, die so alt war wie er, kam heute leichten Herzens. Er lächelte, scheu zunächst, die Freude, die er empfand, machte ihm angst. Er wollte gut sein. Er hatte immer gut sein wollen. Sein Lächeln wurde stärker. MacDougal trabte flott, schnippte mit den Ohren und rollte mit der Zunge an seinem Gebiß. Mit einer Selbstsucht, die zugleich nach Sieg und nach Niederlage schmeckte, nahm Peter dieses Glück in sich auf und schirmte es ab.

Kate reckte sich flüchtig, dann legte sie die Hände auf ihren Kopf. Sie war hoffnungslos glücklich, und sie brauchte die wohltuend nüchterne Berührung ihrer Haare und ihres Schädels. Peter und MacDougal flogen über die Tonnen, verlangsamten zu einem Trab, einem Schritt, einem Halt. Das Pferd senkte das Kinn, trat vier Schritte zurück, dann, bei gelockerten Zügeln, senkte es den Kopf und trat vorwärts – leicht, anmutig, zu allem bereit. Sie waren sehr gut, diese beiden. Sie waren sehr gut, sie waren sehr gut, sie waren sehr gut. Das Team, das Team, das Team. Vor sich sah sie Ergebnis und Ziel von vierzig Jahren Anstrengung. Auf ihrem Kopf ballten sich ihre Hände zu Fäusten.

John, natürlich. Aber dieser Junge schien schon klein in der Entfernung, dagegen waren Peter und MacDougal riesig und wuchsen noch, verschlangen sie beinahe. Sie dachte an Peter im Team, Peter in Europa und Südamerika. Er brauchte niemals besser zu sein als in diesem Moment, und er würde dort Erfolg haben. Ihr Sohn, Fleisch von ihrem Fleisch. In ihrer Vorstellung tauchten sie gemeinsam auf. John auf dem Kinderstuhl, festgeschnallt, weil er sich schon zweimal herausgeschlängelt hatte, und Peter auf zwei Telefonbüchern hockend, der eine hopste und klapperte mit seiner Tasse gegen sein Tablett und quietschte zu seinen Hopsern, der andere, ernst und bereits abwesend, verzehrte sein Erdnußbuttersandwich mit vorsichtigen Halbmondbissen. Und sie hörte ihre eigene Stimme, chronisch verärgert, die sagte: »Macht schon! Macht schon!« (Sie wollte mit ihrer Stallarbeit weitermachen.) Sie waren, wie jeder gesagt hatte, süße kleine Jungen gewesen. Die Art, wie diese Erinnerung von ihrem nun beängstigenden Glück überlagert wurde, sich mit den schillernden Vorstellungen von Peter und MacDougal (phantastisch ausstaffiert, auf herrlichem grünem Rasen) verzahnte, sie empfand es wie eine Krankheit der Seele. Sie stöhnte bitter auf, und Peter wendete Mac, übersah sie höflich.

Sie heftete den Blick auf das Wetterpferdchen oben auf dem Stall. Es trabte heute nach Westen. Das kleine schwarze Pferd zitterte, als der Wind sich erhob, und klapperte in seinem eisernen Sockel. Mit einer Willensanstrengung, die größer war als alles bisherige in ihrem bewußten Leben, schloß sie die Augen und ordnete die Bilder. Als sie sie endlich öffnete, stand Peter vor ihr, und sie wollte für ihn, was sie immer für ihn, oder irgend jemanden, gewollt hatte, und der Boden, auf dem sie stand, gehörte wieder ihr, war unter den Sohlen ihrer Halbschuhe vollkommen vertraut. Sie kreisten und kreisten um das Trainingsfeld, Peter auf MacDougal, Kate meist an seiner Seite, sprechend, sich oft wiederholend. Die Dämmerung senkte sich auf sie, aber immer noch ging das Tier im Kreis, und die Menschen machten, ohne ein Wort zu verlieren, keine Bewegung auf das erschütterte, stikkige, unerträgliche Haus zu.

Auf der Veranda stand Axel, er konnte sie manchmal hören, und da verlor er die Liebe zu seiner Frau und nahm sein Gesicht in die Hände. Die Dunkelheit verdichtete sich. Er ging zur Tür und rief: »Margret!«, aber das Haus war still, und Margret und Henry waren verschwunden.

»Margret!«

Sie richtete sich sofort auf, öffnete sogar die Augen, bevor sie wach war, und sagte: »Ja? Henry?«, ohne wirklich zu wissen, wovon sie sprach.

»Ich kann nicht schlafen.«

»Warte einen Moment!« Sie sprach ungeduldig: Aufzustehen, ihre fünf Sinne zusammenzunehmen, war so mühsam, so langsam. Henry stand still in der Tür, sein Schlafanzug leuchtete im Dunkeln. »O. k.«, sagte sie schließlich. »Mach mal das Fenster zu, ja?« Es war schon kühl geworden. John, erinnerte sie sich, war tot. Seit dem Turnier war sie immer wieder aus diesem tiefen, selbstvergessenen Schlaf erwacht, ohne zu wissen, dann kam es zurück, dann alles andere. Henry schloß das Fenster. Als er sich aufs Bett setzte, hatte er nichts zu sagen, und Margret hatte auch nichts zu sagen, aber es war beruhigend, seinem Atem zu lauschen.

Johns Unfall hatte sie, so schien es, alle in eine sprachlose Angst versetzt, sprachlos und verlegen gemacht. Das war ein Gedanke, der sie schon einmal beschäftigt hatte. (In der letzten Zeit kamen ihr viele Gedanken, Schichten von Gedanken. Jedes Gefühl und jede Wahrnehmung nistete in Kästchen, diese wiederum nisteten in Kästchen über das Wie und Warum ihrer Gefühle und Wahrnehmungen. Nichts schien sie tief zu berühren, nur war es unmöglich, mit dem Denken aufzuhören, und sie hatte fast zehn Tage lang Regelkrämpfe gehabt.) Es hatte keine offene Trauer bei den Familienmitgliedern gegeben. Wenn man lautlose Tränen sah, dann tat man dem anderen einen Gefallen und wendete sich ab. Mutter, dachte Margret, hätte eine noch sauberere Lösung gewollt, hätte es vorgezogen, daß John, wenn er schon tot war, besser gar nicht gelebt hätte. Dann fragte Margret sich wieder, warum der Unfall Kate in ihren Augen so unmenschlich gemacht hatte, warum sie sich ihre Mutter vorstellen konnte, wie sie die absurdesten, gefühllosesten Dinge tat, wo sie doch nur die gewöhnlichsten Dinge tat: das Begräbnis organisieren, zur Messe gehen, beten, sich bemühen, zu Hause den Anschein von Normalität zu wahren.

»... weglaufen«, sagte Henry.

»Tu's nicht, bitte.«

»Aber ich bin genau da zurückgekommen. Genau in dem Moment bin ich zurückgekommen.«

»Was?«

»Na ja, eigentlich zehn Minuten davor, aber es war fast genau da.«

»Wovon redest du?«

»Ich hab' gesagt, ich hab' an dem Tag versucht wegzulaufen, aber ich bin gerade rechtzeitig zurückgekommen.«

»Wohin bist du weggelaufen?«

»Ich bin bis in die Stadt gekommen. Ich hatte 'ne Menge Geld und ein Bündel Kleider und Essen und so'n Zeug.«

»Das ist zwölf Meilen von hier.«

»Ach nee.« Sein Rücken war so weit an der Wand heruntergerutscht, daß sein Nacken, jetzt im rechten Winkel zu seinem Körper, wie gebrochen aussah. »Setz dich hin«, schnappte Margret.

Er setzte sich aufrecht, zu vertieft, um nicht zu gehorchen, und fuhr fort: »Ich war gar nicht so müde. Ich habe seit Sommeranfang geübt.«

»Was geübt? Wovon redest du?«

»Vom Weglaufen. Ich bin weggelaufen. Ich bin den ganzen Sommer radgefahren, und ich kann auf beiden Seiten die Zufahrt hochfahren, und als ich in der Stadt angekommen bin, obwohl das zwölf Meilen sind, war ich gar nicht so müde. Es war erst Mittag, aber ich wollte zurückkommen.«

Margret zog ihre Decke hoch. »Das will ich meinen.«

»Warum? Ich hatte eine Menge Geld und meinen Regenmantel und alles.«

»Ich kann mir nicht vorstellen, daß du überhaupt weggelaufen bist.«

»Kannst du nicht?« Er drehte sich um und schaute sie ohne jeden Spott verwundert an, und dann konnte sie es. Tatsächlich schien es ihr plötzlich wie die wunderbarste, aufregendste Idee, wie eine Verbindung von Meer und regennassen goldenen Asphaltwegen, und – anheimelnden gefährlichen Schneestürmen, an die man sich behaglich im hohen Alter erinnerte. Aber sie sprach zweifelnd. »Ach hör auf. Was würdest du denn machen?«

»Geld.«

»Klar. Womit?«

»Irgendwas.«

»Sicher.« Sie lächelte aber, denn trotz besseren Wissens, was Schulabschlüsse und Collegeausbildung betraf, hatte der Gedanke sie angesteckt. Sie erinnerte sich, wie John gesagt hatte: »Margret, ist dir nicht klar, wie viele Dinge es gibt?«, und jetzt konnte sie sie sehen: Segelboote auf lichtüberfluteten Ozeanen, Straßen voller Geschäfte, geschnitzte Jade in Samtkästchen, Regale voller Bücher, Gemälde in Reihen, Korridore, die aus Krankenhauszimmern zu Laboren, zu Ärztezimmern führten. Sie stellte sich Bürohäuser vor, die von Telefondrähten durchzogen waren, vor Geschäftigkeit schwirrten, und sie dachte an kühle, gedämpfte Restaurants mit Tischdecken, wo an jedem gedeckten Tisch vollendet zubereitete Speisen gegessen wurden. Henry sagte: »Ich kann«, und sie sagte: »Was?«

»Geld machen.« Er hörte sich so besonnen, so erwachsen an, daß sie ihn plötzlich anschaute. Seine Schlafanzugjacke war halb offen, zweifellos Knöpfe ab, und sie konnte seine Brust sehen, schmal, glatt und zylindrisch. Seine schmalen Rippen erleichterten und bedrückten sie. Sie sagte: »Na ja, ich glaube, du kannst es wahrscheinlich, aber du könntest mehr schaffen, wenn du deine Schule zu Ende machst.«

»Wir werden sehen.«

»Ja, wir werden sehen.« Sie ließ es wie ein Versprechen klingen, obwohl sie nicht die geringste Ahnung hatte, was sie versprach und wie sie es einlösen würde. Jedoch bei dem Gedanken an all die Dinge, die es da draußen gab, all diese Orte und all diese

Menschen mit Jobs, schien ihr, daß man jedes Versprechen geben konnte und daß einen das reine Versprechen allein schon der Verwirklichung näherbrachte.

Henry rutschte wieder an der Wand herunter und bewegte sich leicht weg von ihr. Zweimal öffnete er den Mund, schloß ihn aber wieder, ohne etwas zu sagen.

»Was?« sagte sie, aber er zuckte die Schultern und murmelte: »Nichts«, und schüttelte den Kopf. Sie lächelte. Er hatte sie glücklich gemacht. Das erste Mal seit Tagen fühlte sie sich glücklich. »Was?« sagte sie. »Sag's mir.«

»Du hörst dich glücklich an.«

»Vielleicht bin ich das. Mit dir zu reden macht mich glücklich.«

»Ach ja?«

»Ja.«

In diesem Moment rutschte er sogar noch weiter weg und wendete sein Gesicht ganz ab. Er murmelte etwas.

»Was?«

»Ich hab' gesagt, ich finde nicht, daß wir glücklich sein sollten.«

»Vielleicht nicht«, aber das war ihm nicht genug. Er stand auf. »Gute Nacht. Entschuldigung, daß ich dich geweckt hab'.«

»Hör auf zu nuscheln und setz dich.«

Er schlurfte mit den Füßen und kratzte sich am Kopf, jetzt gar nicht mehr erwachsen. »Mach schon, setz dich.« Er setzte sich, aber er blieb still. Mit einem Taktgefühl, das ihr die köstliche Empfindung von Überlegenheit gab, wartete sie ab. Endlich, aus lauter Panik, daß er anfangen würde zu weinen, brachte Henry hervor: »Ich hab' ihn vermißt.«

»Wir vermissen ihn alle.«

»Ich meine, ich hab' ihn damals vermißt, als ich weggelaufen bin und in der Stadt war.« Seine Stimme scheute vor der Beschämung durch Tränen zurück und hob sich beinahe quietschend. »Darum bin ich zurückgekommen.«

»Was? Ich versteh' dich nicht.« Sie legte ihm die Hand aufs Knie, und er tat so, als wäre sie nicht da.

»Ich ...« Er holte tief Luft. »Ich bin zurückgekommen. *Ich bin zurückgekommen.*«

In dem Moment packte sie ihn und zog seinen Kopf an ihre Brust. Sein Haar, das er auf Mutters Befehl kurz vor dem Zubettgehen gewaschen hatte, war sehr duftig, und sie legte ihr Gesicht hinein. Sie spürte, wie seine Tränen an ihrem Nachthemd herunterliefen, hindurchsickerten und ihre Haut wärmten. Er redete immer noch, aber sie konnte nicht zuhören, weil die Feuchtigkeit von solch beängstigender, fesselnder Intimität war. Sie spürte sie auf ihrer Brust, ihrem Unterleib, sie breitete sich aus, als würde sie ihren ganzen Körper durchnässen. Und sein Körper schüttelte ihren, sein Schluchzen zerrte an ihr, wie durch Osmose. Sie hatte ihre Tränen, seltsamerweise, monatelang vor dem Unfall geweint und nicht nachher. In diesen Tagen hatte sie keine Tränen mehr, und sie fühlte sich nicht schuldig. Jetzt jedoch schien es ihr, daß sie stellvertretend weinte, und sie spürte die Empfindungen des Weinens: Erleichterung, Verlegenheit, das Aufwallen von Trauer, die um sich selbst trauert und um den Verlust. Sie saß da, haltend und gehalten, ihr Gesicht in seinem Haar, eine sehr lange Zeit.

Endlich konnte er sprechen, und mit einer sehr vernünftigen Stimme, als hätte er sich nicht gerade schluchzend an ein Mädchen geklammert. »Also«, sagte er, »es war wirklich komisch. Ich war nicht so glücklich über das Weglaufen, wie ich mir vorgestellt hatte, aber das war o. k. Ich bin losgefahren, und dann war mir ziemlich heiß, aber ich hab' mir gedacht, ich halte an einem Drugstore, wenn ich in die Stadt komme, und dann wäre es Nachmittag, und ich könnte noch ein bißchen weiterfahren, wenn es sich abgekühlt hat. Ich hab' die Pferde nicht vermißt oder sonstwas oder Mom oder Dad oder Peter, und nicht einmal dich, eigentlich.« Er schaute sie rasch an. »Ein bißchen vielleicht.« Sie lächelte und zuckte leicht die Schultern.

»Also bin ich in den Drugstore gegangen und hab' eine Cola und einen Krapfen genommen und hab' mir eine Zeitlang die Comics angeguckt. Ich finde, es war ganz schön klasse, allein in der Stadt zu sein, außer daß ich kein Schloß für mein Fahrrad hatte, und ich mußte immer beim Fenster stehen und es im Auge behalten.« Er schniefte gegen seinen Willen. »Ich hatte eine Menge Pläne. Ich mein', ich wollte in die Eisenwarenhandlung gehen und ein Schloß kaufen und dann vielleicht eine Thermosflasche, weißt du, und ich hab' überlegt, ob ich mir ein paar Comics kaufen soll, zum Lesen, wenn es nötig sein sollte. Ich wollte nämlich nicht mitten am Tag fahren. Es heißt, das zieht einem die Kraft raus, also hab' ich gedacht, daß ich an schattigen Plätzen haltmachen würde und so, und ich hab' gedacht, ich brauch' dann vielleicht was zum Lesen, und Comics sind sehr leicht, und man kann sie zusammenrollen, und sie nehmen nicht zuviel Platz weg.« Er hustete. »Jedenfalls hab' ich an das alles gedacht, und es war echt heiß, und ich hatte eigentlich keine Lust, irgendwas zu machen. Es war komisch, weil, ich war gar nicht so müde, als ich da angekommen bin, aber dann ist es mir so vorgekommen, als wenn jede Kleinigkeit eine riesige Aufgabe wäre, und dann hab' ich noch eine Cola getrunken.« Er fing wieder an zu schniefen, aber er zappelte, als sie versuchte, ihn zu berühren. Sie zog ihre Hand wieder zurück. »Also jedenfalls hab' ich da gesessen und an meiner Cola genuckelt, damit sie länger hält, und ich hab' den Typen nach mehr Eis gefragt, und er hat's mir gegeben, und ganz plötzlich hab' ich zu denken angefangen, an Jo … ähm, an ihn, und ich hab' ihn echt vermißt. Ich mein', er war ziemlich lustig manchmal, weißt du?« Margret nickte. Henry fuhr fort, mit einigen Schwierigkeiten. »Aber ich hab' gedacht, es würde weggehen, und ich hab' einfach irgendwie weiter an meiner Cola genuckelt und mir den Mund abgewischt, um die Zeit rumzukriegen. Ich hab' versucht, mich zu entscheiden, welche Comics ich kaufen sollte und alles, und dann bin ich einfach aufgestanden und nach Hause gekommen. Und das war, weil, ich hab' ihn … vermißt … Und dann …« Er schaute sie direkt an, saugte sich die Unterlippe in den Mund und biß darauf, bemüht, nicht zu weinen. Sie nickte, und es lag ihr auf der Zunge zu sagen, daß es nicht geschehen war, daß John in seinem Bett lag und schlief und dasein würde, mürrisch und voller Spott am nächsten Morgen.

Sie schüttelte den Kopf, am meisten über sich selbst, aber sie nahm es als eine Art Zeichen: Die nahen Tränen versickerten in einem tiefen, anhaltenden Seufzer, dann zwang sich Margret, den angenehmen, strahlenden Gedanken an all die Dinge, die es gab, zu denken und sagte: »Ja, gut, bleib noch eine Minute oder so bei mir sitzen«, aber als sie an John und Harrison und alles andere dachte, sprach sie so leise, daß Henry sie nicht einmal hörte.

Jane Smiley

Gewöhnliche Liebe und Guter Wille
Zwei Novellen
Aus dem Amerikanischen von Michael Strand
Band 12725

Die Grönland-Saga
Roman
Aus dem Amerikanischen von Karin S. Rausch
Band 11398

In den Jahren der Trauer
Erzählungen und eine Novelle
Aus dem Amerikanischen von Karin S. Rausch
Band 10171

Mörder in Manhattan
Roman
Aus dem Amerikanischen von Dietlind Kaiser
Band 12643

Die Scheune im Schatten
Roman
Aus dem Amerikanischen von Karin S. Rausch
Band 12641

Tausend Morgen
Roman
Aus dem Amerikanischen von Hannah Harders
Band 12412

Tor zum Paradies
Roman
Aus dem Amerikanischen von Irmela Erckenbrecht
Band 12642

Fischer Taschenbuch Verlag

fi 467 / 8

Anne Tyler

Atemübungen
Roman
Band 10924

Der Blechbüchsenbaum
Roman
Band 12809

Caleb oder Das Glück aus den Karten
Roman
Band 10829

Wenn je der Morgen kommt
Roman
Band 12806

Fast ein Heiliger
Roman
Band 12721

Nur nicht stehenbleiben
Roman
Band 11409

Mister Morgan und die Puppenspielerin
Roman
Band 12047